繪／紅麟

GAEA

GAEA

特殊傳說 II
THE UNIQUE LEGEND
亙古潛夜篇 01
護玄——著

特殊傳說 II

恆古潛夜篇 01

目錄

特殊傳說 II

THE UNIQUE LEGEND

恆古潛夜篇

登場人物介紹

Atlantis 學院

姓名：褚冥漾（漾漾）
年級/班別：高中二年級/C部
性別：男
袍級/種族：無/人類（妖師）
個性：非常普通的男高中生，個性有點怯懦，不太敢與人互動。

姓名：冰炎（學長）
性別：男
袍級/種族：黑袍/燄之谷與冰牙族後裔
個性：脾氣暴躁、眼神銳利。不過是標準刀子口豆腐心的好人～
目前狀況：沉睡中

姓名：米可蕥（喵喵）
年級/班別：高中二年級/C部
性別：女
袍級/種族：藍袍/鳳凰族
個性：個性爽朗、不拘小節，喜歡熱鬧。非常喜歡冰炎學長！

姓名：雪野千冬歲
年級/班別：高中二年級/C部
性別：男
袍級/種族：紅袍/？
個性：有點自傲，知識豐富像座小型圖書館；討厭流氓！兄控!?

登場人物介紹

Atlantis 學院

姓名：西瑞．羅耶伊亞（五色雞頭）
年級/班別：高中二年級/C部
性別：男
袍級/種族：無/獸王族
個性：個性爽朗、自我中心。出身於暗殺家族，打扮像台客。

姓名：萊恩．史凱爾
年級/班別：高中二年級/C部
性別：男
袍級/種族：白袍/人類
個性：個性隨意，存在感低、經常超自然消失在人前，執著於飯糰！

姓名：藥師寺夏碎
性別：男
袍級/種族：紫袍/人類
個性：個性淡泊，不喜過多交談，是個溫柔的好哥哥。
目前狀況：醫療班療養中

姓名：席雷．阿斯利安（阿利）
年級：大學一年級
性別：男
袍級/種族：紫袍/狩人
個性：友善隨和，善於引領他人。

Alis 學院

姓名：伊多．葛蘭多
年級：大學二年級
性別：男
袍級/種族：白袍/水之妖精
個性：成熟穩重且平易近人，性格溫和。先見之鏡的守護者。

姓名：雅多．葛蘭多
年級：大學二年級
性別：男
袍級/種族：白袍/水之妖精
個性：不愛講話，外在冷淡繃著一張臉，不過卻是個好人。

登場人物介紹

Alis學院

姓名：雷多．葛蘭多
年級：大學二年級
性別：男
袍級/種族：白袍/水之妖精
個性：極具冒險精神，永遠都掛著笑臉，
　　　喜歡搗蛋，對五色雞的頭髮異常執著。

其他

姓名：式青（色馬）
性別：男
種族：傳說中的幻獸．獨角獸
特色：能化為獸形或是人形
個性：只要美人希望我怎樣我就怎樣～

姓名：九瀾．羅耶伊亞（黑色仙人掌）
身分：醫療班，鳳凰族首領左右手
性別：男
袍級：黑袍、藍袍（雙袍級）
個性：科科科科科……

姓名：休狄．辛德森（摔倒王子）
種族身分：奇歐妖精族的王子
性別：男
袍級：黑袍
個性：看重血脈、家族、榮譽，厭惡隨便打
　　　交道。

姓名：褚冥玥
身分：大二生，漾漾的姊姊
性別：女
袍級/種族：紫袍/人類（妖師）
個性：直率強硬，很有個性的冷冽美女。
　　　異性緣爆好！

「如果心能說話，那就是咒語般的言。」

一個人過去能有多少滋味，後悔、淚水、悲傷或者是憎恨。

只要肯定自己，世界就會認同你。

從過去到現在的步伐不會消失，走過的痕跡依然留存，或許有多少次都想過「如果那時候知道就好」，但是世界上不可能永遠存在反悔的機會。

風吹過的沙會失去痕跡，如同時間也會褪去生命。

風拂過的水會消失身影，如同生命也會毫無蹤跡。

我在高一的那一年遇上了說出來許多人都不會相信的事情。

膽小、懦弱，甚至害怕不斷支配著我的腳步，造成許多無法挽回的局面。

但是有人告訴我，路還是得繼續走。
縱使，所有人都不會永遠在身邊。
但是努力活過之後，自己就會是自己。

直到現在，我們的故事依然繼續著。
依然、屬於我也有可能即將屬於你的故事。
屬於我們的特殊傳說。

從過去開始的傳說

生命不會永恆地停留在時空當中。

紅色的血液從指尖下慢慢畫出了圓弧，濃稠的液體發出了刺鼻的氣味。

他看見有片葉子慢慢落下來，輕巧無聲地沾在血液上，枯黃的葉面染上了暗紅色澤，就這樣停滯不動。

身體逐漸變得冰冷。

包圍在身體四周的古老樹木隨風擺動身體，低低吟唱著已經沒有人能聽懂的歌謠，帶著微弱的聲響，幼小的動物躲藏在樹群之後，一雙雙眼睛即將見證失去生命的那一刻。

風帶來遙遠故鄉的歌。

幽幽的，他曾聽過他的兄弟哼著這首歌，每當他們心情不好時，對方都這樣哼著，幾次之後自己詢問歌名，對方卻說那是從別處聽來、所以也不清楚。

隨風而逝的歌聲深深刻畫在他記憶中。

第一個孩子踏在血泊中，靈魂滲入泥土最深底，永恆不會永久地持之以恆，所以故事才被流傳在時間裡。

第二個孩子躺在白骨中，靈魂滲入世界最深底，生命不會永遠地永恆久遠，所以歌謠才被傳唱在時空裡。

第三個……

聲音戛然停止。

他看著手邊的暗紅，眼中逐漸失去光采。

時間正在倒退。

但那僅是記憶最終完結之刻所賜予他的一點點回憶，即使渺小，即使像是初雪般最終將融化而歸於虛無，那都是他最後的刻印。

一張白紙停留在空氣之中，像是送葬的影像。

沒有人能夠拒絕與生俱來的使命，但是可以選擇不接受或與之對抗。

他忘記看過幾次季節變遷、也忘記在那個地方有多少時光能笑。

即使，在最後那段時間他是很快樂的。

指尖的麻木開始侵襲思考，他知道自己很快就感覺不到被殺者在他頸子上造成的致命傷痛，也知道逐漸流失的血液和溫暖即將帶他走到最終之地。

或許他從來不應該存在。

當冰冷的刀鋒劃過血管之際，他知道即將結束了。

站在他身邊的人甩了甩刀，紅色的圓點濺落四周，伴隨而來的是不屑的哼聲，以及對方的嘲笑。

那人永遠都不會知道他的勝利是來自於自己不想下手，他甚至可以把武器插在對方心臟裡而對方無能爲力，但是他認爲自己應該——

收到命令那時候，他不後悔拒絕兄弟的幫忙。

他不會掙扎，直到最後一點血液變得冰冷。

而回憶帶領著他回到他的學院之中。

那是他最後一個夢。

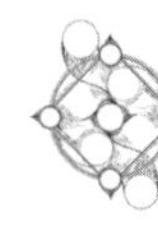

第一話　重新開始的傳說

轟地一個聲響，有個黑影飛了出來。

我聽見非常巨大的聲響從深一百公尺左右的洞窟傳來。

這讓我嚇了一大跳，因爲剛剛同行的人進去之前好像才說這次不會有問題的，結果五分鐘之後我就看到神奇的畫面。

據說是遠古時代的水之洞窟……好吧，從外表看起來根本不像那種超級古蹟的髒洞穴發出爆炸聲後整個地面開始搖晃，接著有落石掉下來掀起了好幾陣灰土，最後洞穴裡開始有活的生命用很快的速度往外逃命。

不用想我也知道裡面大概又快要塌了。

這是開始尋找水精之石以來不知道第幾次發生的事，看到我都快要麻木了。

「風符，保護事物之屏障。」抽出預備好的符咒，在第二次爆炸所造成的漫天煙霧捲到我這邊前我已經先做出保護網，雖然很小，但是用在身上已經很足夠。

不過讓我措手不及的往往都是接下來的事情。一看到保護法術出現，原本正打算逃命的動物居然全都往我這邊衝過來了。

我……靠！

雖然說最近在安因和夏碎學長的指導下我學會比較多種術法了，可是面對一堆幾乎是飛撲過來的動物我還是來不及反應。

砰砰地好幾聲加上眼前一片黑，我感覺到毛毛的東西把我撞飛出去，四周開始出現金色的星星和傳說中的天堂路。

不過只有幾秒，連我阿嬤的身影都還來不及顯像，天堂路就消失了。

我直接在地上摔個狗吃屎，最後爆炸的灰土厚厚一層覆蓋上來……希望在我被活埋斷氣之前他們來得及把我挖出來。

趴在地上、被埋在土裡。

我的名字是褚冥漾，今年高中二年級，目前正在度過愉快的假日……嗯，其實說眞的也沒有愉快到哪邊去。

如果有人說他被別人搞出的爆炸波及埋在土裡會很愉快的話，我絕對二話不說當場把他插到地心裡面去，讓他體驗看看什麼才叫至高無上的享受！

而且我相信現在的我絕對有這種能力，因爲不久之前五色雞頭才和我說過把人插到土裡面是基本能力，連殺手都可以做了，沒道理妖師幹不出來。

「水嗚。」打斷了我的深思，沉靜的聲音在土外響起來，接著是轟地另一種聲響。

千萬不要用水啊——

根本來不及告訴雅多這句話，像洪水般的奔流直接把我從地下沖出來，因爲力道太大還把我捲去撞樹，接著我整個人呈大字形地貼在樹幹上，加上一大堆泥漿。

……我會變成泥巴人，算了……

「漾漾，你在土裡幹什麼？」永遠端著那張神經病一樣的笑臉，雷多的聲音從我後面傳出來：「快下來吧，如果被晒乾的話你會整個被固定在樹幹上，不過我個人覺得看起來也滿像藝術品的，你介不介意回去再擺一次這個姿勢讓我雕下來？」

我去你的你要把我撞樹的樣子雕刻下來！

從一大堆濕淋淋的泥漿裡抽出身體，我直接摔到地上，這才發現附近的泥土都被沖得乾乾淨淨，顯然雅多水鳴的效果範圍很大，剛剛爆炸噴出來的那些髒物都沒有了，空氣中的水分經過陽光折射還出現了小彩虹呢！

「我非常介意，拜託你忘記吧！」就算你不忘記，身爲妖師的我也會詛咒你走路跌倒磕到腦袋直接失憶。

雕完之後一定會被五色雞頭那堆人笑一年。不、我甚至覺得一年還太短，很有可能是一輩子，然後哪天我死了五色雞頭還未死的話他一定會幹出帶著小孩去參觀然後告訴他們「這就是水妖精幫妖師雕刻的作品」，接著整個守世界都知道現任妖師去撞過樹還被在場的妖精做成雕像，直接被流傳了幾百年。

光想就覺得很可怕。

「雷多！不准雕！」我再度警告那個笑得像抽筋的水妖精一次。

「唉，眞可惜。」雷多將他的劍給收起來。

……

………

等等！難不成剛剛你是打算用雷王把我挖出來嗎！

我突然覺得先用水嗚的雅多眞是大好人，比起被埋在土裡劈死焢成土窯雞，被沖成泥巴人才是最佳選擇。

畢竟沒有人希望自己的死法和土窯雞一樣。對了，我想起之前好像在布袋戲裡才看過，那個叫啥……焢肉燒還啥來著？

啊靠，我幫自己決定死法幹嘛！還是那種食物式的死法！

決定轉移話題，我看向剛剛他們進去的洞穴——

……洞穴呢？

洞穴呢！

「你們把水之洞窟怎麼了？」看過去，我只看到一片平地，乾淨得甚至可以直接在上面鋪個柏油變馬路。

「垮了，剛剛被裡面的水魔獸攻擊時他居然自爆，結果整個被炸垮。」雷多用著一種「太可惜了他先爆不是被我們解決掉」的惋惜語氣告訴我，「應該是古代保護使用的魔獸，看起來已經存在很久的時間，不過力量沒有我們想像的大。」

「咦？喔。」爲何我已經開始對這種解釋感到不意外了呢……

雅多收回長劍，然後伸手把我從地上拉起：「這裡也沒有水精之石。」

「又落空了。」看著雅多在他手上的地圖上打個叉，我這樣小聲地說著。

從在黑山君那邊得到地圖之後，雅多和雷多開始了漫長的搜尋之路，而我在放假時也會跟去，就像現在一樣。

「南邊一帶全都找過了，看來應該都被人拿走。嘖，果然沒有想像中的容易。」雷多靠過去，看著十幾個已經畫上叉的地點，「對了，漾漾你這樣常常和我們到處跑沒關係嗎？我記得你還在上課喔。」

「啊，沒關係，我週五沒有排課，所以加六日可以放三天。」有時雷多他們出來得花上好幾天，三天以內的他們會依照約定聯絡我，太長的就自己跑去了。雖然一樣是學生，不過他們畢竟是白袍還是大學生，可以自由使用的時間比我還長。

某些地方不是立刻就可以離開，如果遇到類似迷宮一樣的地形，還要花很多時間。

唯一一次例外是前不久我們在另一個水之地區遇到大型幻影，結果超過五天還差點出不去，回到學校時已經蹺三天課了。

差點沒被班導給震撼教育。

「不過這樣經常和我們到水之地，漾漾應該多少也對這邊的環境比較熟悉了吧？」雷多看著我，還是咧著笑問著。

「……沒有。」因爲每次都是跟著他們直接被傳送到目的地，中間那些風景啥的從來沒看過；接著到了目的地之後十個裡面有四個被轟垮，所以除了定點觀光之外，我還是對這個世界的全貌不太清楚。

打個比方來說，就等於你從台中去台東觀光，但是一路上遊覽車都被封窗，這樣你還會知道外面長啥樣子嗎？頂多就下車之後看看台東的觀光點買個釋迦吧。

對了，上次買到的釋迦好好吃，下次帶點過來給他們。

雅多咳了一聲，顯然也想到這件事，「既然沒有，就先回去吧。」

「啊！我要直接回去學校。」知道他指的回去是回水妖精聖地，因爲他們每次找完都會先回家，順便弄東西大家一起吃。

在醫療班的幫忙下，伊多的氣色在這段時間也變得比較好，甚至可以接簡單的任務，只是雷多、雅多不肯讓他動手。

相同地，夏碎學長在月見的照顧下也有比較好了，但聽說他的傷勢其實比伊多嚴重很多，所以到現在還是住在月見的治療室，偶爾才會回紫館住幾天，不過狀況一不好又被送回去了。

目前千冬歲持續在照顧他，根據萊恩的敘述，我們都覺得他已經變成戀兄狂了，而且千冬歲推掉很多工作，都巴在床邊，有時候還乾脆蹺課不見人影，從老家搬來很多神奇的藥材保養他哥。

上次我去紫館拜訪阿利時，還聽到小亭的抱怨。

千冬歲罵她煮茶不消毒。

是說，我想夏碎學長以前自己煮茶應該也不會特別消毒才對，而且重點是病毒根本不會侵襲他們吧！

這裡沒有人類，只有超人類！

「這是伊多要給你的東西，既然你要先回去就一起帶走吧。」根本不知道我已經神遊到別地方去的雅多揉碎了個指甲大的水晶，接著是籃球般大小、裝飾很漂亮的白色盒子落在他手上：「水妖精的點心，他說上次你來的時候似乎很喜歡。」

我感動地接過點心盒。

自從大家知道我很喜歡點心之後，常常有人送我。

阿利和我說這很正常，因為這個世界與我們那邊不太一樣，每個種族在不同的時節都有不同的祭典或是祈禱……等等的活動，而這邊所有祭祀的物品必須是純手工製作，做工還無比繁複。比起原世界，守世界與不同神靈間更加接近，所以會用最大的誠心製作各種物品，在祭典過後，發送到許多朋友手上，也代表對朋友的祝福。

將神享用的東西、或是神祝福過的東西與我們最好的朋友分享。

是這樣的意思。

而意思再延伸之後就變成只要是認爲很喜歡的朋友，就會經常有食物類的東西往來。

這件事讓我很緊張，因爲我根本不會手工點心，只好經常盧我老媽幫我做綠豆湯、紅豆湯那種甜點或是其他小吃來送還，幸好大家對台灣味的小吃風評都還不錯。

「幫我向伊多說謝謝～」看著白色的高雅點心盒，我連忙道謝。

「伊多說，上次你給我們的綠豆湯也很好吃，有時間他想請教你母親作法。」雅多轉述著他家大哥的話語。

……

水妖精跑去向我阿母學做綠豆湯……

那幅畫面怎樣想怎樣怪異啊！

「呃、我會問我媽媽看看的。」其實我覺得我老媽應該巴不得伊多去學，上個月回家時阿利說有任務所以和我一起回去被我老媽撞見，我老媽後來偷偷跟我講，以後有那麼帥的同學要多帶幾個回來。

我想，伊多應該會讓我媽更愛。

因爲他不但帥，還是好人；上次喵喵偷偷和我講，伊多如果出道一定會是師奶級殺手。

她是從哪邊學來這種句子啊！

「謝謝。」雅多點點頭。

「不、不會。」反正不是我教的……

「那麼我們要先回去了喔。」雷多很好心地給我一張移送陣法的符咒，上次我要來找他們時不小心卡到岩石縫裡面，後來雷多或雅多都會直接幫我準備了。「下次你要來時可以帶西瑞一起來啊——」

私心！這絕對是私心！

「不要帶那個礙事的傢伙！」雅多的臉更臭了。

「哪裡有礙事！」

「全部！」

「你們慢慢聊吧，我要先走了……」

※

於是，我回來了。

這是學長不在後的第十一個月。

站在黑館前，四周景色一如往昔……或許有點不太一樣。我後來才曉得原來那些花園和造景是會換位置的，就在我某次回來時迷路迷了兩小時才知道，它們每到固定的時間就會換位，一個週期後才又回來。

「漾漾～下棋～～！」大概是在宿舍裡感覺到我回來，黑館那扇充滿人臉的門突然被用力踹開，我看到人臉用孟克吶喊的表情飛出去，然後被太陽給昇華，隨後黎沚抓著木棋盤衝出來，「可惡！蘭德爾居然說他對西洋棋以外的沒興趣！所以你快點陪我玩吧。」

我看著他手上那組古老的木頭棋組，腦袋裡有三秒的空白，「不好意思，我不會玩……」自從上次我知道古老的下棋方式和現在不一樣之後，我就不敢玩了。

黎沚的娃娃臉皺起來。

「你問問尼羅，說不定他會。」我總覺得尼羅可能全天下的事情都知道，就是不知道他主人很想和他交朋友的心情。

「好～」

娃娃臉跑掉了。

看著黑館，我慢慢走了進去。

那時候，學長離開，我曾請賽塔如果可以的話將我編回一般學生宿舍，不過賽塔告訴我學生宿舍還是滿的，而且因爲我身分比較特殊，就他身爲宿舍管理的判斷，他認爲我應該要繼續住在黑館裡。畢竟學院和公會雖然把妖師的消息壓下，但還是有不少人知道了，爲避免出任何意外，我待在有眾多黑袍居住的地方才是比較好的選擇。

既然賽塔都這樣說了，我也不好意思反駁。

不過住了一段時間外加學到的東西也變多之後，我開始覺得黑館其實沒有以前那麼恐怖了……好吧，從超級恐怖變成高級恐怖。

不過更可怕的是住在裡面的黑袍們。

「漾漾~要不要和大姊姊出去玩啊？」搖著尾巴，在我踏進大廳的同時，奴勒麗剛好走下來。

「不用了謝謝！」跟她出去絕對不會有好事情！

上次看到莉莉亞半死不活像具屍體被拖著回來就知道了。

莉莉亞確定可以出任務後，她的搭檔位置就被惡魔強迫包了，接著……根據喵喵的形容，那就是一切死亡噩夢的開始。

不，說是死亡還太好了一點，如果可以死搞不好還比較舒服。

只能說願神保佑她。

快速衝上樓梯直奔自己的房間，途中先經過學長房門前時我就放慢腳步了。

學長的房間還留著，一樣在我隔壁，今年沒有新的黑袍進來，所以黑館裡的房間完全沒有調動。

這個房間已經很久沒有被打開。

我站在這扇門前，做著過去這段時間曾做過無數次的事情，在這裡禱告希望裡面的主人能夠如同以往。

踹門、回來。

妖師無法改變已發生的事情。

主神、媽祖、創世神，還是土地公都好，我不知道妖師拜的會是啥東西，所以只能默默地禱告。

不知道向現任妖師祈禱會不會比較有用？

然啊……拜託你保佑一下我們祖先朋友的小孩……

啊靠，他又沒死怎樣保佑。

默默地在心中自己吐槽自己後，我嘆了口氣走回房間。

剛打開門的那瞬間我確實有聽見電視聲，還是某種卡通的聲音，不過下秒馬上消失，等我完全打開房門，裡面已經什麼都沒有了。

我左右看了下，看見出門之前收在抽屜裡的遙控被丟在地上，這讓我知道剛剛的確有人在我房間看電視，而我大概也知道是誰。

某次我用陣法跳動回來時猛然看見一隻藍眼蜘蛛在偷看卡通之後，一切謎底就都揭曉。

大概是監視的人不無聊，他的寵物先無聊了。

還是繼續假裝我不知道有這件事，拾起遙控丟在沙發椅上，我先轉進浴室沖個澡順便把泥水髒衣服都洗了。

不久之前爲了黑袍住戶們的方便，賽塔特地弄來一台類似我在湖之鎮看過的那種洗衣機，放在另一座交誼廳外，讓大家不用等到送洗時間到才能送洗或只能自己處理。

但自從有一次打開後我看見裡面有個拿著圈刀的妖婆在滾筒裡轉動，我就深深決定我還是自己洗比較好。

整理好踏出浴室沒多久，我就聽見黑館外有人在叫我。

「漾漾～～出來玩喔！」

很熟悉的聲音又開始在黑館外面召喚我，之前還會乖乖地打手機，但近期都開始用喊的，我很懷疑會不會哪一天又有哪個住戶突然心情不好就來個落雷落硫酸的，不過顯然黑館住戶對於女孩子相當包容。

「等我一下！」朝下面的喵喵大喊，我很快地整理好衝下一樓，大廳裡面空蕩蕩的。

大戰過後，學校穩定下來，原本聚集回校的黑袍們在確定沒問題之後又開始四散工作，數量最少時只有兩個在黑館裡。

那種時候我就特別不敢自己半夜去大廳，總覺得會被不明物體拖走。

快速衝出黑館，露出一貫愉快笑容的喵喵正在對我揮手，旁邊還站著莉莉亞。

在那之後，莉莉亞的臉好很多，只剩下一些淡淡的疤痕，後來喵喵教她化妝後就蓋掉了幾乎八成，目前還會定期回醫療班治療，聽說再過一陣子就能痊癒了。

「嘖，慢死了，你這個鄉民！」一看到我出來，莉莉亞馬上發出不爽的冷哼。

……我還眞想問「鄉民」這兩個字是妳從哪邊學來的。

跟五色雞頭嗎！不要亂學亂用啊！

「怎麼沒看到萊恩？」決定無視莉莉亞的壞嘴，左右張望了半晌，我這次很確定「眞的沒看見萊恩，他也沒有浮出來」之後才開口。

「他弟弟抓著他去買東西喔，所以今天只有我們。」喵喵歡樂地勾住莉莉亞的手這樣告訴我們。

唉，自從丹恩小朋友進到學校後，萊恩大概就很少時間可以和我們出來玩了吧，眞是愛黏哥哥的小孩。

一回想起當代導人的那一個月……我寧願不要去回想對心臟會比較好。

不問千冬歲是因爲既然他沒出現，就一定是在夏碎學長那邊，所以不用問太多。

「哼，要不是喵喵找我，本小姐才不屑跟你這個惡名昭彰的妖師出去！」莉莉亞用鼻子哼了我一口氣。

「好啦好啦，等等要是被找麻煩請妳閃遠一點。」已經很習慣的我揙揙手，反正一年來她每次都這樣，結果每次都還是和我們一起出去，而且逛街還逛得挺愉快的，根本看不出來有什麼困擾。

因爲頂著妖師身分，這段時間裡來找麻煩的人還不算少，不過大部分都被擺平——絕大部分都是被我附近的朋友，有時候好運遇到肉腳我自己也稍微可以處理。

反觀擁有袍級的人反而沒來堵我，大概是因爲公會有下達命令還啥，來堵的幾乎都是一般學生不然就是校外的。

目前充任課外符咒老師的安因告訴我：「那你就不用客氣地拿他們來練身手，反正學校不會死人，就物盡其用吧。」

然後擔任課外符咒顧問的夏碎學長告訴我：「既然對方都要你死了，那你就先下手爲強讓他們死吧，反正學校不會出人命，剛好有機會努力鍛鍊自己。」

夏碎學長告訴我這些話時用著很溫和無害的微笑表情，我完全看不出來他是在開玩笑還是在講眞的，但是我覺得應該是後者。

於是我就遵照老師和顧問的話，天天都在練他們教我的法術，而且居然開始進步了。

連我自己都有種難以置信的感覺，難怪人家都說實戰比紙上談兵更能讓人成長，眞的要感謝各路英雄好漢！

「今天右商店街的點心屋有新的點心喔～喵喵有拿到招待券。」如同平常一般，約了人出來的喵喵告訴我們行程，「庚庚已經先過去了，阿利等一下也會來，大家一起去吧！」

「嗯。」

「囉唆，快走吧。」

這是學長離開的第十一個月，一如往常不變的生活。

現在，我已經高中二年級。

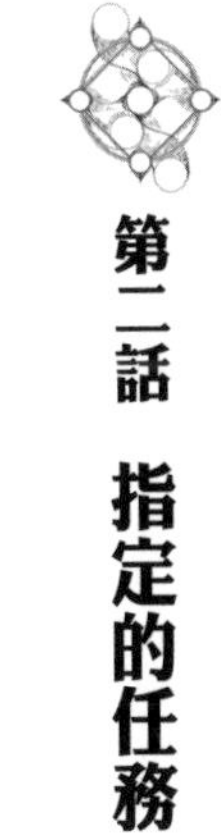

第二話　指定的任務

幾個假期結束後正式開始上課，我正在教室裡整理東西、準備下一堂去上我最害怕的課程時，就聽到某個常蹺課的傢伙從我身後冒出來的聲音。

「漾～」

「西瑞？你今天有來上學啊？」我還以爲他又蹺了。

說也奇怪，自從大戰後五色雞頭就常常不見人影，根據喵喵告訴我的，好像是他家對他上次來幫忙的事很有意見，對和妖師混在一起更有意見，所以經常把他拖回家。

不過黑色仙人掌也常常來找我啊……怎麼就沒有人要拖他回去？

難不成五色雞頭還幹了什麼會被拖回去的事情嗎！

「本大爺當然有來上學，今天一定要來，不然眞的是太對不起我爺爺的名譽了！」依舊拖著夾腳拖鞋啪答啪答地走，五色雞頭用讓我怎樣聽都覺得很耳熟的台詞說著。

……你竄改了，而且不要隨便用你爺爺的名譽來對不起大家。

你已經體會到你自己沒有那種東西可用了是嗎！

你爺爺的名譽被你消耗掉他會很痛心的啊不肖子孫！

「是說下一堂是什麼課？」搭在我的肩膀上，完全忘記學校上什麼的五色雞頭發問。

「星相，快跑啦！來不及了！」喵喵衝過去，還不忘把我隨手一起攜帶著跑，我聽到五色雞頭在後面抱怨幾句之後也跟上來了。

這門課被學生列為十大不受歡迎的課程，但很可悲的是──它是學校強迫必修的課程。

學校裡有好幾堂課是一定要修的，不學不但畢不了業還會發生可怕的事，因為我個人很沒種去挑戰學校的條規，所以到現在還不知道可怕的事是什麼，只聽說真的很可怕就是了。

那為什麼要學星相？

班導說得好：「你總不能在野外迷路之下叫根電線桿幫你指路吧！電線桿看到你這路痴都火了，絕對會倒下來壓死這白痴！」

所以星相據說是必修的重點科目，很多人後來出任務都會用上，就算不出任務改成出社會，還可以裝個神棍去騙錢啥的，又因為是在學校學過所以一定會比正常人類強，通常出去騙錢的到後來聽說都賺大錢。

這讓我開始考慮要好好學以後去當個神棍……

要知道就算算命不中，我還是可以用妖師能力讓他中，前提是我要可以控制自如才行。然說因為先天能力本來就不是我的，只是被封印在靈魂裡面，所以要上手可能還要等一段時間，現在讓上次那個上班族大哥指導我使用方式。

但就算以後可以當神棍騙錢，我還是很討厭上這門可以賺大錢的課程。沒有其他原因，就是因為教室。

和喵喵一起衝進去星相教室後，裡面已經很多人了，因為是必修課，所以大部分人都想儘早修完它，甚至A、B、C班的學生混在一起上課，教室被擠得滿滿。

這是一間有著黑色天空的大型教室，就算容納一百個人還很寬敞，是類似歌劇院那種空間，天花板挑高且上頭有模擬天體。

最重要的是，這裡充滿星星。

漫天星子一覽無遺，完全將眞正的天空複製到這裡，美麗得讓人都想到這邊野餐了。

但我們還是非常討厭這堂課。

「漾漾。」稍晚些到教室的千冬歲和我打了個招呼，坐到我們旁邊來。「這是我哥要給你的東西。」他遞出一個符咒的手抄本，說到他哥時整張臉還容光煥發到閃亮，好刺眼啊。

「幫我謝謝夏碎學長。」感動地把手抄本接過來收進背包裡，我想著晚點回去要仔細好好記下來。

萊恩無聲無息地浮出，如同往常坐在千冬歲旁邊，不過感覺上他最近好像被他弟拖著到處跑有累到，人似乎變得更透明了些……

「喂，拿去！」坐在我旁邊的五色雞頭猛然拿出個不知是啥鬼的黑盒子，直接朝千冬歲臉上摔去。

輕鬆接住那個盒子，千冬歲給他一記大白眼，當著我們面前打開。黑盒子裡裝的是一盆看起來連四周空氣都會發出惡氣的捲曲黑色植物，「謝謝。」

看著那盆好像會自動狩獵周邊活體的詭異植物，我和喵喵都用懷疑的目光在他們兩邊看來看去。

有毒！絕對有毒！

但是千冬歲居然跟他道謝了。

喵喵走到門外，確定沒有下冰之後才又走回來坐好。

「哼，我家老三要給你的。」五色雞頭用唾棄的目光看了他一眼，顯然完全不想被道謝。

「廢話，當然不是要謝你。」很快抬槓回去，千冬歲把盒子蓋起來，注意到連萊恩都在看他之後才開口解釋：「這是一種藥物，外表長得雖然很像毒藥，不過和幾種植物一起加工後可以當作焚香，具有讓人穩定心情的效果。」

聽完之後我們幾個都喔地很大一聲，絕對又是要用在夏碎學長身上的。

「喔、喔什麼！」千冬歲自己尷尬了。

我打賭情報班一定知道大家都在背後說千冬歲是戀兄狂的事，雖然他本人強調沒那麼誇張，但是他自己表現出來就是那麼誇張。

「同學們，還有兩秒鐘上課，麻煩請你們安靜了喔。」

不知道什麼時候走到講台上的星相老師看向我們這邊，這樣說著。果然在她話一說完後某種詭異的尖叫聲從外頭傳來，然後通知大家上課時間已經開始。

星相老師是個非常漂亮的大美女，很傳統的鬈金髮藍眼白皮膚那種美女，據說好像是妖精族的什麼什麼權威之類的，聽說上上學期本來不是她上課，原本的星相老師因爲逃避不及被隕石打死了，復活之後馬上轉職到其他學校，大概是被自己拿手的東西打死了很不平衡，需要安靜一點的地方修補心靈。

雖然很漂亮，但是很少學生敢向她示愛，因爲相傳她當權威已經有六百多年了。

「上週我們正好講到禍星，如果同學對於引起災難的星圖有興趣，本週我們將提到在守世界當中曾出現過造成災害的幾次有名星相。」

老師話才剛說完，就有好幾個人露出了想奪門而出的表情。

沒錯，如果大家都還記得的話，我曾說過我們學校有一間教室的星星眞的會掉下來砸死人，那偉大的教室就是這一間。

據說這門課的教室會隨著課堂需要變更眞實星象圖，而眞實星空經常會有東西掉下來。

附帶一提，最讓所有人怨恨的就是流星雨的課程，那個簡直是無差別的死亡攻擊。

「不想上課上到一半被強迫中斷的同學，請自行施展保護陣或保護咒，老話一句，現在你們可是身在眞實模擬的星象環境中，一定會有流星或其他細碎隕石落下；想在我面前蹺課的同學，請有學期末會被當到死的心理準備。」露出美麗無害的笑容，星相老師的眼睛出現了冷冰冰讓人凍結的殘酷。

千冬歲和喵喵連忙在我們四周布下防禦陣法。

聽說上完這門課不但可以有當上職業神棍的保證，還可以讓防禦術變好不是沒有理由的。

「喂喂，你們是存心排擠本大爺的嗎！」唯一被丟在外面的五色雞頭拍桌抗議。

「死在外面就是代表你的能力不夠。」千冬歲回了他這句話。

「啊可惡！你這傢伙，本大爺行走江湖數十載，休想看不起本大爺！」

是說，你有到數十載的地步嗎？

聽著五色雞頭的話，我開始懷疑該不會獸人的年齡算法也和我們不一樣吧？

其實他已經是老頭？

轟然一個聲響，我們身後傳來咒罵聲還有某種程度的哀號聲，接著是瞬間爆烈的火焰和熱氣傳來——

可以在這種環境下讀完星相這門課，其實我覺得在某方面來說也是佛祖有庇祐了吧。

「那麼，我們就開始今天的課程吧。」

美麗的妖精老師發出死亡的宣言。

※

兩節課結束後，一堆冒煙的人爭先恐後地衝出星相教室。

「漾漾～～！」

台上老師還在交代作業，我聽見被打開的教室門外有人在喊我，所有人跟著轉過頭去看，居然看到雷多站在那邊揮手：「西瑞～～～～～～」當然他也看到我旁邊沒有被砸死的五色雞頭。

那你到底是要來找我還是要找五色雞頭啊！

一個拳頭把雷多打到旁邊去，接著我看到在揉臉的雅多朝我招手。

「呃、不好意思——」

「你先過去吧，反正逃走的人已經很多了不差一個。」在我舉手還未說完話前，星相老師快一步打斷我的話：「根據命運的新指引，如果你們有需要，可以前往尋求我們的會計部門。」

我愣了下。

尋求會計部門？

那是凶兆！

該不會等等雷多他們要帶著我去炸掉哪邊然後賠大錢吧！

我突然有種不要出去的感覺。

「喵喵會幫你記得作業喔。」當我還在猶豫之際，扮演命運之手的喵喵直接把我推出去，用著我不知該形容可愛還是可恨的笑容對我揮手。

「西瑞～～～」還不死心的雷多靠在門邊，看著五色雞頭那顆閃亮的頭毛。

不過話說回來，五色雞頭的頭好像又變色了，這讓我懷疑該不會到畢業時我會看到七色的吧？

「西你的死人骨頭！」

五色雞頭把桌子丟過來了。

喂！我還在這裡啊！

快了一步把我拖出門外，雅多推出自家兄弟讓他撞上桌面，然後我看見傳說中的超級雙胞胎額頭噴血。

……既然心電感應這麼厲害，幹嘛每次都要推雷多出去啊？

雅多皺起眉擦掉臉上的血，表情就像是在說如果雷多不是他兄弟，他一定會把對方殺了再埋、埋了再拖出來分屍這樣子。

「呃，你們找我幹嘛？」我瞄了手錶，今天才週一，沒道理雷多和雅多會突然來找我，「發生什麼事情？」

「不是什麼大事。」雅多掃了四周看熱鬧的人群一眼，逕自往走廊外走去。

想到他可能是有什麼重要的事情要說，我連忙拖著雷多跟著走，後面還傳來五色雞頭摔桌子的聲音。

好險走得快，不然我一定會被摔到。

出校舍後，雅多才停下來：「我們現在要去醫療班本部，去不去？」

醫療班本部？

那不是學長和夏碎學長現在的所在之處嗎？

「發生什麼事情！」我立時緊張起來了。

「提爾找我們，在醫療班，聽說他們打聽到一個地方可能有水精之石，而且『他』清醒時需要那地方的一樣東西，所以要委託我們任務。」雅多快速向我解釋了下：「我們現在要過去領取正式任務，去不去？」

「我去！」

「要蹺課喔。」雷多搭在他兄弟肩膀上，這樣說著。

「沒關係。」我相信老師們會原諒我的……大概。

「那就走吧。」

放下了移動符咒，我們四周立刻起了變化。

眨眼過後，周圍已不是學校的模樣，而變成醫療班總部、我曾來過好幾次的地方。

雖然說曾來過好幾次，但大多是來找夏碎學長的。

在那之後，學長所在的房間被完全封閉，就算是身爲黑袍的黎沚也一定要經過申請才進得去，更別說我們。

遠遠地我就看見輔長站在大門口，像是已經等我們很久了。

「喂喂，我是找你們來出任務的，不是叫你們鬥毆完來治療的吧。」看見雷多、雅多一臉血和黑青，輔長誇張地叫了起來：「褚小朋友，你怎麼會在這裡？」

雅多抹掉又滴下來的血，然後指著我：「隊員。」

「雜務隊員嗎？」輔長看著我說出讓我想一拳揮上去的話。

「見習隊員，過不久之後雅多想推薦漾漾去考白袍喔。」咧開大大的笑容，雷多說出我完全沒聽過的事。

「咦！」我馬上轉過去看著雅多。

「原來如此，你們也打算向上考了嗎？」輔長看著雙胞胎，然後拿出罐藥丟給他們自己擦。

「什麼意思？」看著輔長，我馬上提出疑問。

「沒聽過其他人說嗎？想要袍級資格必須要老師或是紫袍以上的袍級推薦，否則得加考另一項適應性的測驗。當然，如果要考紫袍則是黑袍推薦。」盯著我笑了下，輔長這樣說著：「這麼做是要剔除一些存著僥倖覺得袍級很好考、考上之後可以爲所欲爲的人，先前伊多他們不也處理過這樣的人嗎，在大競技賽時。」

「啊！」

我想起來了，被五色雞頭幹掉的那個袍級。

等等，但是他剛剛說要紫袍以上才可以推薦……

「所以雅多和雷多要去考紫袍了？」不然爲什麼說雅多要推薦我去考白袍？

「啊，只有雅多而已。」勾著自己兄弟的肩膀，雷多這樣說著：「因爲伊多不贊成啊，他從以前開始都說我們當白袍就好了，不過這次因爲要找水精之石碰壁碰很多，有些地方都有限制，所以雅多決定要往上考取紫袍。我們暫時先瞞住伊多，等考到了他也不能叫我們去退袍了咩～」

不，我覺得等到你們考到之後，伊多會震怒的，絕對會。

「我覺得你們先和伊多打個招呼會比較好，尤其是雅多……」咳了下，我小心翼翼地建議他們。

否則到時候伊多會做出什麼事大概沒有人可以預料得到。不是有句話說那啥嗎……會咬人的狗通常都不會叫……

雅多看了我一眼，然後才點點頭，「我們會找個適當的時機告訴他的。」

……呃，希望那個時機不是考過以後。

「好了，閒聊到此結束吧，同學們。」拍了下手掌，輔長中止了談話：「這次找你們過來出任務是有原因的，就像我之前已經先知會雷多、雅多一樣，我們收到情報說有個地方可能會有水精之石，而我們也需要那地方的一樣東西，所以想請你們去取回來，這件任務已經正式申報公會，會按照出任務方式給予協助與酬勞。」

「地點？」雅多伸出手，輔長在上面放了個淡藍色的透明水晶。

「都在這裡，但是要注意喔，這個地方非常神聖，請絕對不要破壞它，它是這個世界相當重要的地點之一。」看起來似乎不是很放心，輔長又交代幾句。

「我們會小心的。」拿出那卷古代地圖，雅多彈了下手指，古代地圖猛地在空中打開，接著他將水晶放置在圖上，不到幾秒水晶發出淡淡光芒，投射在古代地圖上的某一角。

我們立刻湊過去看那個地方。

「光之聖泉？」沒聽過。

「對，就是在這邊。」

雅多疑惑地抬頭看著輔長：「你們需要什麼東西？」

「聽說那裡有一顆鑲著古老鎮魂碎片的鈴鐺，我們需要那東西，等到亞的一年期限到達時必須先用來壓制雙分的力量。」輔長聳聳肩，無奈地抓抓頭苦笑：「雖然毒素啊黑影啥的都有解決辦法，但是分歧的力量果然得讓他回去族裡排解。畢竟他繼承的是古老力量，那些獨特的處理方式冰牙與燄之谷不會教我們的。」

「了解。」

收起地圖與水晶，雅多和雷多拉著我往外離開。

「咦？那是哪裡啊？」被拖著走，我還是不曉得他們所謂的地點是什麼。

雷多轉過來朝我咧出一個大大的笑容。

「光之聖泉是古老人魚之地喔！」

「啥！」

你們要去轟了人魚之地嗎！

「不過如果是那邊的確很有可能。」

一邊思考著地點，雅多微微皺起眉，「總之，我們先轉移過去吧。」說著，他將剛剛拿到的水晶放在手掌上，不用半秒時間地上立刻畫出移送陣。

是說人魚之地啊……

我馬上想到畫本中那一大堆閃亮亮的漂亮人魚，突然覺得沒有帶相機眞可惜。

很快地，四周景色再度變換。

然後，我嗅到水的氣味。

那是種很獨特清淨的空氣，撫慰了所有疲勞感，純淨到讓人想就這樣賴著不移動，帶著清新的草葉芬芳，與我們平常在學院裡那種乾淨很不同，學院裡的又是另一種感覺。

「糟糕，這裡是——」

雷多的話還沒說完，我就感覺被人拽住領子往後拖，馬上脫離剛剛恍神的境界。

一道雷直接打在我原本站著的地方，地面立刻被打出很大一個正在冒煙的黑洞，同時也讓我完全清醒過來。

「防護範圍，看來不能隨便進入。」雅多盯著落雷點，那邊飄出一個小小的東西。

我跟著看過去……看到了《小飛俠》裡的那種小精靈。

啊……童年……

「入侵者，你們是誰！」小精靈顫動著藍色的翅膀，四周掉下少許發亮的鱗粉，然後她用著清脆的聲音發出了警戒性的詢問：「未表明身分將視爲惡意入侵，直接驅逐。」

「我們是公會的白袍階級，有任務想要與這邊的主人談談。」雅多抬高了手掌，張開後我看見那顆水晶就在他手上。

小精靈微微飛低了身體，藍色的眼睛看著那顆寶石半晌，接著又往上飛高：「這裡不是公會規範區域，我們拒絕任務進行，請離開！」

「公會應該有正式送來申請函。」雅多瞇起眼睛，聲音也沉了下來，「我想事由上面應該寫得相當清楚。」

「是的，但是我們已經發出回絕信件了，這是古代淨澤區域，我們拒絕讓陌生人進入，完全的拒絕！」拉高了音量，小精靈舉起手指，脅迫的雷光在她指尖上跳動著，「這裡是完全封鎖之地，只要是生人絕對禁止踏入！立刻離開！」

「嗯……？」看起來似乎不是很高興的雅多轉動了手腕，像是要抽出符紙。

「等等！」同樣看出他不對勁，雷多立即制止他：「雅多，我們先回去，這種地方不可以引起爭鬥。」

大概是因爲牽涉到水精之石，我總覺得雅多好像變得比較焦躁。

看了自家兄弟一眼，雅多才慢慢點點頭，「嗯。」

在小精靈的瞪視下，雷多啓動了移送陣，沒多久我們就被傳回學校。

回來時正好聽見下課鐘聲，接著是很多學生衝出教室的聲音。

我想起了離開星相教室時，老師說過的話。

「雅多，我們去一下會計部。」

「咦？」那兩個雙胞胎露出疑惑的表情看我。

「呃，也說不上爲什麼，總之我們先過去就對了。」隱隱約約的，我感覺到好像可以在那邊找到什麼答案。

……大概會吧。

嗯，如果眞的可以就好了。

好吧，我完全不確定。

看了我半晌，雅多才慢慢開口：「走吧。」

※

說眞的，我很少主動到會計部去。

更正，應該說我從來沒有去過會計部，只有偶爾在外頭遇到夏卡斯幾次，對於這片神祕的領地我是完全不想接近。

怎麼說呢……

就算你知道會計部本身應該是無害的，但你看到它是一棟黑色的水晶建築，周遭空氣好像整個扭曲變形，旁邊還長著很像食人花的東西時，就真的會不想進去了。

該不會那些花都是養來吃欠債的人吧！

「咦？你們在這邊幹什麼？」

就在我們三個準備不管三七二十一衝進去會計部時，後方傳來熟悉的聲音，「漾漾？還有雅多、雷多，你們在這邊出現眞稀奇。」

我一轉過去，心情突然整個放鬆了，「阿利學長！」沒想到會在這邊看到他。

阿斯利安朝我們微笑了下，「找會計部有事嗎？有時候必須要先通報一下喔，不然會看到很可怕的事情。」

……你用這種表情說那種話就夠可怕的了。

「什麼可怕的事情？」雷多偏著頭發出疑問。

「啊，就……」夾著手上的文件，阿斯利安直接走到黑色水晶建築前，一把打開大門。

那瞬間，我好像看到某種黑道討債的畫面，還配上淒厲哀號和鞭子甩動的聲音，接著還有討債人員的經典台詞——

「你他媽的再給我砸爛古蹟欠債，我就剝了你的皮當人工沙發、抽了你的骨頭當雨傘、把血全部拿去澆花還有肉剁爛了餵幻獸吃！沒那種錢還敢學人家去砸古蹟！」

雅多一秒把門給關上。

「就是這樣。」阿斯利安充滿微笑地向我們介紹，彷彿就像導遊正在告訴我們這裡是個著名的觀光景點一樣。

我發誓我從今以後再也不來會計部了！

幾秒後，黑水晶建築的門由內重新被打開，出現在我們面前的是一個再正常不過的人，只是他的袖口好像還有染血，「請問幾位突然造訪有什麼事情嗎？」

……我看見了皮笑肉不笑的最佳範本。

「夏卡斯找賽塔拿紫館的開支報表，我正要出去所以幫賽塔順路送過來。」相較於我們三個一瞬間的錯愕，站在前面的阿斯利安完全沒有被剛剛那一幕嚇到，連臉色都沒有改變，「另外這三位似乎有事情找你們，正打算進去。」

「既然這樣，那就請進吧。」袖口上有血的人微笑地領著我們進去。

與外面不太一樣，會計部裡採光很明亮，一看就是很典型的辦公室，主要好幾個接聽電話的桌面在四周，接著兩旁都是房間，房間上掛著名牌。

我很快就知道，這應該是傳說中的個人辦公室。

「夏卡斯的在二樓。」微笑著告訴我們樓梯的方向，那個人就逕自離開了。

「我們上去吧。」似乎對這邊滿熟悉的阿斯利安先踏上迴旋樓梯，我和雷多、雅多對看了一眼，也跟著上去。

來到二樓後，這裡沒有房間了，就是一個超大的空間，四周全都是書櫃和收納櫃，上面塞

滿了不知是報表還是啥的一堆紙和本子。

正在拿資料的夏卡斯就站在整個空間最末端的黑水晶大桌子前。

「阿利，辛苦你了。」接過阿斯利安手上的資料袋，夏卡斯轉身不知道拿著啥儀器把單子塞進去，接著從另外一端跑出一整條的數字列：「眞是的，公會突然丟了一堆東西叫我幫他們計算，眞是的。」

看著我好像一臉疑問，阿斯利安小聲地告訴我：「學校的會計部門是公會的分部。」

喔，對了，我想起來之前公會酬勞也都是透過會計部發給我們。

「對了，你們三個來幹嘛？」看著整串的數字，夏卡斯突然開口問。

雅多微微看了我一眼，於是我不太確定地開口：「請問您知道光之聖泉的情報嗎？」

正在計算的會計部首領停下手，這次眞的正視我們了。「你們問那個地方做什麼？」

聽他的反問，我就知道問對人了。

「公會那邊給我們一個任務，要去找含有鎮魂碎片的鈴鐺，而我們私人想要去尋找水精之石，但是那裡的精靈守護拒絕公會的申請，不讓我們進去。」和我有同樣的想法，雷多馬上回答他的問題。

「問你們旁邊那個人也行啊，又不是只有我知道。」

「咦？」

我們全轉過去看著阿斯利安。

「你們說的應該是人魚的休息地區吧。」阿斯利安看了那個把問題丟給他的人一眼，這樣說著：「那裡是古老種族支系，而我們狩人也是從很久以前便已經遊走在世界上，如同夏卡斯一樣，所以彼此都會有聯繫，眞的想要進去那個地方應該不成問題。」

「那爲什麼水妖精不行？」指著雷多他們，我也很有疑問。

水妖精聽說也是很遠古的吧？

「應該是你們沒有先透過自己的族群向他們打過招呼吧，如果沒有認識的人領路，那裡不可以貿然進去的。」一語戳中我們剛剛做過的事，阿斯利安彎起微笑：「不過既然夏卡斯在這邊，我想請他直接帶你們進去就行了，那裡有他熟悉的朋友。」

我們馬上又把目光轉回正在記帳的人。

「我有啥好處？」被學長稱爲錢鬼的人開口。

「……」

全部人都靜默了。

我打賭我的錢包他一定看不上眼。

雅多和雷多明顯也陷入不知該給他什麼他才有興趣的表情。

「水妖精不是有神殿寶石嗎，拿一顆那種東西給我。」直接敲竹槓的錢鬼主動提出代價。

「成交！」

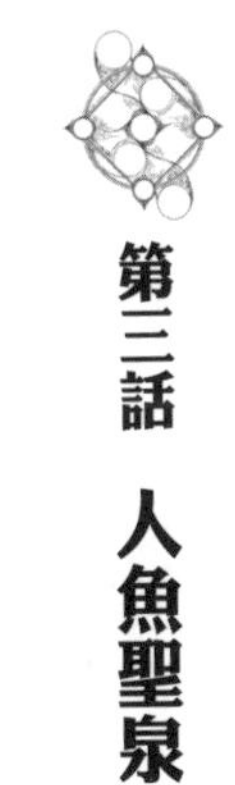

第三話　人魚聖泉

於是，我們再度前往光之聖地。

「這麼說來，夏卡斯也是人魚族嗎？」看著放下手邊工作、和我們過來的錢鬼，我好奇地問著。剛進來時我還差點把他誤認成精靈，但是他又不太像，某方面也和雷多他們那種妖精感覺不太一樣。

「不是、不是那種東西。」不知道爲什麼也跟來的阿斯利安立刻否決掉。

「啊，我們有聽說過，不過沒有眞正看過。」顯然知道他是什麼東西的雷多跟著開口。

「咦？」

那他是啥？

該不會是錢鼠吧？傳說中會咬錢回老巢的那種死要錢的家鼠。

就在我想進一步詢問時，四周景色已變成先前我們被驅逐的地方，雷打出來的洞還在。

剛剛因爲太倉促了沒看清楚，原來這裡還包圍著一圈近乎透明的翠綠樹林，風一吹過，從其中滲透出水的氣息。

「又是誰！」小精靈的聲音尖銳傳來。

「西蜜，是我。」

「你是誰！」似乎沒有認出對方的小精靈反而瞪著我們，馬上就看出我們是不久前才剛來過的那票人。「啊！入侵者！你們居然還不死心，真的要讓我好好教訓你們一頓嗎！」

「等……」阿斯利安連忙將我拉後面一點，然後對上那個根本已經殺紅眼的小精靈。

「還帶了人手來，該死！」

根本不想交涉的暴躁小精靈猛地飛高，我們看見大片黑色烏雲環繞在四周，散發出高度不友善的氣氛。

「後退。」夏卡斯立刻往前一擋，揮手要我們這群人都退下：「拿錢辦事，我來處理就行了。」

嗯，就某方面他還算是滿可靠的。

金錢相關方面。

「守護著聖地的永遠之光，請懲戒污穢的入侵之人，以西蜜・愛兒芬之名發動。」聚集大量雷光在手指上，小精靈直指地面。

倏地翻高身，夏卡斯重重踢上旁邊的樹幹，四周立刻散下大量被震落的樹葉。

陰影之中，我看見翻上去的黑影瞬間拉長，原本還是人模樣的影抽長擴大，整個形體完全扭曲開來。

來不及閃避的小精靈被某種白色東西踹個正著，整隻精靈被打飛好一段距離，接著聚雷也全部都散了，天空很快恢復清澈明亮。

然後我也看清楚落到草地上之後，顯露出來的「夏卡斯」的真實形體。

上半身其實沒有兩樣，只是衣服有點改了，讓我整個錯愕的是他的下半身。

拉長的優雅馬體有著白色泛銀的毛光，淡金色的長尾慢慢掃著，四隻蹄子穩固地踏在地面上……這東西怎麼看我都覺得他應該是……

人馬。

我看到白色的人馬。

錢鬼居然是人馬而不是錢鼠！

傳說中人馬不是非常避世隱居不介入世間紛爭的嗎！到底是誰的誤傳，我眼前的人馬可是利益至上得夭壽死要錢啊！

「這位褚同學，你的表情好像在說不食人間煙火的人馬跟我畫不上等號。」

我看到一隻馬蹄舉高到快要貼到我臉上了，只差兩公分就會從我正面踹下去，幾乎可以感覺到威脅的痛楚刺進我的眼睛裡。

「呃……當然不是。」現在就算是也要說不是，不然我應該會變成第一個被人馬踹的人類……妖師。

不過他的馬身體看起來好好摸的樣子——

「摸一次兩百卡爾幣。」唯利是圖的會計部錢鬼當場開出價碼。

我硬生生把口水吞回去，差點自己嗆到。

被踢出去的小精靈在撞進樹叢之後過了好一會兒才搖搖晃晃地飛出來，甩甩頭後瞪大眼睛，看清楚出現在她面前的人馬時整個臉色全都變了。

她很快地飛到已還原成人馬模樣的夏卡斯旁邊，很懷疑地左右繞了兩、三圈，然後才露出鬆懈的高興表情外加撒嬌的聲音：「夏董～你好久沒來了～害人家差點都認不出你們來～～」

……我眞想知道這個裡面是不是正派經營。

夏卡斯挑起眉，露出了一種瞭然的神色，「式青已經回來了嗎？」

「半年前到的喔，不過夏卡斯你怎麼知道的？」小精靈拍動著翅膀，一反先前凶惡的樣子，瞬間無比親切地替我們解開結界。

「從妳的言行舉止。」給她這幾個字之後，夏卡斯移動馬蹄，率先領著我們走進去。

「啊咧？」

「好久不見了，西蜜。」跟在後頭的阿斯利安很愉快地也向她打了招呼。

「唉呀！你居然藏在後面～～」完全無視我們了，名爲西蜜的小精靈追上阿斯利安，拉住他後面的髮：「姊姊們都很想你喔，小狩人～」

「眞高興西蜜還記得我。」

「之前看到你還很小很小，現在變巨人了……」

我已經不太想揣測這兩個人在這邊扮演什麼角色了。

「跟上去吧。」雷多拍了我一下，和雅多也隨在他們後面走過去。

四周的空氣又恢復那種讓人昏昏欲睡的乾淨，隱約似乎還可以聽到一些像是低語般的細碎歌聲。

不知不覺中我的腳步好像有點變慢，雷多他們一下子走得很遠，讓我只看見背影。某種奇異的聲音隨著風傳到我耳中，像是歌謠般傳唱著不知道什麼時候的過去。

很快地，雷多他們的背影也看不見了。

我站在原地，突然就這樣不想走了。

腦袋有點暈沉沉的，不過就在這時候我覺得好像有什麼東西閃過我的腦海，但是我並沒有去捕捉那一點思緒，任由它消逝。

模糊中我好像感覺到米納斯和老頭公在騷動，但是也不太想管……

就待在這裡也是不錯的。

現在我只想到這樣的事，其他的都不去想……

「這裡不能逗留。」

某種奇異的聲音突然從旁邊傳來，接著我感覺到手背上一陣刺痛，那陣痛瞬間鑽到骨頭裡變成劇痛，我人也半秒立刻回過神。

一回過神後我才發現有個大大的黑色東西差幾步就要站在我前面，發現我回神後，就用很快的速度逃走，連是什麼都來不及辨認。

我抬起手，上面有個不知道被啥咬過的傷口，小小滲出了點血。

剛剛如果沒有清醒過來……

算了，我不太想知道我的下場！

「漾漾！別脫隊！」終於發現我不見而折返的雷多快步跑過來，拉著我的手臂往他們方才消失的方向走。「這裡是充滿各種幻獸的聖地，一個不小心很容易被勾走靈魂，還會吸引來別的東西，沒有來過的人要是落單發生意外就不好了。」

我正考慮要不要告訴雷多我剛差點連魂都被抽走，不過我本人倒是一點感覺都沒有就是。

雷多拉著我走一段路之後，很快地我就看見其他人在前方不遠處等待。

「啊啦，還好沒有變成飼料。」西蜜有點尖酸地丟來這樣一句，可見她還是很不喜歡陌生的訪客踏進這裡。

「好了，人都到齊了，那我們就直接進入光之聖泉吧。」看見我們都歸隊，最前頭的夏卡斯才開口說道，然後伸出手，從西蜜那邊接過一顆發光的透明小玻璃球。

雙手握住圓球，夏卡斯喃喃唸了些我聽不懂、據阿斯利安說是通關密語的東西後，那顆玻璃球在他手中瞬間破成粉塵。

幾乎在同時，我們四周的景色也像是被敲破的玻璃一樣突然碎開。

清涼的水氣猛然迎面撲來，挾著濕潤與大量的水聲。

再度看清楚四周時，我幾乎下意識發出讚歎聲。

那巨大的水潭，大到幾乎讓我覺得應該是座湖泊，在最末盡頭還有著瀑布……但是很怪異的是這座瀑布居然是逆流，水全部往上沖，水霧在四周畫出了很多奇異的銀白色虹彩而非七色虹，不時還有被沖上的魚群往下跳。

包括我們所站之處，圍繞在這裡的是近乎透明的白色草地與森林。這裡讓我想到風之白園，因爲白園中的植物也是這樣的顏色。

幾隻小小的動物就在白色透光的森林中跳動著，樹梢上也站著我沒看過的漂亮飛鳥，空氣中挾帶著淡淡水霧，一切就像是夢幻世界般美到讓人移不開眼睛。

「歡迎光臨光之聖泉。」

站在最前面的夏卡斯背對著美麗的景色，微笑地說。

❀

「我還以爲聖泉指的是泉水。」

兩秒後，雷多問出我的疑惑。

「一開始是小小的泉水沒錯，不過後來擴大了，就變成現在這個樣子，但還是保留原來的稱呼。」飛在上方的西蜜這樣告訴我們，「這裡經歷過比水妖精還要長的時間，不可以小看。」

「了解～」雷多衝著她一笑，不過眼神卻很凌厲地注意四周狀況。

不只是他，我發現雅多也是這樣。

「奇怪了，平常這時候應該多少會看見一些人魚，怎麼今天都沒見到。」夏卡斯左右張望了下，接著瞇起眼睛：「西蜜，發生什麼事情嗎？爲什麼剛剛在外面妳會那麼緊張？」

被他一說，飛在上頭的小精靈抖了抖。

我也突然感覺似乎不太對勁，雖說是聖地，但沒道理小精靈會馬上就攻擊我們，除非她正在防備著什麼。

「聖泉之地已經不再安全了嗎？」阿斯利安同樣詢問著：「但是我卻感覺不出來這裡有奇異的事物入侵。」

「不是這樣的，其實是最近試圖想要入侵這裡的人變多了，所以我們才有點緊張。」嘆了口氣，西蜜停在夏卡斯的肩膀上，「畢竟古老的聖地有著稀奇的力量，雖說從以前開始就這樣了，但總覺得最近想闖入的人也越來越強大，好幾次我們應付得很吃力，害怕有一天連這裡也不保，所以一開始我才會以爲你們那些朋友也像入侵者一樣。」

「原來如此。」稍微思考半晌，夏卡斯的馬身坐在白色草地上，「我還是建議你們加入公會聯盟，有了公會支援，這些事情才會減少。」

「但公會中也不是全都好人。」西蜜皺起漂亮的小臉，「他們連冰牙精靈的小孩都沒保住，要我們如何放心將我們神聖的地方交給他們。」

夏卡斯咳了一聲。

我在心中反覆想著西蜜說的話，雖然我在學校中還有其他人的保護下並沒有聽到太多風聲，但是學長的事情果然在這個世界造成了很大的風波。

「我們這次前來就是想要拿到鎮魂碎片幫助冰炎的殿下重新醒來。」雅多這樣說著，態度上已經禮貌許多，雖然還是那張臭臉，「希望可以得到你們的協助，古老的種族聯盟中應該有冰牙精靈的位置，請看在這個份上施予幫助。」

西蜜皺起眉頭。

「既然水妖精的兄弟都這樣說了，西蜜妳也何必如此太不近人情。」

小精靈還未回答，一個清脆的聲音就先打斷她的思考，接著是好幾個水聲傳來。銀色的東西從逆流瀑布上飛躍穿出，接著用非常優美的姿勢落入水潭中，幾乎沒濺起什麼水花，然後像雷電般快速在水底下穿梭，不用眨眼時間便衝出水面，出現在我們面前。

先出來的是帶著水珠發亮的金色長髮，濕潤地貼在發著微微珍珠光澤的白皙皮膚上；和精靈有很大的不同，她的身體像是水揉成的一樣微微有點透明，像是一掐就會散開，而腹部以下全都是銀白色發亮的鱗片，銀得透光的魚鰭則是隨著水流起浮撥動著。

出現在我們面前的人魚有著湛藍色的眼睛，帶著不可侵犯的氣勢，以及惑人的光采直視著我們所有人。

「艾絲莉雅。」看著浮出來的人魚女性，夏卡斯準確無誤地叫出她的名字。

「夏卡斯，好久不見了，沒想到無視我們邀請函的你會突然過來呀。」稍微游了半圈，漂亮的人魚將身體撐在水邊的石頭上，不久後四周也露出好幾個美麗的腦袋。

現在出現的五、六尾全都是女性體，長髮在水上漂動著，像是絲紗一樣讓人忍不住又多看了兩眼。

是說，我好像沒有看到公的人魚？

注意到我在看她們之後，裡頭還有人魚向我們招手，嘻嘻哈哈地往瀑布的方向游去了。

「我的時間就是金錢，來這裡又賺不到錢，還是妳要按價付費？」直接向人魚索取價碼，完全不客氣的夏卡斯往我們這邊抬了抬下巴：「那兩個水妖精想要找鎮魂碎片，還有，妳們這邊有水精之石嗎？」

人魚看了我們一眼，顯然不太有興趣，「哪，夏卡斯先生，您久久未來訪，一開口就是要兩樣寶物，這樣似乎有點過頭喔？」

「妳們真的有水精之石嗎。」聽見人魚沒有否定的反問句，雅多立刻上前詢問：「我們非常需要這兩樣東西，請問必須要什麼代價才能取得？」

湛藍的眼睛轉回來看著雅多：「水妖精，名字？」

「雅多．葛蘭多。」

「很好，年輕的水妖精兄弟，你顯然不知道，若是將名字告訴古老的人魚，也等於將性命放在對方掌心上。」伸出帶著蹼的手，艾絲莉雅輕輕拍了拍雅多的臉頰，聲音充滿甜膩魅惑。

幾乎在同一秒，雷多立即將他的雙生兄弟往後拉開。

「艾絲莉雅，別捉弄我們了。」在岸邊坐下，阿斯利安微笑地看著旁邊的女性人魚：「這樣說話，會使水妖精的兄弟們誤會。」

「只是告訴他們，想與古老種族打交道要自己有點心理準備而已。」艾絲莉雅勾起笑容，大概也覺得玩過雅多之後差不多滿意了，「爲什麼不介紹最後這位……人類？」

她轉過來看我。

我馬上倒退一步，突然有點害怕。

「對喔，爲什麼會有人類跟過來呀？」西蜜立時飛到我旁邊，像蚊子般繞來繞去，讓我很想一巴將她給打下來，不過我倒是沒種眞正幹下去。

「實際上，漾漾是妖師後裔。」完全沒有什麼閃避的意思，阿斯利安不用半秒就把我的身分給揭穿了。

「妖師！」小精靈馬上整隻變成黑精靈，接著她的形體抽大了起來，黑色像是牛頭犬一樣的東西立即對著我咆哮：「黑暗種族出現在聖地想要做什麼！」

我還能做什麼……不就是現在站在這裡被妳吼嗎……

「這是我們學院中的人。」夏卡斯拎走那隻牛頭犬，淡淡地說著：「未來會是我們這方的人。」

「所以可以去搶銀行不怕被抓嗎？」傳說中純潔無瑕的小精靈說出了和班導一樣的話。

「不，絕對會被抓的。」我義正辭嚴地打碎她的妄想。

「呿，沒用的妖師。」

到此，我對小精靈的夢想也差不多都破滅了，雖然到這邊之後已經破滅很多，但還是會令人感覺到傷悲。

不過在簡短幾句之後，西蜜倒是從牛頭犬變回原本的小精靈模樣，振著翅膀停到了艾絲莉雅旁邊的石頭上。「那麼要怎麼辦呢？」她偏頭看著旁邊的人魚，像是喃喃自語般地問著。

支著線條優美的下頷，艾絲莉雅很有興趣地盯著雅多看，「哪，怎麼辦呀……我們這邊的確還有一顆水精之石，但對於聖地來說，這顆水精之石也有著非常重要的功用，我們無法隨便就出讓給陌生人。」

「所以，您想要以什麼交換？」拍了拍雷多的手，雅多再度詢問。

艾絲莉雅勾起微笑。

「送給你吧。」

我們全都愣住了。

包括夏卡斯和阿斯利安，他們大概也沒預料到人魚會說出這樣的話。不，我覺得夏卡斯想的應該是——沒想到可以拿免費的。

「哪，我再重複一次，就送給你，『雅多．葛蘭多』。你說出了你眞實之名給予古老的人魚，而你們踏入了人魚的純淨之地，由外而來的氣息即將影響我們。送給你水精之石也代表你與人魚一族將會有所牽連。」艾絲莉雅撐著岸邊，接著慢慢往上走，她的銀白色魚尾慢慢變化成白皙的雙腿，水珠不斷從她身上落下連成了薄紗，飄逸的布料擦過我們，然後她站到了雅多旁邊，聲音細柔地傳來：「直到最後的那一天，你將——」

最後的一小段話消失在她和雅多的耳語中，聲音很小，包括雷多在內我們全都沒聽見。

雅多閉了閉眼睛，然後艾絲莉雅往後退了兩步，依舊是相同的微笑，「如果後悔，趁現在喔？」

「不，就這樣。」像是下定什麼決心，雅多立刻回答。

「等等！你們剛剛說了什麼事情！」發現不太對勁，雷多立刻抓住他雙生兄弟的肩膀：「爲什麼不大聲說出來？」

「因爲這是我與他的協議。」露出神祕的微笑，艾絲莉雅彈了下手指，原本在瀑布那邊玩的人魚群很快地停止動作，接著沉入水底不見蹤影。

「那麼和我協議也可以，我是雷——」

白色的手捂住了雷多的嘴巴，艾絲莉雅的唇幾乎貼在自己的手背上，然後像是誘惑人般輕輕吐出氣息：「我們不需要第二個人。」

「雷多，沒什麼事情。」將雙胞胎往後拉了拉，雅多表情沒什麼改變地說。

「你騙人——」

大量水聲打斷了他們兩人的爭執。

剛剛消失的人魚群突然在很靠近我們的地方全站了起來，就像艾絲莉雅一樣踩出雙腳，大約五、六個人的中間一名比較年輕的女孩手上捧著個水晶盒子，隱隱約約我感受到那裡傳來濕潤的清淨氣息。

就像這裡的空氣一樣。

「艾絲莉雅大人。」女孩恭敬地將盒子捧上，周圍其他人魚也全都帶著相同的恭敬。

這讓我覺得艾絲莉雅應該就是她們的首領沒錯了，但這裡爲什麼沒有男的人魚呢？眞是讓人相當好奇。

想偏了……

接過了盒子，艾絲莉雅轉身遞給雅多，「那麼，我期待履行的那一天。」

收下了水精之石的盒子後，雅多微微點了下頭：「那麼，鎭魂碎片……」

「那個就不在我們這邊了。」幾尾人魚跳回水裡，唯一站在原地的艾絲莉雅看向夏卡斯：「鎭魂碎片在你朋友身上喔。」

「咦？在式青那邊？」沒想到答案是這樣，夏卡斯著實一個大愣。

「嗯啊，一直都是在他那邊，因爲那不是我們能夠觸碰的東西。」回完話後，艾絲莉雅動作優美地向後一跳，瞬間沉入水中，然後游了相當長的距離，「如果要找式青，就自己等等吧～運氣好很快就會出現的，那個小傢伙！」

說完，一群人魚就不理我們全部散開。

四周很快恢復一片沉靜，除了不遠處的人魚們開始唱歌以外，西蜜也懶得再搭理我們，轉了幾圈就飛進森林裡消失得無影無蹤。

「雅多，你把剛剛的事情說清楚。」並沒有被轉移注意力，雷多拽著自家兄弟的手，堅持要對方好好交代剛才的事情。

雅多看了他一眼，啥也沒吭。

「別在這裡吵起來。」跟來看熱鬧的阿斯利安將兩人分開，「有什麼事，回去再慢慢說。」

「不行，如果現在不讓他說出來，他以後絕對不會講。」扯著沒有說話意願的雅多，似乎有點生氣的雷多拉著人往外走：「我們先回去，漾漾你幫我們拿那個鈴鐺，他如果不說，我找伊多來讓他說！」

語畢，兩人就這樣拉拉扯扯地往外離開，完全沒有聽我表示意願。

啊喂，這是我的任務嗎我說？

不過我隱約也知道剛剛那件事不對勁，所以還是讓他們自己去處理得好。

「最麻煩的水精之石已經拿到了，我還有一堆帳要算，你們兩個就留在這邊等式青吧，他如果有回來，晚一點絕對會出現。」站起身，不知道什麼時候已變回人身的夏卡斯拍了拍身上的草屑。

「咦？這麼快？」看見導遊要離開了，我突然開始緊張。

「不然再下去我要按時收費，你出得起嗎？」用一種鄙視窮人的目光看我，臉上寫著時間

天價的夏卡斯抬高了鼻孔。

「對不起我應該出不起……」我連價錢都不敢問，總覺得聽了大概會心臟病發作。

「夏卡斯，式青該不會是……那個吧？」坐在旁邊的阿斯利安偏著頭看了看四周，提問。

「你不認識式青嗎？」錢鬼疑惑地看著狩人，後者搖搖頭：「總之，就是你想的那玩意，如果人魚都到下游來，那他應該很快也會出現了，你們就在這邊稍微等一下，到了之後如果他不給你們鈴鐺，你就和他說夏卡斯馬上會來跟他清債，叫他連三成的利息都給我準備好。」

……你放高利貸放到人家聖地來了？

「原來如此，我知道了。」阿斯利安點了點頭。

「那就這樣，先閃人，再見。」

於是，聖地就剩下我跟阿斯利安兩個。

然後對此我只有一種想法。

我們兩個才是路人吧……

※

「突然好安靜，要不要找你的朋友過來呢？」

阿斯利安打破了尷尬，依舊很平易近人地開口詢問。

「嗯……不用了。」千冬歲現在正在發揮他的戀兄癖，叫他絕對不會有好下場；萊恩最近和莉莉亞走很近所以不要妨礙人家比較不會被豬踢；喵喵的話大概又是去出任務吧。

最後我只有想到一個人。

五色雞頭來大概會引起人魚的全面戰爭。

所以還是不要找人來會比較安全，對我而言的生命安全。

「阿利學長要找朋友來嗎？」丟開我自己那群奇怪的朋友不說，阿斯利安找來的應該會比較正常吧？

一聽到我這樣問，阿斯利安立刻搖頭：「不用了，如果知道我在人魚聖地，來的應該不是戴洛就是……」

摔倒王子。

他不用說我也知道是誰。

自從阿斯利安左眼被毀去之後，戴洛老兄好像很緊張他弟隨時都會出問題，從那時開始就押著人搭檔，也不讓阿斯利安去接太繁重的任務了。

雖然他本人認爲是小題大作，但看在兄長輩的眼中大概不是。

關於這點，從千冬歲身上也可以驗證，就像他覺得小亭的杯子不消毒就可以毒死他哥一樣。

有時候，兄弟眞是一種奧妙的東西。

腦子很奧妙。

不過我就不曉得摔倒王子是在跟人家湊什麼熱鬧了，從大戰之後到現在都快一年了，明明他又不是我們學校的人，來的機率卻增高了，還都是來晃一晃、鄙視完其他人才離開，都不知道來這裡想幹嘛。

證明血統純良？

還是欠人扁？

高貴的種族眞是一種讓人難以捉摸的東西。

不知道我腦袋裡在想這堆亂七八糟，阿斯利安輕咳了聲：「我想，我們還是自己等吧。」

「嗯。」

說實在的，我也不太曉得要和阿斯利安聊什麼，雖說認識歸認識，但平常他並不是跟喵喵他們一樣和我混成一團，甚至可以說在大戰過後就回歸各自的平靜生活，而且之後他升了大學部我們也變得沒什麼碰面機會，偶爾在校園遇到會打招呼，僅此這樣的關係。

阿斯利安這個人說起來，人際關係似乎非常好，這一點我之前就已經知道了，只是不知道有多好。後來稍微打聽一下，發現到處都有認識他或聽過他的人，人氣相當旺，評語也幾乎都是正面的，就是那種人見人愛的類型。

附帶一提，打聽學長時，還有人很貼切地說了「惡鬼」兩個字；而夏碎學長則是讓人不想為敵的好人……應該是好人吧。

「那個，雅多不知道答應了什麼條件……」因爲四周太過安靜，人魚也隔了好一段距離在玩，實在是覺得氣氛太過詭異，我只好隨便找個話題來說。其實也算不上是隨便找，這也是我很想問的事情就是了。

看了我一眼，阿斯利安又看了看遠處打鬧唱歌的人魚：「我想，多半不會是什麼好事。」

「咦？」

「因爲人魚並不是什麼善良的種族，本質甚至稍微有些邪惡。原世界不是很多故事都這樣嘛……傳說人魚會在海上唱歌取走旅人的生命。」大概也是有了話題，阿斯利安開始說了起來：「和狩人不同，我們的天性是指引旅人，頂多偶爾會開些小玩笑但不會危害旅人的性命；但是人魚是會隨著心情傷害或玩弄生命，而且她們也不會替旅人指引路途。」

被他這樣一說，我開始有點擔心雅多了。

不知道他究竟答應了什麼事，如果他不說出來……我只好去問剛剛那條人魚看看，如果她也不說，不曉得米納斯有沒有辦法讓她說。

淡淡的水波聲在我腦袋裡響起，接著是我最熟悉不過的溫柔聲音，米納斯就像之前一樣主動發話：「我並未嘗試過這種方式，您所想的應該是拷問吧。」

這些話旁邊的阿斯利安聽不見，我是在大戰之後才發現原來幻武兵器也可以用這種方式對話的，難怪萊恩常常拿著一串大豆在冥想。

其實也不是拷問啦，只是想把知道的事情問一問而已。

「那就是拷問。」

我發現米納斯最近說話也有點越來越不客氣了。

「你在與幻武兵器對談嗎？」坐在旁邊的阿斯利安突然開口，打斷我和米納斯的交流。

「咦？看得出來？」我還以爲從外表看就是在放空。

「稍微有那樣子的感覺。」不知道是看到啥感覺的紫袍給了我奇妙的答案，因爲太奇妙了，所以我根本不想深入詢問下去。

反正十之八九一定會得到一個「感覺上就是這樣」的答案。

「阿利學長平常也會和幻武兵器對話嗎？」反正又不想問他爲什麼，我乾脆順著話題繼續聊下去。

「偶爾，不過都是單方面地說。」阿斯利安聳聳肩，「我的兵器可不太多話，夏碎的也是，很沉默，有時候放出來讓他們沉默地排排坐還挺有趣的。」

……我還眞想看看那種畫面。

就在想著想著然後想問他可不可以下次弄給我看時，阿斯利安突然對我比了個噤聲的動作，然後將我往後面的樹林拉，在裡面躲藏好。

「來了。」

順著他所指的方向看去，我看到另一端的樹林區中隱約出現了銀白色的東西。

與夏卡斯不同，那種銀白是近乎閃耀的顏色。

泛著微光，同樣漂亮的光角就在那生物的額上，隨著白雪色的鬃毛穿過了空氣。

我不自覺地屏住呼吸了。

生平第一次，我看見了傳說中在繪本才會出現的……獨角獸。

而牠貼著草地正在匍匐前進。

❋

我揉揉眼睛，一瞬間我還以為眼睛抽筋了。

因為我從來沒有看過一匹馬在森林裡匍匐前進，更別說是一匹長得很像馬、但比那東西更珍貴無數倍的獨角獸。

那隻聽說非常高貴的生物現在正用一種……肚子貼在草地上，然後四隻腳在地上滑動的詭異姿勢往前爬。

循著牠爬的方向，我看見牠正偷偷地爬向瀑潭，接著在有一段距離的地方嘿嘿嘿地露出詭異的表情在看那一堆人魚。

通常，這種畫面我們會形容它叫偷窺。

一匹獨角獸偷窺一堆人魚？

我看了下阿斯利安，他的表情好像是想笑，我覺得我自己的表情該也沒有正常到哪邊去。

用樹幹當作掩護，就在很近的距離看了好一下之後，獨角獸才又往前爬了好幾步，大概是想要看清楚一點。

眞是一匹色迷迷的馬。

對了，我記得之前繪本上好像也是說獨角獸只親近處女還啥的……

「你在幹什麼！」因爲太近了，所以很快就有人魚發現正在偷窺的獨角獸而發出大叫。接著好幾條全都游向那個方向，然後轉成人腿走上岸。

被發現之後，獨角獸也很乾脆地站起來，歡樂地奔向少女們的懷抱——

「跟你說過幾次不要在遠處偷窺！」其中一個直接舉腳從馬臉上重重迴旋踹下去，在馬蹄摸到她胸部之前，體積還不算小的獨角獸整個飛出去了。

「可惡！變態！」

「色馬！」

「該死的小鬼！」

接下來是一頓拳打腳踢。

我整個錯愕了，完全愣到最高點，不知要作何反應。

是說妳們剛剛也是就這樣在下面游泳啊，被我和阿斯利安看那麼久不是都沒反應嗎？爲什麼被匹馬看到反應就這麼大！

有那麼一秒我有種還好剛剛沒有被打死的慶幸感覺。

「因為那匹獨角獸的表情太下流了。」阿斯利安咳了聲，大概也看得出來我的疑問在哪。

為什麼你可以看得出來牠的表情下流！

就在短短時間內，人魚圍毆完了那匹獨角獸之後就全都又跳回水中，接著被瀑布往上沖回上游，一時水面變得異常安靜，同時我也知道那個水往上流的真正作用了。

還真方便啊不用再游回去……

被圍毆完的獨角獸躺在原地，我隱約好像看到牠的鼻子裡出現了血紅血紅的顏色。

「過去吧。」確定人魚都走了之後，阿斯利安才拍拍身上的草屑，筆直地往躺在地上的傳說幻獸走去。

我翻了翻隨身小背包，裡面還有些衛生紙，不知道馬會不會自己擤鼻血。

跟隨著阿斯利安，我們很快靠近了躺在地上流鼻血的馬。

一發現陌生人（還不是女人），獨角獸馬上站起身，銀白色的鬃毛晃了晃，差點讓我不自覺一把抓上去。

「您是……式青？」站在馬前差不多三、四步距離之處，阿斯利安先開口詢問。

有著藍色眼睛的獨角獸瞇起眸，馬頭上下左右晃了晃打量著站在眼前的狩人，連我都可以看得出來這隻獨角獸臉上掛滿了問號，好像是在說「老子啥時候認識你」這種話。

「我為狩人部落的席雷．阿斯利安，目前任職於聯合公會的紫袍。因為公會任務原因想取得鎮魂碎片，據說在您身上，想請問是否真的有這回事。」換上了與平日不同的嚴肅態度，阿

斯利安慎重地詢問對方。

……其實不過就是個獨角獸，這樣溝通好像也太過於謹慎了。

盯著阿斯利安看了半晌，獨角獸在身上蹭了蹭鼻血，皓白的毛皮上留下一坨刺眼的紅色，然後才不知從身上的哪裡咬出一個大約五十元硬幣大小的鈴鐺。

那是一枚銀色、看起來毫不起眼，大概路邊隨便買都有的鈴鐺，上面繫著小繩結，一點都不特別。

伸出手，阿斯利安輕輕放在鈴鐺前，大概過了幾秒才收回手轉向我這邊：「是眞貨。」

「咦？那可以給我們嗎？」我看著眼前的獨角獸，後者立刻把鈴鐺藏回身上……不然你身上是有異次元口袋嗎？怎麼看我都不覺得那平坦的毛皮上有可以藏東西的地方。

「我們眞的很需要那樣東西，您應該知道冰與炎的王子的事，這樣物品是要用在他身上的，並非要用在其他地方。」

獨角獸搖搖頭，大有王子干我屁事的意味。

我想了下，然後看著還在滴鼻血的獨角獸：「學長是個大美人。」

那瞬間，獨角獸的眼睛發光了。

阿斯利安用一種很難以形容的表情看我，而我當然知道他爲什麼會露出這種表情。看著獨角獸的反應，我再接再厲地說下去：「你想想，精靈一族怎麼可能會差到哪邊去，加上學長他媽媽可是燄之谷第一公主，聽說是鼎鼎有名的超級大美女，這樣正正加下去他們的小孩一定是超正，就算不是美女，一定也是美人，你忍心看著美人王子就這樣沉睡不醒嗎？」

一口氣說完之後我自己也感動了，果然和五色雞頭混久了什麼鬼話都說得出來。

獨角獸現在不只滴鼻血，連口水都下來了。

阿斯利安連忙把我拉到旁邊去。

「這樣可以嗎？」他以有點擔心的語氣低聲問我：「你把學弟賣了？我原本打算告訴他夏卡斯的事情。」

「呃，應該沒關係吧，獨角獸不是只對處女有興趣嗎？而且就算他想對學長怎樣，可能也沒命回去吧。」我對學長有百分之百的信心，他絕對會殺了獨角獸然後放血剝皮抽骨，讓全天下人都知道對著他滴口水會有什麼下場。

「這樣說也……」不知道算不算贊成，阿斯利安皺起眉，露出很詭異的表情：「我想你最好別讓學弟知道是你提議的。」

「嗯，不然我也會死得很慘。」我有這種預感。

是說，我的膽子好像變大了，大概是因爲快一年沒有被揍，所以連學長也想整了嗎？

「那我跟過去可以嗎？我想看超正的美人。」

這一句很顯然不是我、也不是阿斯利安說的。

愣了一下，我們同時轉過頭，這才發現不知道什麼時候有第三個人出現在我們旁邊。如果是我沒有發現就算了，但是看阿斯利安的表情，他似乎也沒有注意到。

在我們側邊的，是個穿著白色有點像中國改良式服裝的男人，銀白色長髮藍色眼睛，讓我們一眼就認出來他是誰的並不是他的臉，而是他腦袋上那根太過突兀的單角。

「式青……？」阿斯利安先叫出對方的名字。

「是的。」勾起大大的微笑，剛剛還是獨角獸現在變成男人的傢伙抹掉臉上的鼻血，「小的是幻獸，獨角獸一族的式青。」

原來他可以說人話的嘛！

無視我們兩個想給他一拳的表情，這次眞的露出貨眞價實猥褻的笑容，男人一邊搓著手一邊靠了過來：「你們剛剛說那個王子非常漂亮，如果眞的需要我的鎮魂碎片，那唯一條件就是讓我一起跟過去。」

糟糕了，原來色馬會變成色狼，不知道學長有沒有辦法對付。

「是王子、不是公主喔。」阿斯利安重申了一次學長的性別。

「沒關係，我喜歡看漂亮的人，美人還是美女都喜歡，不過美女姊姊最好了，美人只可以欣賞。」捲著自己銀白色的長髮，似乎泛著光的男人滿足地微笑著：「但是也無所謂，既然是燄之谷第一公主的孩子，那一定很有可看性，我也聽說冰牙三王子很漂亮……」

我看見男人的口水又滴下來了。

「呃，幻獸可以到一般地區嗎……」阿斯利安有著很大的疑惑。

接著我們聽到好幾個水聲，剛剛被沖上去的人魚又紛紛跳了下來，好幾尾就隔著岸邊衝著我們大叫：「快把這傢伙帶走！」

看來獨角獸的騷擾已經困擾她們很久了。

「姊姊們～～～」一看到人魚回來，獨角獸馬上放棄與我們交談，很歡樂又奔了過去。

於是幾分鐘前的狀況重新上演，不過這次被圍毆的不是馬，是個人。

我突然覺得問題很大了。

「漾漾……」阿斯利安重重拍了下我的肩膀，露出一種好像要幫我送終的表情：「明年的今天我會記得拜你。」

喂！不要一下子就跳到我會有忌日好嗎！

而且你該先幫我隱瞞吧！要是學長眞的找人算帳，你應該要保護你最底層的學弟才對啊！

「呀啊——」

不小心被獨角獸摸到屁股的人魚發出尖叫聲，然後一腳踹在他臉上。

看著這一幕，我突然覺得可悲了。

早知道剛剛就不要多事，讓阿斯利安拿夏卡斯去壓他就好了！我雞婆什麼啊我！

有時候，人眞的是自己找死。

我現在深切地體驗到這句話了。

不知道後悔行不行了……

第四話　新加入的客人

「所以，你們就把獨角獸也帶回來了？」

站在醫療班總部的大門口，輔長露出不知道是想罵人還是想誇獎的表情。

「呃……因爲他說鎮魂碎片是他的，如果我們不讓他跟過來也別想要拿到。」看著身後跟過來的獨角獸人，我偷偷捏了把冷汗。

站在後面的人直接一把壓住我的腦袋，然後露出欠揍的笑：「我的東西只有我能用，那你們說的大美人在哪邊呢？」

「就算有也不給你看。」輔長一臉就是「本地禁止色馬入侵」的表情。

「哼，如果想使用我的東西，就乖乖地讓我去看。」色馬囂張地環著手，吃定了我們很需要這玩意，「先告訴你，鎮魂碎片是會認主人的，如果要讓它換新主人一定要舊主人放棄；另個方法就是原主人願意出借，否則你們拿到的就只是普通沒啥路用的小碎片而已啦。」

我突然有點知道爲什麼他會跟來了，不過如果他可以用正常方式解釋，相信我們會比較感謝他。

有點不甘心地瞪著對方，過了幾秒之後輔長才鬆口：「目前因爲正在準備清醒工作，所以醫療班聚集了頂尖人員正在做最後的藥物更換，最快後天可以讓你先進去；同時我們要借用碎

片的能力。」

「原來如此。」式青撫著下巴：「所以我後天才可以看到美人嗎……這也沒關係，希望他是值得等待的對象。」

「所以你可以先滾了，後天再過來。」輔長語氣相當不善地趕人。

對了，我想起輔長也是喜歡漂亮東西的那種人，之前還常常被學長修理，所以這就是所謂的同性相斥原理嗎？

原來變態是會排擠變態的，世界還真是公平。

「不過我也不想回去耶～」轉過來看著我們，色馬眼中的閃光突然讓我整個人打了一個冷顫，接下來他說的話也讓我知道大事不好。「借我地方住吧～」

他說得太過理所當然了，就好像只是在說「喔，天氣晴朗」這樣的話。

「醫療班裡沒馬廄。」輔長很不客氣地拒絕對方的請求。

阿斯利安輕輕咳了一聲，「那個……很不好意思，我這邊也不太方便……」

其實我覺得他想說的是，如果戴洛還是摔倒王子打開門之後發現他房間裡有匹表情可議的馬，會做出什麼事情還眞沒人能預料得到。

搞不好下次去我就會看見張獨角獸的獸皮晾在陽台上消毒。

三個人都看向我這邊。

等等！這是我的責任嗎！

我房間也不是馬廄啊！你們應該要把雷多、雅多叫回來，叫他們養在水妖精聖地才對吧！至少還有空地可以蹓馬，而且關在聖地裡才可以昇華他渾濁的心靈吧！

「那就這樣決定吧。放心，我只要有床就可以住了。」表現得很大方，好像去住我房間是我榮幸的式青用力拍拍我的肩膀。

……希望你知道一個房間裡只有一張床！

讓給你我是要睡廁所嗎！

「這也是可以，在學院裡我們也比較好找人。」輔長居然投同意票了。

有沒有人要先問過我的意見啊！

「黑館應該要先問過賽塔吧？」這樣亂帶馬進去不知道會不會出問題。

「沒關係，如果是居住者帶進去的話不會有問題，因爲算是你的客人。」完全沒看出我在做最後掙扎的阿斯利安非常好心地告訴我這件我早就知道的事情。

讓我多掙扎幾下會死嗎——

「那就這樣決定了！」很快樂的獨角獸一把搭住我的肩膀，活像我們兩個是認識多久的好兄弟一樣，接著他壓低聲音問了我一句話：「宿舍有多少美女？」

……我後悔了。

我這次眞的後悔了。

自作自受這句話我完全知道怎麼寫了，因爲它現在正具體地出現在我身上。

※

「漾漾，你回來了啊？」

當我領著一匹馬回到黑館門口時，第一個看見我們這種怪異配對的就是蹲在門口不知道在幹什麼的黎沚。

爲什麼會是一匹馬？

因爲這匹色馬告訴我他比較喜歡獨角獸的型態，因爲可以吃到比較多少女的豆腐，而且還是自動送上門的各種豆腐，所以他就恢復原本的模樣，把「下流」這兩個字發揮到淋漓盡致。

「你在幹什麼？」我看他也不像蹲在門口抓螞蟻，摸來摸去不知道在幹什麼。

「等等，我在找東西，剛剛有個東西闖進校園就停在黑館這邊，算是白袍級的任務。」阻止我們踏上大門台階，黎沚繼續蹲在門口前摸索著。

「東西？」

「嗯、找到了！」

「找——」

還沒搞清楚他在找什麼，正要開口問的同時我看見黎沚往石鋪的地面用力一插，徒手貫穿了地板，接著臉色完全不改地再將手抽出來。

那瞬間，我看到的是某種黑色的東西跟著被抽出來，一開始我還以為是海參，但是在長度超過三十公分之後就馬上修正猜測了。

「有蟲。」拖著那條東西，黎沚往我們這邊一翻，接著往外用跑百米的速度衝出去。然後我只看見那條怪異的黑色東西一直被拉拉拉拉拉地往外拉，無止盡延伸了很長很長一段距離後還是沒看到頭被拔出來。

不、也有可能黎沚拿的那邊才是頭。

大概過十幾秒，我遠遠又看到黎沚好像繞過了幾樣東西，抓著那個黑的又往我們跑回來。就在同時，地面下發出了異樣的聲音，轟隆隆的像是某種奇妙地鳴，整片地也跟著搖晃了起來，原本鋪平的石板突然往上隆起裂開。

「出來了！」從腰後抽出短刀將手上那條黑色的東西插在地上，黎沚從我們身邊擦過，接著一拳往飛出來的另一端揍下去。

霎時，我聽見好像某種恐龍快死掉的慘烈咆哮哀號聲。

嗯……我大概很能了解那個黑色東西的痛苦，因為我記得黎沚的力量滿大的，雖然他外表看起來不是那回事，還柔弱嬌小得可以。

被打飛的黑色物體哀號之後彈出去，但因為他的身體一部分被固定了，加上他彈飛的方向是黑館，所以半秒後我聽到結實的巨大聲響，以及看見了被撞的黑色玻璃門飛出一堆靈魂在太陽下昇華的怪異情景。

撞上玻璃門後，我才看清楚那個黑東西的樣子。

那是一個很像燈籠魚魚頭的怪腦袋，大大的有顆黃色的眼睛，撞擊玻璃門之後牠整隻翻了過來下巴朝上，嘴巴大開露出黑色的尖牙。

「這是原蟲的一種，現在要將牠傳送出去。」直接用暴力確認黑色怪東西暫時暈眩沒有反抗跡象後，黎沚露出大大的笑容，然後將手上和衣服上的灰塵拍乾淨。

說到原蟲……我的確對這東西有印象，第一次看見時剛好認識了帝，真是一種讓人懷念的生物啊。

「傳送完畢。」

在我恍神瞬間，黎沚已經用不是人的速度將黑色原蟲弄走了，接著才轉過來我們這邊，同時也注意到從剛剛開始就站在我身後的獨角獸：「咦？幻獸？這是漾漾你的召喚獸嗎？」

我轉過去，看見那個聽說要去襲擊美人的獨角獸倒退了兩步，看著黎沚可愛的娃娃臉卻露出了驚恐的神色。

很好，我相信他剛剛應該已經體認到黑館裡就算是看起來像無害小孩的人，也有暴力到無法招惹的力量這件事情了。

「可以摸嗎？」黎沚走到色馬旁邊，露出了一種很渴望、很難讓人狠心拒絕的表情，大大的眼睛水潤水潤的，巴巴地看著我。

「不可以。」

就在我快動搖的同時，從黑色玻璃門後傳來第三者的聲音，接著我看見這兩天才出完任務的洛安走出來按著黎沚的肩膀：「有點事情，請先進來裡面吧。」

一聽見對方認眞的聲音，黎沚點點頭，向我們揮了手後便跑進黑館，完全忘了剛剛要摸馬的事情。

不知道是不是錯覺，跟在後面進去的洛安瞥了眼色馬，銳利的目光有點像是在警告瞪視的感覺，但是也沒說什麼就跟著走進去了。

黑色的玻璃門自動關上。

「啊啊……美人……」色馬的聲音突然在我腦袋裡響起來，讓我整個嚇了一大跳，因爲這種說話方式只有米納斯使用。

「你、你不要在我腦袋裡講話！」我整個雞皮疙瘩都起來了。

「唉，獨角獸型態一般人聽不到我說話，頂多聽到馬在叫的聲音，不這樣連結我怎麼和你溝通。」完全不認爲哪裡有錯的色馬還說得很理所當然。

你要連結起碼先問過我吧！

這裡不管是人還是馬都主動漠視人權就是了？

「唉唉，剛剛應該先湊過去的，眞是可惜了小美人……」

「你剛剛不是害怕黎沚嗎！」瞪著剛剛明明倒退兩步的色馬，我揚高了聲音。

「不，我只是太震驚了，沒想到一來就有好康的事情，一時不敢相信往後退了兩步。」根本就不知道什麼叫害怕的變態馬死盯著黑色玻璃門不放，好像很想一頭撞進去尋找剛剛在這邊毆打原蟲的那個黑袍。「小朋友，你眞是不解風情，如果害怕被打的話要怎樣欣賞美麗的人呢？當然是流血流汗得來的果實才會甘美啊。」

……我非常不想要這種噴血得來的果實。

看來繼續和他講話我眞的會跟著腦袋也壞去。

決定不管那匹色馬的變態風情，我推開了黑色玻璃門自己走進去，隱約好像還有誰在哀號他的靈魂都被太陽光蒸發了但是沒有看見人，就是遙遠很模糊的聲音而已。

大廳裡一個人也沒有，看來洛安應該把黎沚給拖走了。

是說，他認識色馬嗎？

不然爲什麼會有那種很警戒的表情？

「那是哪裡來的獨角獸啊？」趴在樓梯扶手上，搖晃著尾巴的奴勒麗勾起慵懶的微笑，很嬌嬈地看著跟在我後面的色馬。

而我後面的馬也很配合地直接滴出口水，但是並沒有湊上前去。

「呃，雅多他們任務的，因爲他們有點事情所以我先帶回來了，不好意思。」禮貌性地打了招呼，我連忙快速走上樓梯，越過奴勒麗往自己的房間跑。

在她把興趣轉向我之前要快點回到房間避難。

「喔～那借我玩吧。」目前注意力都在色馬身上的奴勒麗很歡樂地哼著歌跑下去了。

「別玩死喔。」

轉過一個樓梯口之後，我果然聽見樓下傳來淒厲的馬嚎聲。

嗯，請安息吧。

※

把色馬丟在大廳讓他和惡魔好好聯絡感情後，我很快地跑回自己房間。

才剛踏上房間所在樓層，遠遠就先看見尼羅站在房門口。

「您好。」微微行了禮，一如往常的尼羅露出微笑。

「咦？有事情嗎？」我記得今天應該沒有和伯爵還是誰另外有約才對。

「安因先生臨時接受一件任務，所以請我將明天的作業交給您，還附帶了一些書籍，如果您有問題也可以問我。」遞出了手上一疊看起來就夠讓我頭痛幾天的厚重書本，尼羅這樣說著：「這些是中文譯本，通用語文本可以在圖書館中找到。」

「中文就可以了，謝謝！」開玩笑，我的通用語差點被當掉了。

話說在升二年級之後有堂通用語的必修課程，聽說一開始好像是選修的，但在大戰發生時似乎在學院外的一些地方除了鬼族引起的紛爭外，還因爲語言不通造成了少許誤會，所以學校便將它排入了必修課裡。

扇董事說得好，從這邊出去的學生要是給她丟臉就只有死路一條。

當然，這是某天她閒來無事又來亂晃時私下說的，要是她直接在全校面前公開這條，我想以後陷入慌亂的應該不只外面，校園裡大概也會跟著爆發恐慌了。

至少我就會很恐慌。

通用語其實沒有我想像中的難，但是人嘛，就是有分可以讀英文和背不出單字的人，雖然通用語很快就可以抓出個規則，但是到現在我還是只聽得懂簡單的部分，例如早安跟你好。

「您的通用語有待加強……」尼羅無奈地看著我，說著：「據說高中不會將通用語列入畢業最終考試之一，但是大學部會，若您需要補強也可以來找我。其他語言如果您有興趣，我多少也懂得一些。」

我懷疑搞不好尼羅其實深藏不露，他應該全世界的語言都會了，說不定還有黑袍資格！

這種人才公會不來挖真是太可惜了！

但是另一方面我也覺得當伯爵的管家真可憐，居然被迫得什麼都要會。前幾天我去醫療班時居然還聽到情報班有人向尼羅請益，說是找不到一款清潔劑能夠把人完全滅屍不留痕跡還順便消除親友記憶的；最可怕的是，尼羅居然當場幫他找到了，而且還附帶配方。

說真的……我還滿想知道那款清潔劑到底是用在哪邊，那其實是進階版王水吧還附帶清除記憶咧！

那是什麼可怕的東西啊！

沒有注意到我正在亂想什麼，尼羅稍微偏過頭瞇起了眸子，「好像有什麼聲音……」

被他這麼一說我也立刻聽到了。

有個馬蹄聲直接從下面衝上來，來勢洶洶地非常快速，接著不用兩秒我就看見白色還帶著根角的四腳色馬一邊噴淚一邊往我們這邊衝過來。

這種狀況我看過，之前五色雞頭也表演過，不過他沒有含淚，而且還踩扁一個鬼王。

反應比我快的尼羅立刻拽住我的手臂，兩個人往後閃開，也剛好閃過那匹獨角獸的猛力一撲，接著我看見有隻獨角獸直接勇猛地撞在我的門板上，那根角完全戳過去了。

然後他卡在門上，因爲那根角拔不出來。

這眞是天下奇觀啊——

有隻獨角獸卡在我的房門板上，現在正用四隻馬蹄踩門板要拔出自己的角，但是我很確定黑館的防禦系統沒有失效，因爲他怎樣都拔不出來。

從我這角度看，我看見色馬白到會發亮的漂亮毛皮上有好幾個血紅血紅的唇印，看來他還沒對人性騷擾就先被性騷擾了，而且還不是處女。

如果是，我打賭他就不會噴淚衝上來，而是含笑在原地噴鼻血。

想到這邊，我趕緊翻我身上的小背包，不知道手機現在能不能照相。學長給我的那支手機一直都有照相錄影功能，但是我不敢用。

自從第一次拍出噴血人頭的靈異照片後我就不敢用了。

但是現在我也沒帶相機，先湊合湊合。

「怎麼了？」尼羅疑惑地看著我的翻找動作。

「先幫他拍一張相片再把他弄下來。」拍完我就把相片發送到好友手機，我打賭不用半小時，最新的校園報就會出現獨角獸卡在黑館房門口的頭條新聞了！

「不准拍！」色馬的聲音在我腦袋裡尖叫起來，還騰出了後腳要踹我。

我突然有點理解爲什麼我以前在腦袋裡尖叫學長都會露出想殺我的表情了，因爲我現在也很想朝馬屁股上踢下去。

有人在腦袋裡講話還眞不是普通痛苦。

米納斯因爲聲音輕輕柔柔很好聽，而且也很少說話就算了，但是這匹色馬鬼吼鬼叫一大堆還附帶色情妄想，實在讓我很想對他尖叫回去。

「爲什麼會有獨角獸？」看著卡在門上掙扎的獨角獸，尼羅罕見地變了表情，看起來有點疑惑和詫異，不過應該還覺得有點好笑。

「呃，因爲出任務的關係，不好意思。」搔搔頭，我想著等等要和尼羅解釋一下這錯綜複雜的關係。

「不會，至少你不是帶著地獄犬回來。」尼羅用非常鎮定的語氣這樣告訴我。

所以獨角獸不算什麼嗎？

「渾蛋！先把我弄下來！」拚命拍著門板的四腳色馬在我腦袋裡發出咆哮。

按著發痛的太陽穴，我看著尼羅：「這個要怎麼弄下來？」我沒有被房門卡過，還眞沒有處理的經驗和方式。

「這是自動恢復的防禦機制，你只要打開門讓房間知道主人回來，然後想著釋放外在物質就可以了。」顯然處理過這種事的尼羅這樣告訴我解決方法。

「還不快開！」馬腳往我這邊又踢了兩踢。

我說，如果你還要繼續踢的話我今天就去住伯爵房間好了，不知道獨角獸卡在門板上一天會變成怎樣喔？

雖然是這樣想的，不過我還是按照尼羅的話把房門打開了。

幾秒之後，我聽見門板發出呸地一聲，那支角被吐出去，然後獨角獸整隻摔在地上。

眞是有趣的防禦機制。

看著門板，我決定如果色馬敢在我房間裡幹什麼的話，我一定會拽著他再撞門板一次讓他直接成爲活體裝飾。

就這樣決定！

「好像沒受傷。」

好心蹲下去幫獨角獸檢視著那根長角，尼羅對我露出微笑：「獨角獸這種幻獸不好照顧呢，如果受傷的話可以帶去公會醫療班的幻獸部門，那邊有專門幫幻獸治療的區域。」

原來醫療班還有分這麼多，我還以爲只治人咧。

……

等等，那輔長你還睜眼說瞎話，明明就有幻獸可以使用的空間！

一邊腹誹那個醫療班，一邊看著尼羅拿出手帕細心地幫色馬擦乾淨身上的唇印，我突然覺得越來越不對勁。

色馬居然不抵抗！而且臉上還出現了雖然我只看過一、兩次但讓我馬上就知道非常不妙的猥褻表情。

獨角獸根本就是在室的辨認器嘛！

「眞是美麗的獸王族……幫我介紹一下，我要全名跟種族還有三圍和興趣喜好，這樣方便登錄美人記錄。」猥褻的色馬居然有臉向我提出要求。

還有，那個記錄是怎樣！

「尼羅，這樣就可以了，謝謝你喔。」連忙把正在垂涎別人管家的馬臉推開，趕緊向尼羅道謝：「那我先回房間了，這隻獨角獸大概要住幾天，可能對黑館不太清楚，如果他幹了什麼壞事你就直接把他做掉……不是，我說通知輔長過來抓走他就行了。」叫我帶回來的是那傢伙，唬爛我的也是那傢伙，所以不將他拖下水負保管責任實在讓我很不平。

奇怪地看了我一下，尼羅倒是沒有提出疑問：「好的，如果需要幫助也請告訴我們。您曉得的，主人的房子外有著廣大的庭院足夠讓獨角獸奔跑。」

放心，我會詛咒他跑到一半被教堂的人當作吸血鬼的邪惡僕役射掉。

「謝謝喔。」推著色馬進了房間，我連忙把門關上。

「喂！你沒有幫我問！」色馬發出了抗議聲。

「拜託千萬不要去招惹尼羅，他後面有個吸血鬼你惹不起。」居然敢垂涎別人管家，該不會我明天一早就看見馬乾了吧？

「放心，我只是純粹欣賞，不會對他做出什麼奇怪的事情。」根本就是對別人精神性騷擾和視姦的馬這樣告訴我。

懶得再和他爭論這個話題，我開了睡房的門：「我房間不大，你如果要住在這邊可能要用人形，不然馬形會很佔空間；另外浴室不要用太久。」上次我在裡面蹲馬桶蹲了兩個小時之後，掛在牆上的那支蓮蓬頭不知道怎麼地突然發飆噴出大量滾燙的熱水把我給轟出去，之後我就不敢進去太久了。

「唔……」考慮了半晌，色馬轉個身，再轉回來之後已經變成那個有著獨角的青年了，「沒辦法，那麼我在你房間就這樣吧，出去外面我會維持獨角獸的樣子，你別告訴別人我有人形的形態。」

為了別人的安全，我一定會說的！

「因為能轉化人形的獨角獸很少，別害我。」這次講得滿認真的式青看著我，不太像是在開玩笑。

「嗯，我不會亂說的。」不太想問他被發現會怎樣，我想了想，畢竟我們還要拜託他，大家和平相處多少會比較好，「你——」

「床是我的！」

直接衝進去房間裡，青年往我的軟床上用力一撲，然後打滾了兩、三圈，把棉被和枕頭全都捲成一團。

那一秒，我還眞想把他從床上踹下去。

「你——」

「好棒喔，好久沒有睡到床了。」捲在棉被裡，式青露出滿足的笑容蹭著軟綿綿的被鋪：「總算可以好好睡一覺了。」

看著他，我嘆了一口氣，然後退出睡房把門甩上，註定了要睡客廳的悲慘命運。

但是我實在很不想睡啊！

誰知道客廳還是陽台外會衝什麼進來！

雖然我還可以進去另一個房間……

「唉。」

我看我還是去跟尼羅借住的地方好了。

※

「所以這就是你帶隻獨角獸來上課的原因？」

推了下眼鏡，空堂大家都聚在班級教室時，一堆人好奇地圍觀那匹說「不跟來他會死」的色馬。

「嗯。」我已經不敢看四周同學露出的異樣神色了，「以前沒有人帶過嗎？」我小聲地詢問著千冬歲，因爲尼羅告訴我之前大學有人帶三頭女妖，我還以爲會很平常。

「不、其實有，但是很少。」千冬歲推了下眼鏡發出熟悉的亮光，「因爲沒有管理好會發生很可怕的事情。」

我突然不想問什麼叫作可怕的事情，總覺得問了會後悔。

「學長以前帶過喔。」還是很崇拜現在泡在水裡的學長的喵喵這樣告訴我們：「我記得好像是高級妖獸，因爲出任務趕回來上必修課程，就把妖獸捆一捆直接丟在教室後面，最後上完之後聽說老師特別告訴學長，以後有這種任務他可以無條件給學長公假。」

……原來學長常常蹺課是這樣被師長寵溺出來的。

「因爲那隻妖獸聽說可以毀滅半個小型星球。」

對不起，我錯怪你了，學長。

光想我也可以想得出來那天和他一起上課的學生和老師有多膽顫心驚，絕對是下課鐘一敲馬上逃逸吧，跟這種人同班眞的很辛苦，每天要拿命來上課是吧？

難怪醫療班會是身為鳳凰族左右手的輔長過來，就是要幫這些沒自覺的袍級收爛攤子！

「不過把獨角獸直接帶到這種人多的地方好嗎？」喵喵有點擔心那隻根本已經融入學生群裡的色馬：「幻獸不是很喜歡純淨之地嗎？」

我咳了一聲：「沒關係，我看他很喜歡人。」那隻聽說喜歡純潔之地的獨角獸現在正在一堆女生的懷抱天堂中，被我們班一堆女孩子抱來搓去的完全沒有什麼不適感。

「褚～要離開了嗎？」

猛然傳來的聲音自動在我腦袋裡響起，害我嚇了一跳，接著我才想起來這隻色馬自動連結到我腦子裡面……非法的腦入侵！

「你們班不是每個人都很純潔，我有點不舒服了。」馬在抗議。

就算不舒服也是你自己活該，誰教你剛剛看到班上的女生團就樂奔過去，被摸死活該。是說我也沒看過有馬會被摸到死的，還眞想看看那是怎樣的畫面。

顯然聽不見我這邊聲音的獨角獸轉過來，眨著大大的眼睛，用別人看起來很無辜可愛但是我看起來很可恨的水汪汪眸子望著我。

如果用兩根手指戳下去，我應該會很痛快。

「漾～」

就在獨角獸似乎有意思要進一步對我提出抗議時，教室的門被一把拉開，發出巨大的聲響還有莫名的尖叫聲。

最近不知道都跑到哪邊去的五色雞頭走了進來，無視於眾人對他不怎樣友善的目光對我勾了勾手指：「去吃飯！」

現在才幾點啊！

我看了一下手錶，上面指著十點半。

「走啦！」門口的人發出召喚的聲音。

是說這樣也好，不然色馬也在唉說要出去。

「喵喵、千冬歲，要一起過來嗎？」看著還坐在原位的兩個人，我詢問著。

「不用了，我打算蹺掉下午的課去看我哥，今天家裡那邊送來很多藥材……」

我和喵喵有志一同地忽略掉他接下來滔滔不絕的話語，反正有百分之兩百都是圍繞在夏碎學長身上，聽到我們都會背了。

「喵喵要過去醫療班總部喔。」抱著蘇亞，喵喵露出大大的笑容：「今天醫療班要開會，所以漾漾對不起，改天我們再一起出去玩。」

點了下頭，我進去那團人裡一邊道歉，一邊讓色馬跟著我走出教室，站在外面的五色雞頭已經有點不大耐煩地環起手。

「這是要加菜的嗎？」看著跟在後頭的獨角獸，五色雞頭瞇起眼睛。

「沒有人會吃獨角獸的吧，他不是傳說中的夢幻幻獸嗎？」爲什麼他會覺得獨角獸是用來吃的！

「皮剝掉之後下面也是肉吧。」

「……這樣說也沒有什麼不對。」的確他下面一樣是肉……不是，爲什麼我要順著五色雞頭思考！

「不准吃我！」馬上感覺到生命受到威脅的色馬在我腦袋裡發出巨大的警告聲，因爲聲音太大了，震得我整個頭殼嗡嗡響，人一下子暈眩差點摔倒。

五色雞頭拽了我一把：「漾~你餓昏了也不用摔倒，要是想吃馬的話等等拿給餐廳的人他就會幫你料理好了。本大爺覺得這隻馬至少可以活馬五吃。」

「這個彩色刺蝟想吃誰啊！」色馬發出噴氣聲，只差沒有一蹄子往五色雞頭的屁股踹下去讓他去撞牆。

學長，我眞的很對不起你。

我決定以後有機會一定要向你告解請求贖罪，你居然可以容忍我在你腦袋裡出聲那麼長的一段時間還沒一把掐死我……雖然有巴我。現在我聽這隻馬的囉唆不用兩天我就想掐死他了。

甚至他半夜睡在我房間裡磨牙的聲音都還傳到我腦袋裡面！

不知道爲什麼，我感受到某種傷悲。

果然學長是神，我只是普通人。

揉著額頭，我等暈眩好一點之後才讓五色雞頭鬆手，然後轉移了話題不想讓色馬繼續吵：

「你最近都去哪裡啊？班導讓我告訴你說如果再蹺課就會讓你永遠蹺不了課。」

是說那個永遠蹺不了課是怎樣蹺不了？我還真有點好奇，不曉得能不能叫班導私下偷偷告訴我？

「我家有點事情。」五色雞頭瞄了我一眼，也沒有繼續討論吃馬的事情：「最近競爭對手突然派很多傢伙攻擊我們的據點，所以本大爺被扣留幫忙。」

原來如此，我還以爲像上次一樣被關咧，想說也關太多次了吧。

「競爭對手？」難不成這種殺手家族有好幾個？

我突然覺得以後在這個世界出入要小心，這裡的殺手多到搞不好麥當勞招牌掉下來五個都可以打死三個。

「他家是幹什麼的？」

「霜丘那邊的夜妖精殺手，似乎看上我家的勢力想取代。」五色雞頭冷哼了幾下，「也不秤秤自己斤兩多重！」

「呃？很弱嗎？」怎麼夜妖精聽起來是個很強的名號？

「夜妖精很強！」色馬不甘願被無視，用他的鼻子往我的後腦戳下去。

「是有幾個比較沒人的分館被殲滅了，不過我家老子、老大和老三都還沒出手，目前是我家老二在處理這事情，本大爺只是負責解決跑進我家的雜魚而已。」五色雞頭用一種完全鄙視來襲者的表情告訴我。

我印象中五色雞頭家好像不知道是哪個排行是姊姊？第二個？

話說如果黑色仙人掌出手，我看他會很歡樂，接著夜妖精過了一段時間之後驚覺不對，全身上下開始出現不知名殘障後他們很快就會退走了。

既然他和五色雞頭家長輩都沒出手，我想應該也不是很嚴重的事情。

「夜妖精是怎樣的種族？」只認識水妖精和班長他們，我還眞不知道這種很像電玩上會出現的種族是怎樣的東西。

「很機車的東西！」

「很討厭的傢伙！」

喔喔，看來這點五色雞頭跟色馬有統一的看法。

「那些傢伙是從黑夜生出來的種族，每次都挑人睡覺時來襲，而且個性很差還很龜毛外加神經緊張，結果自己還有臉和別人說那是纖細，有夠不要臉的黑夜種族。」

「那些渾蛋垂涎我的鎭魂碎片已經有好一陣子了，還勾引我喜歡的姊姊們設圈套讓我跳，個性非常小人外加陰險，爲了達到目的不擇手段，眞是有夠卑鄙的一夥！」

看起來在這方面五色雞頭跟色馬也有相同的共識。

所以綜合起來，夜妖精是喜歡半夜突襲外加算計別人、陰險不要臉的神經纖細小人種族？

還眞是個謎一般的族群。

這樣生活應該會很辛苦吧。

還眞想親眼看看到底是長成什麼德性。

第五話　鎮魂碎片

「如果要說別人壞話的話，我建議最好在人家聽不見的地方說。」

冰冷的聲音從我們背後傳來。

一邊聊著一邊已經快到餐廳，我們沒想到會有人就這樣突然從我們背後冒出來，突來的聲音讓我嚇了一大跳，轉頭後我只看到一個黑色的青年。

應該是大學部的，看起來不像高中生。

深褐色的皮膚與黑色的長髮，沒看清楚還以爲他是影子很容易就撞上去。

仔細一看，他的五官還滿深邃的，並不會很難看，但給人的第一印象就是非常難以相處，不是讓人想當朋友的那種類型。

「這個就是夜妖精。」舉起一隻蹄子，色馬指著冒出來的黑色傢伙說著，「古老的妖精種族之一，從黑夜裡出生的可惡妖精。」

「獨角獸。」瞇起眼睛，不知打哪冒出來的夜妖精冷冷看著色馬：「沒想到獨角獸會和人類、殺手爲伍，人類就算了，殺手這麼血腥的種族你居然也碰得下去。」

啊，原來他不知道我是妖師。

基本上這隻獨角獸已經和不好的東西混在一起了。

「殺手頂多就想吃你，夜妖精專門在後頭捅人一刀還不捅死下次繼續捅！」色馬的抱怨很直接地傳到我腦袋裡，看起來色馬應該曾吃過夜妖精的虧。

「小人！」五色雞頭直接指著夜妖精開罵。

「我並不是霜丘的兄弟，但是你已經污辱了夜妖精，那唯有讓你知道須爲此付出代價。」幾乎快用白眼看著五色雞頭，夜妖精往後站開一步。

「正好，本大爺現在看到夜妖精就全身不爽，以後不要出現在本大爺面前，不然看你一次扁你一次！」甩出了獸爪，標準有冤報冤沒冤練拳主義者的五色雞頭也懶得和他囉嗦太多，一個蹬腳之後就用很快的速度向前衝去。

輕輕地用很小的動作避開了五色雞頭的攻勢，夜妖精轉側身抽出一把短刀，遊刃有餘地一一擋下五色雞頭的暴力攻擊。

抓著色馬的鬃毛，我拉著他，兩人退開了一大段距離。

每次五色雞頭和人家打架一定會大肆破壞，先站遠一點絕對沒錯。

「那個夜妖精身手不錯。」盯著打架的兩人看，色馬難得說出了比較正經的話。

因爲是在餐廳附近，聽到騷動，很快地四周開始聚集人群看熱鬧。部分認出五色雞頭的人都露出了嘲諷的神色，我甚至可以聽到一些夜妖精打殺手，都不是好東西打死算了之類的難聽話語。

是說，這樣子讓他們打下去眞的好嗎？

就在五色雞頭將地上打出第一個大洞、而夜妖精要將短刀插到他脖子的刹那間，一黑一紫的顏色同時闖進戰場。

軍刀抵著夜妖精的短刀，而五色雞頭的手則被人死死拽住。

「你們在幹什麼！」似乎是剛出完任務回來的阿斯利安瞇起眼睛，語氣難得地有點嚴厲：「夜妖精哈維恩，請收起您的武器。」

拽住五色雞頭的摔倒王子冷哼了一聲，擺明了不想和他眼中的低級種族說話。

「渾蛋！本大爺連你一起殺！」直接被火上加油的五色雞頭只差沒有向他同樣很討厭的摔倒王子吐口水。

「等等，西瑞學弟，可以看在我的面子上停手嗎？」騰出另外隻手，阿斯利安止住對方的動作。

先收手的是夜妖精，他收回短刀、站直了身體：「高中部的人越來越沒有禮貌了。」

「聯研的人爲什麼會到高中部的區域呢？」收起軍刀，阿斯利安身後的摔倒王子也同時放開手。

「我記得您也已經是大學部的學生了，既然大學部的人能出現在高中部，爲何聯研部的人不能到這邊。」深色皮膚的夜妖精冷冷勾動了唇角：「學院並沒有規定聯研部的人不能到高中部區域的餐廳吃頓飯吧。」

「的確是沒有，但也請不要與學弟們動手。」看了五色雞頭和我這邊一眼，阿斯利安露出微笑：「畢竟都是同校的人，偶爾學長們必須要照顧學弟妹們才對哪。」

「夜妖精沒有義務照顧其他種族，如果無法適應，那就等著被淘汰。」丟下這句話之後，夜妖精把視線轉向五色雞頭揚高了手：「至於在背後說人閒話者——」

我想，那時候第一個注意到他動作的大概是我吧。

等我自己意識到時，我已先擋在五色雞頭前面，接著是某個皮貼肉的聲音外加劇痛像炸彈一樣直接在我臉頰上爆開，不用一秒我馬上頭昏眼花，耳朵只聽到嗡嗡的聲音。

我靠！有必要賞人家巴掌這麼大力的嗎！

「你幹什麼！」五色雞頭衝出去，被阿斯利安攔下來。

可能也沒想到會打到別人的夜妖精愣了一下，半晌說不出話來。

幸好我阿母之前八點檔那些鄉土劇看太多，我多少也跟著看了些，才知道通常人甩人巴掌都會有這種把手舉起來的前兆。

只是眞的好痛。

我摸了摸臉側整個又腫又痛，被打的右邊耳朵也聽不太到聲音，嘴巴裡有血的味道、估計牙齒可能有斷，因爲那股劇痛一直吃到牙根裡，而且我還咬到硬硬的小東西。

這根本不是甩巴掌而是給人一拳吧！

要是八點檔的女角都這樣甩別人，那就眞的會很精采了。

「……沒想到人類的腦袋不怎麼好，連名聲不好的殺手都要袒護。」完全沒打算對打錯人的事道歉，夜妖精丟下這句話後轉身就走了。

原本圍觀的人群一看到對方往自己方向走去，很快一哄而散了。

人一滾遠，阿斯利安才很快地轉過來：「沒事吧？先帶你去醫療班？」

「嗚嗚——」我整張嘴都腫了，沒辦法和他說話，只好先痛苦地點點頭。

「白痴。」那個機車的摔倒王子還不忘落井下石。

可惡我詛咒你等等回家時摔倒還要是摔在牛大便上！

五色雞頭用種奇怪的眼神盯著我看了下，看到我都發毛起來，因爲我很確實地在他眼中看到一股殺氣。「本大爺去宰了那傢伙，在他出學校那瞬間！」說完，他轉頭就要去追剛離開沒多久的夜妖精。

不過才一轉，某個大型白色礙路的東西不知什麼時候就站在五色雞頭後面，毫無防備的他結實地撞在色馬身上，發出了很痛的聲音。

「唔——」你去會被對方宰掉啦！

剛剛很明顯那個夜妖精根本沒拿出眞正實力，只是和五色雞頭見招拆招，要是眞的打起來五色雞頭不一定可以勝過他。

「等等，西瑞學弟你可以幫忙一起扶褚學弟到保健室嗎？」阿斯利安制止了五色雞頭衝去找人算帳的行爲，接著才轉頭看著從頭到尾都臭著一張死臉的摔倒王子：「休狄，你先去公會回報吧，麻煩你了。」

「哼。」不屑地看了我和五色雞頭一眼後，摔倒王子才心不甘情不願地彈了手指，移送陣立刻在他腳下轉出，不用幾秒黑袍完全消失在我們面前。

「哇，你的臉腫得像饅頭。」還在湊熱鬧的色馬提出他的感想。

靠你的我也知道我臉腫得像饅頭，還有血料包在裡面咧！

「式青，這裡不太方便說事情，你也跟我們一起到醫療班吧。」之前已經和色馬打過照面的阿斯利安這樣說著。

偏著頭看了他半晌，色馬才點點頭。

於是，我們往醫療班前進。

※

「喔喔，眞是稀奇的四人組。」

一踏進保健室後其實我第一個想法就是往後轉馬上離開。

那個應該要在醫療班總部裡的人居然坐在輔長的座位上，而且還把玩著一團血淋淋的東西，「西瑞小弟，難得看到你主動來找我啊。」黑色的遮臉頭髮下露出嘿嘿嘿的笑，不知道爲什麼會在這邊的黑色仙人掌很垂涎地看著他家小弟。

接著我們後知後覺才發現，保健室裡連個人都沒有，平常除了輔長之外還會看到傷患和幾個治療士，現在整個空蕩蕩的，非常乾淨。

看見黑色仙人掌的那瞬間五色雞頭也愣了下，「本大爺找你幹嘛！看到你就不賺錢！」好耳熟的台詞，奇怪我最近在哪邊聽過這句話？

「輔長呢？」左右張望著，阿斯利安像是很熟悉這地方般，確定只有黑色仙人掌之後就先拉著我在旁邊的椅子坐下，接著很自動地從架子上拿下一瓶寫著通用語、我勉強可以辨認出類似消炎用字樣的藥罐。

「醫療班總部今天重要的單位全部回去鳳凰族開會，我代班。」黑色仙人掌說了我剛剛好像在喵喵那邊有聽過的話，接著悠哉地後躺在椅子上，「不是我在說，這學校的保健室也真清閒。」

不，應該是你來了才這麼清閒。

我大概可以想像到很多人應該臨死之前的遺言是如果九瀾在千萬不要將我送去保健室，我寧願在花圃中直接被吸收等等之類的話。

充當臨時擦藥員的阿斯利安打開了藥罐在手掌搓了幾下，我看見黑色的氣泡從裡面冒出來，接著他把那些詭異的氣泡往我臉上一抹，然後腫臉馬上消下來了。

「唔啊！好神奇喔！現在藥學已經進步成這樣了喔！」和當初剛入學的我一樣，色馬發出驚奇的大呼小叫：「快點幫我問這個可不可以外銷！這樣以後我被打腫就可以馬上消腫繼續去下一攤了！」

是說你常常被人家打腫嗎！那幹嘛不改掉這個要命的惡習啊！

「那隻獨角獸就是提爾說擁有鎮魂碎片的傢伙嗎？」立即對色馬展現高度興趣的黑色仙人掌轉了過去，然後露出變態的笑容：「可愛的小獨角獸，你的內臟給我幾個好不好啊？」

色馬立刻倒退到門口處。

看來他很快就知道黑色仙人掌可怕的地方了，但是我們都知道，就算你逃到你看不到他的地方，很有可能哪一天也會遭受毒手的。

以上是一些不具名的受害者們親身體驗的證詞。

「又不能吃！」五色雞頭說出了牛頭不對馬嘴的話。

拿過一杯水讓我漱口後，阿斯利安一臉黑線地擋在色馬前面：「請不要對獨角獸動手，傳說中的幻獸已經很罕見了。」

「唉，就是因爲是罕見的東西才會更想入手啊。」黑色仙人掌發出異常不妙的感嘆詞。

「變態！」色馬罵別人變態，不過自己其實也好不到哪裡去。

將嘴裡的血吐乾淨後，我發現牙齒也接回去了，在幾秒之中被完全治癒，「阿利學長你剛剛跟摔……休狄王子去出任務嗎？」還眞是罕見的組合。

「不，是在半路上遇到的，其實我今天是和另一位紫袍一起執行簡單的探查。」走過去，阿斯利安將保健室的門關上，接著放下隔音結界：「霜丘的夜妖精動作突然變頻繁了，我不是指攻擊殺手家族的事。事實上公會有收到消息，他們近來很頻繁在找一些古老的力量，例如式青的鎮魂碎片，在我們離開人魚那裡後，夜妖精差點就闖進去，還好被西蜜給擋下了，現在西蜜已經通知狩人一族，我們會站在朋友的立場前往協助。」

又是夜妖精。

我總覺得每次出事都會集中在一起，上次是鬼族這次變成夜妖精，該不會他們又想攻打學院吧？

這次我絕對不參加！

該死的安地爾那種東西多來兩個我絕對會吃不消。

「夜妖精想搞啥鬼？」色馬問了一個我也不知道的問題。

「啐，眞是煩死人的東西！」五色雞頭發出不爽的聲音。

「喔？爲什麼這個任務不給我。」支著下巴，黑色仙人掌露出了可惜的表情：「探查敵情的話，黑袍應該比兩個紫袍快吧，特別是其中一個還不好用。」

「我們只須要探查一些情資，不是去毀滅人家據點……也不是去部分肢解。」非常了解黑色仙人掌會做出什麼事的阿斯利安微笑地把事實說出來：「而且這是簡單的任務，我也不會有問題。」

他這樣一說，我才注意到黑色仙人掌剛剛話裡隱約還有點在關心阿斯利安眼睛的意思。

其實都快過一年了，就如同他本人說的一樣早就習慣了，但是在醫療班眼中大概多少還是會介意吧？

不、等等，他該不會是把眼睛也納入預定收藏品之中吧？

我感動得太早了！

「探查時我們發現他們似乎也掌握了我們得到鎮魂碎片的這件事，顯然公會裡有間諜，目前已取得間諜資訊，但是還未揭露，公會方面想知道霜丘夜妖精打算做些什麼；所以近期之內一定會有夜妖精來襲擊你們，包括雅多他們這些相關者，一定要多加小心。」阿斯利安拍了拍我和五色雞頭的肩膀，有種特別擔心我們兩個的意味。

唉，我弱、五色雞頭是會胡搞，擔心是正常的。

「喂喂，你告訴他……叫他把鎮魂碎片只能我用的消息放出去。」

我轉過頭看著色馬，挑起眉，「什麼？」

「知道鎮魂碎片只有我能用之後他們就不會去找其他人麻煩，只會衝著我來。」色馬講出讓我有點感動的話，但是下秒我就破碎了。「這樣那個需要碎片的美人一定會很感謝我～～接著就……嘿嘿嘿嘿……」

馬臉再度出現被形容爲猥褻的笑。

嗯，我想學長大概不會有什麼感謝到可以讓你爲所欲爲的想法，話照講馬照揍，你不會拿到什麼好處的。

不過只能傳遞話語不能知道我在想什麼的色馬依舊沉浸在自己的妄想中。

「怎麼了嗎？」當然不曉得色馬說了啥的阿斯利安疑惑地看著我。

「沒有，我想夜妖精好像不知道鎮魂碎片只有本人可以用的事。」我看了一眼色馬，對方點點頭，好吧、既然是他說的那我也就不客氣了，「那如果他們會來襲擊的話，是不是放出風聲讓他們知道碎片只有色……式青可以用，這樣他們就會直接來找馬了，不會再分散去攻擊別人，也比較集中。」

「這樣也是可以，集中反而對我們有利。」黑色仙人掌環起手：「獨角獸意願？」

色馬一聽到人家在問他，立即用力地點了點馬頭。

「但是有危險度……」阿斯利安顯然比較顧慮色馬的安全。

「跟他們說沒有關係。」色馬的聲音再度從我的腦袋裡傳來。

我實在是……等我正式跟他說掰掰那天我絕對要先打他一頓再說。

「式青好像認為無所謂。」白了自動侵入我腦袋的色馬一眼，我這樣告訴其他幾個人。

「那就沒問題了。」

黑色仙人掌彈了一下手指，那一秒我聽見一種奇異的細小聲音。

原本的隔音結界波地聲自動破裂。

我聽到怪異的聲響。

在結界被解除後，好像有東西很快地抽離的感覺，伴隨著幾乎聽不見的聲音。

五色雞頭顯然比我還要早注意到，腳步一拔就想追上去，不過被阿斯利安攔下來了：「讓他們把消息帶走吧。」

「間諜這種東西還眞是不嫌多，你們剛剛進來時附近就已經出現兩個了。」似乎不覺得有什麼好意外的，黑色仙人掌很不以爲然說著：「消息傳出去後一定會有更多人冒出來，雖然我家的西瑞小弟沒什麼太大的用處，不過你們這陣子還是聚在一起活動比較好。」

「我去你的混帳老三，誰說本大爺沒用！」一巴直接拍在桌上，五色雞頭表現出他想翻桌的氣勢。

「你啊，還有誰。」黑色仙人掌該死地誠實回答他。

「我去——」

「不好意思先暫停。」阿斯利安介入即將對毆起來的獸王系兄弟組：「我有點話想私下跟式青和西瑞學弟說。」

推著五色雞頭和色馬到另一個房間裡，而這邊突然只剩下我和黑色仙人掌。

「我先回去！」開玩笑，我不是很想和他處在同一個房間啊！雖然我知道身上沒啥東西好讓他垂涎，但是心理壓力就不是那麼一回事了。

「放心吧，如果我想要，你身上早就空了，到處都是破綻。」黑色仙人掌露出嘿嘿嘿的邪惡笑容。

我立刻倒退了起碼有幾公尺遠。

不過因爲退開了，我才注意到黑色仙人掌後方的桌上有盞燈，剛進來時沒有注意到，還以為是普通檯燈，現在仔細一看才發現不是，感覺上有點像提燈，上面有個古樸的雕飾，頗像電影裡會出現的那種高級貨。

燈裡有簇幽幽的火光閃爍著很微弱的光芒。

看著那火光，我突然有點寒意。那種火不是一般的蠟燭火，而是那種好像快熄但卻憋著一口氣熄不掉的蒼白色火焰。

「那個是……？」看著搖曳的詭異燈火，我有種說不出的怪異感覺。

黑色仙人掌循著我的視線轉頭，然後拿起了那盞燈火，因為他的臉被眼鏡和頭毛蓋住，所以讓人看不太出來現在的表情：「這是別人放在我家的東西，其實已經滅很久了，但是不知道為什麼最近突然自己點燃，就像這樣沒有再熄滅了。」

「那是做什麼用的？」我在另一邊的椅子坐下，黑色仙人掌順手把燈遞給我。

「守護旅人一族的引路燈，傳說好像是怕有人回不了家，所以在家的人會點燃引路燈，這盞燈火會藉由他們傳達給在外面的旅人，讓迷失的靈魂回到最初始的地方，不管是人或者是另一種形式。」黑色仙人掌告訴我，那個種族不是狩人，因為狩人是荒野上的種族；這裡是指類似傳說故事中半神化的種族，其實很少人見過他們的真面目，於是被稱呼為旅人守護者，換個說法，也稱為靈魂守護者。「之前放在我家時整個都熄滅了怎樣都沒辦法點燃，鬼族大戰之後突然亮起來，還是這種奇怪的亮法，所以我今天想順路去問問把這玩意放在我家的那人，這是怎麼回事。」

「另一種形式……？」我抖了下，那種形式我想大概就是往生了。

可是如果連往生都可以指引回來，那麼熄滅是……？

連靈魂都消失嗎？

那盞燈用在誰身上？

我有點不太敢問，因爲黑色仙人掌看著燈沉默，讓人無法多問。

「那個……我希望那個人可以眞的回來。」看著那盞燈，我也只能這樣默默地誠心祈禱。

「哈，誰知道。」放下燈，黑色仙人掌聳聳肩，「不過就算他回來了，我家也不是他想過的生活，應該很快又要再點燃燈了，還眞是不知道該不該回來。」

「我覺得……我個人覺得啦，就算眞的不喜歡家裡，不過到最後還是會想回家的。」看見黑色仙人掌把頭轉向我這邊，我連忙又補上：「純屬個人意見。」

黑色仙人掌沒有接話，我也不敢隨便亂講話了。

大概過了幾分鐘之後房間的門才被打開，中斷我這邊的尷尬。從房內走出來的五色雞頭帶著奇怪的表情，接著後頭是那匹色馬、最後才是阿斯利安，一人一馬表情看起來都有點嚴肅。

他們剛剛不曉得說了什麼？

「我還有點事必須先離開，那之後的事情再麻煩你們了。」沒有告訴我剛剛他們密談啥，阿斯利安很匆促地閃人消失。

既然會避開我三個人說話，那我想大概也是不想讓我知道的事，不要太多事去亂問好了。

「我肚子餓了～」色馬在我腦袋裡一開口就是先哭餓。

於是我想起來，其實剛剛我們本來是要去吃飯的，不過被打斷了而已。「我們先回去餐廳吧，九瀾先生要一起去吃飯嗎？」

「免了，我還有事情要做。」黑色仙人掌揮揮手：「你們自己去吧，路上小心一點。」

我曉得他是指夜妖精的事。

「放心，本大爺不會讓那些傢伙有機會出手的。」

五色雞頭發出了讓人不安的保證。

※

再次回到餐廳後人已經減少了大半。

看了時間，我們在醫療班逗留得比較久，所以已經過了午餐時間，現在大概就剩幾桌正在喝下午茶或吃點心的人，沒有正餐的尖峰時段那麼滿了。

五色雞頭跑去拿餐之後我和色馬找了個非常不起眼又隱密的角落坐下來。

「剛剛我們有告訴那個彩色刺蝟頭一些關於我的事，包括人形和碎片的部分。」色馬在旁邊坐下，然後開始整理毛皮。

「咦，沒關係嗎？」他們剛剛明明就還是吃跟被吃的關係。

「那小子嘴賤歸嘴賤，不過我看得出來他可以信任。」自己也沒好到哪邊去的色馬頓了下，說著：「而且你好像和他走得很近，接下來放出消息後一定會有很多人來偷襲我們，多一個人就多一點幫助，這個程度的告知我還可以接受。」

「是這樣喔。」是說我應該沒有和五色雞頭走很近吧。

「與其說這個，你還不如幫我介紹一下十二點鐘方向那個美女姊姊……她朝我們過來了耶！」

隨著色馬興奮的聲音轉過去，我看見庚學姊端著飲料和點心往我們這邊走來，因爲色馬體積不小，所以她馬上也注意到我們這邊了。

「漾漾，你一個人？」親切地微笑著，庚學姊把端盤放在桌面，優雅地坐了下來：「這就是傳說中的獨角獸啊，今天早上我聽到很多人在說高中部有人帶獨角獸上課，原來是你啊。」

「啊哈哈……因爲任務的關係，所以只好帶著。」看著色馬瞇著散發出色光的眼睛往庚學姊那邊靠去，我咳了聲：「大概就這幾天吧，不會太久。」

撫著色馬柔軟的鬃毛，絲毫沒有意識到馬正在吃她豆腐的庚學姊很認眞地看著我：「那你要小心一點喔，因爲獨角獸很罕見，我想會有很多人對你下手的。」

「沒差啦，對我有意見的人本來就很多了。」自從許多人知道我是妖師之後，來找碴的就沒間斷過，不過我也慢慢習慣了，眞是可怕。

「喔、不，我不是指這個。」也知道我身分的庚學姊說道：「因爲獨角獸是珍奇的幻獸，所以有人出很高的價格購買，於是在地下市場中捕捉獨角獸是很熱烈的競爭之一。現在的幻獸已經相當難抓了，大部分都有公會，以及各種種族的保護，所以讓人更想入手，像你這樣帶著很快就會有人試圖來搶了。」

結論就是挑弱的下手嗎？

對不起我就是很弱還大搖大擺地帶著珍奇幻獸逛大街啦。

「而且會變人形的更貴唷。」色馬補上這句話。

啊，難怪他會叫我不要害他，原來如此。

可是我實在很難理解，不過就是隻長角的馬而已，這個世界裡長角的連兔子和其他動物都有，有必要這樣大肆捕捉獨角獸嗎？

該不會他像五色雞頭說的一樣眞的可以吃，吃完還會長生不老之類的？

那人魚應該也是很貴的東西了我想……

「例如就像現在一樣。」微笑著喝口杯中的飲料，庚學姊彈了下手指，霎時捲起大風，接著就看見四周的屛風全部倒下，在那後頭有好幾個來不及閃避但是明顯就是在偷窺我們這桌的陌生人；大部分看起來都不像高中部的學生，有可能是更高年級或是校外人士。

一看到被揭穿了，偷聽的人有幾個大概因爲不好意思便自行離去，幾個就乾脆喊出了我在電視上也看過的台詞——

「把獨角獸交出來！」

優雅地放下飲料站起身，庚學姊微笑地看著旁邊幾個人：「你們不是本校的學生，還有，在場你們包圍的人皆參加過大競技會，你們居然敢來找碴？」

呃、基本上我在大競技會聽說原本的身分叫打雜跑腿……

「管你們是誰！把獨角獸給我交出來！」其中有人甩出了刀類的幻武兵器，氣勢洶洶地喊著。如同往常，在餐廳裡的其他學生沒有正常人該有的驚慌失措、尖叫逃走，反而是在外圍又包了一層，全都露出很有興趣外加看好戲的表情，連點餐台裡的服務員、廚師都抬頭往這邊看過來了。

「誰要找碴？本大爺奉陪！」好死不死在這時候回來的五色雞頭閃亮亮地從人群外飛躍進來，還閃亮亮地站在最高點的餐桌上，「本大爺江湖一把刀，來挑戰的都給本大爺留下一隻手來！」

是說……我們的餐點呢？

看著五色雞頭空空的手，我知道這頓大概又吃不太成了。

「就是這樣囉，快點上吧，我們還要吃飯。」庚學姊的眼睛慢慢轉成綠色，然後盯著其中一個人。

我拿出了米納斯，那隻眾人目標的該死色馬居然退到旁邊……吃觀眾的豆腐！

一回頭看到他害怕嬌羞地倚在路人女同學身上那瞬間，我還眞有種衝動把米納斯轉成二檔先給他腦袋來一槍再說。

「都不用出手，小朋友們。」

就在兩邊氣氛一觸即發、超高危險的同時，不屬於我和庚學姊也不是五色雞頭的聲音從我們中間傳來，接著空氣震盪出黑色漩渦，從漩渦裡走出來一個色馬最害怕的女人：「眞是的，不將校園安全警衛放在眼裡嗎？」

看起來完全不像警衛而比較像入侵者的惡魔搖著尾巴從漩渦當中走出來，然後撥了長髮：「校外人士，試圖在學院中搶劫學生會遭到報應喔。」

看到奴勒麗出現的那一秒我就知道他們下場會很慘了，但是很顯然來搶馬的人不覺得自己會很慘，反而開始露出不屑的神色，還有人說一個惡魔想單挑●●高貴種族，看來我們學院也開始衰退了之類云云。

勾著美艷的微笑看著眼前的包圍者，奴勒麗示意我們幾個往後退，自己往前走了幾步：「對付你們也用不到幻武兵器。」她轉動手腕，黑色的鞭子就出現在掌心上，接著惡魔朝空中甩出個響鞭發出恐怖的聲音，「艾克達，出來吃飯了。」

剎那間，空氣扭曲變形，黑色的霧氣環繞在惡魔正上方。

「漾漾，再後退一點。」庚學姊拍拍我的肩膀，順便把五色雞頭一起拉下來。

就在我們退開不到幾秒鐘的時間，我看到黑色的爪子從扭曲的空間中伸出來，活像遊戲中最終魔王出現般的場景只差沒有配樂，惡魔身後的上空出現的是隻有著三顆頭的黑色老虎，黑到幾乎反光的身體上展著蝙蝠般的大型翅膀，詭異的腥味伴隨著空氣席捲整間餐廳。

庚學姊放下了保護結界，連同色馬一起包圍起來。

「妖魔的召喚獸！」那幾個搶劫的人臉色很明顯露出驚恐的樣子。

「啊啊，慢慢玩吧，放心我們醫療班會幫你們復活的，不過可能回去要檢查一下，怕有內臟忘記放回去。」奴勒麗抛出個飛吻，接著三頭的黑老虎發出了恐怖的咆哮聲後追著那群人衝出了餐廳。

「他們大概聽不見了。」遙望變成小點的人和大點的召喚獸，庚學姊做下結論。

「呿！」根本沒有出手機會的五色雞頭無聊地發出聲響，然後不知道從哪邊生出兩個大餐盤，上面塞滿了大概是我們點的食物就丟在桌上。

奴勒麗轉過來看著我們：「眞是有意思啊，剛剛突然收到很多校外人士進入的警戒報告，看來學院這陣子會很有趣。」

「數量都在學院監視部的監控中嗎？」眼睛已經恢復正常色的庚學姊這樣詢問著。

「八成吧，那種會隱形的還是突然臨時起意的就沒辦法完全掌控囉。」惡魔聳聳肩膀，然後看了一眼全身僵直的色馬，還順便給馬一記飛吻：「多小心囉，我還要去工作，等等會有人來處理屍體。」

說完，惡魔就像來的時候一樣消失在黑色的漩渦中，只剩下外面依稀聽得見的老虎咆哮聲和人的慘叫聲。

嗯，果然會變成屍體……

不過召喚獸好帥啊，我記得阿斯利安也有，好像是飛狼什麼的，喵喵的似乎也是貓王坐騎之類的。

這樣說起來，其實很多人都有嗎？

※

「的確有一門課是召喚獸學術的。」

騷動過後，觀眾都散會時庚學姊這樣回答了我的疑問：「因爲在出任務時除了搭檔之外，若單獨一人有召喚獸輔助是相當方便的。」

「本大爺才不需要那種東西。」咬著雞肉串的五色雞頭從鼻子冒出哼氣。

啊是啊是，我知道你是人間凶器……忽略。

「那之前鬼族闖進來時候……」

放下了杯子，庚學姊交疊了手指放在膝蓋上，「一般來說召喚獸有強有弱，對鬼族戰時是有人使用，但通常像這樣如此大規模抵禦並不會全都使用召喚獸，因爲那是混戰，稍微一不小心召喚獸就會變成阻礙；而且對鬼族戰時差距明顯，沒有必要讓召喚獸再來送命，這不是玩遊戲，召喚獸不會再復活的。」

我大概了解庚學姊的意思了，同時也想到那時候的確是很混亂。

「我的同伴裡也有因爲和別人締結契約成了召喚獸而死掉的。」色馬的聲音像是鬼一樣又自動冒出來，「因爲很信任對方所以幻獸、妖魔獸才會把生命交到別人手上，但是通常不適當使用就會讓我們很短命。」

「這樣喔……」反射性回答後，猛一抬頭我看到庚學姊和五色雞頭露出奇怪的表情看我。

失禮了學長，原來我以前都害你要被別人用這種目光看。

匆匆說了下沒什麼我在自言自語後，我很快轉移了話題：「所以就是之後會再有召喚獸的課程，大概是幾年級的時候？」

「其實漾漾現在就可以去選了，召喚獸的課程不是看年級，而是老師會挑人喔，所以修課之前都有考試，不適合的人會被刷掉，但是其實這門課程是因人而異，也有人不用上課還是可以使用召喚獸的。」

根據庚學姊告訴我們的，召喚獸課程似乎不是只有教你怎樣簽訂契約使用召喚獸，還會分析各種種族、召喚獸適合的用途和一些養殖型和其他相處方式等等，說到後來讓我覺得其實召喚獸課程好像有點像獸醫還是訓練師之類的課了……

看來要有愛心的人會比較合適。

整個討論完離開餐廳時已經是下午不早的時間了。

不曉得是不是因爲奴勒麗的出現奏效，總之到我們踏出餐廳轉向黑館時完全沒有任何人再來找麻煩，就連平常會堵我說「滾出去吧妖師」的那種一般學生和外校生也都沒有了。

這讓我覺得有點奇怪。

「漾～那本大爺就送你們到這邊啦～」到了黑館前，五色雞頭停下腳步：「還是本大爺也要跟進去？」

「不用了，我想黑館裡應該不會有怪東西了。」不對，其實黑館裡全都是怪東西，但是不會有新的了。

向五色雞頭道別後，我和色馬才走進去。

「等等，那個獨角獸！」還未進去時後方突然傳來匆忙的叫聲，接著我們看到一個穿藍袍的人出現在旁邊：「提爾說可以請你先過去一趟嗎？」

色馬疑惑地看著那個人。

「不是還要再幾天？」我也覺得奇怪，明明輔長說還要一點時間的。

「因爲醫療班出現了一點狀況，我們要把置入時間往前移。」似乎不想說是什麼狀況的藍袍這樣告訴我：「所以必須現在過去。」

我看了下色馬，色馬對我點了下頭，「沒關係，反正我也很想很想看美人……啊啊，美人啊……」

他大概覺得完全沒有奇怪之處吧我想。

「那麼我先帶走獨角獸了。」

「咦？我不用去嗎？」原來他只是要帶獨角獸？

「是的。」畢恭畢敬地說完後，醫療班的人領著色馬慢慢消失在移送陣中了。

盯著人消失的地方，我反而越來越覺得奇怪了。照理來說輔長知道色馬是我和阿斯利安帶回來的，我們也都知道學長的事，他沒必要隨便找個我不認識的醫療班過來才對，像喵喵或九瀾我也都算熟……

立刻覺得不對勁，我跑進黑館後按了手機，不用半秒手機就被接通。

「褚？」另端的人傳來聲音。

「夏碎學長？我不是打千冬歲的號碼嗎？」手機又給我跳號了？真不是我要說，這支手機經常在給我隨自己心情亂接號，有時候打給喵喵還會變成萊恩，打給萊恩變成班導，一定要找時間看看這裡有沒有手機業者可以修理。

快速跑上黑館裡自己的房間，一路上我都沒看到半個熟識的人在走廊外面亂晃，只有女鬼像在那邊眨到眼抽筋。

「不，千冬歲剛剛還在這邊，但是他說要到紫館裡幫我拿幾本書籍所以暫時離開，手機忘記帶走了。」頓了頓，手機那頭好像有點遲疑，「不過也過了有些時間，該不會又和小亭鬧起來了吧……」

「我想問一下。」打斷了夏碎學長的疑惑，我立刻問了我想知道的事：「提爾輔長有沒有告訴過你今天學長要提前使用鎮魂碎片的事？」

我曉得在那所有事情之後，輔長一直都有把學長的治療進度告訴夏碎學長。

因爲他們是搭檔。

夏碎學長沉默了，過了好一會兒手機那端才傳來聲音：「提爾沒說過，發生什麼事了？」

我幾乎可以想像得到夏碎學長現在一定是掀開被子踏到地上了，如果平時被千冬歲看到，一定又會被嘮叨好一陣子這個不行那個不行，還不可以影響他哥休養的進度之類的。

把剛剛有醫療班的人帶走色馬的事大致描述了下，手機那邊又傳來好一陣子的靜默。

約過了幾十秒，夏碎學長才開口：「我剛剛用了探測術法，發現醫療班幾個重點區域似乎都被人布下結界隔絕外界進入，他們大概沒想到會有人打手機而不用傳影術，按照這個隔絕術法來看，應該是夜妖精——」

夏碎學長的話還沒說完，一個巨大的聲音透過手機傳達到我這邊，接著我聽到好幾個說著奇異語言的陌生聲音。

「你們是霜丘的……」

我只聽到手機最後傳來這句話，接著完全被斷訊了。

聽著手機詭異的斷線聲，我一時不知該怎麼辦。

夜妖精闖入醫療班？

他們不是只想要色馬嗎？爲什麼會闖入醫療班？

對了，我記得今天醫療班好像有事情人都召集回去鳳凰族，那麼現在醫療班總部裡人手應該非常少，爲什麼會挑在今天？

「瞳狼？」看著手機，自從大戰後鬼娃就消失了，幾乎不再出現，我也不曉得爲什麼會這樣，但是手機還是可以照常使用就是。

過了一會兒還是沒有任何聲音，我眞的感覺不妙了。

兩秒後，手機響了。

「漾漾？」顯示著萊恩的號碼，但是傳來千冬歲的聲音：「醫療班總部被攻擊了，快點通知還在黑館裡的人！」

他的話聲很急，我可以聽到那端還傳來像是打鬥的聲音，一定是千冬歲轉回醫療班後才發現醫療班被隔絕了，所以才會連萊恩都在那裡。

黑館還有誰在？

剛剛我回來時沒有察覺到有別人，而且最近許多人都出任務了，記得也沒有見到安因。因爲很急，我也不管了，就從這層樓開始看到門就敲，但是幾乎都沒有人回應，連應該在校園裡的奴勒麗都還沒回來。

敲到伯爵門房時，終於有人應門了。

「發生什麼事情了嗎？」

打開了門扉，尼羅的臉出現在後面。

第六話　夜妖精

「醫療班總部好像被夜妖精攻擊了，千……紅袍通知我快點告訴黑館裡還在的黑袍。」像是看到救命稻草，我連忙這樣向尼羅說著。

「咦？」罕見地愣了愣，尼羅走出房關上門，表情似乎變得有些凝重：「就在剛才你還沒回來之前，主人收到了公會的緊急召喚，有大量高階妖獸不知爲何突然失去控制衝擊公會分部。目前校園中有空的黑袍和紫袍已經前往救援，黑館中應該只剩下……」

他一邊說著，一邊領路走到另一扇我看起來也很熟的門前。

「黎沚先生。」敲了幾下門，我和尼羅等了一會兒門板才被人從裡面打開，一張似乎才剛睡醒的娃娃臉打著哈欠出現在我們面前。

「怎麼了？你們站在這裡幹嘛？」歪著頭，黎沚不解地看著我們，然後拉直亂翹的頭髮。

「醫療班總部請求支援，如果可以的話想請黎沚先生先過去。」尼羅飛快這樣告訴黎沚，後者點點頭。

「我直接過去。」回答這句之後，黎沚轉身回房關上門。

我想他大概是直接用陣法過去了。

不過我有件事覺得怪怪的，「爲什麼黎沚會在館裡？」如果剛剛我聽到的沒錯，照理來說黑袍應該會先去公會分部吧？

「黎沚先生和冰炎殿下一樣有特別的身分，所以不用聽從緊急召喚，可以視情況自己行動。」簡單這樣告訴我，尼羅說現在黑館也沒有其他人了，所以我們就直接過去醫療班總部。

布下移送陣法後，我們幾乎在眨眼瞬間立即到達醫療班總部前。

與平常來的時候不同，整個醫療班籠罩在詭譎的黑色氣息中，莫名的氣氛包圍著總部本館，像是外面鍍了一層黑色墨水似地，和平時簡直成了強烈對比。

四周沒有人，甚至連聲響都沒有。

下意識，我直接喚出米納斯緊握在手上，尼羅瞇起眼睛，全身充滿戒備。

很快地我們就明白這裡非常不對勁，因爲照理來說至少千冬歲和萊恩也會在，但我們已經站了好一陣子卻沒有看見任何人，包括應該也到達了的黎沚。

「這是夜妖精的獨特術法。」尼羅閉起眼睛，站在原地幾秒後才再度睜眼：「我可以感覺到附近有不少人的氣息，但顯然都被黑夜的法術隔絕開來，看來夜妖精的目標眞的是要襲擊醫療班。」

「那要再向別人求救嗎？」我直覺搞不好公會分部也是他們搞的鬼。

「剛剛的訊息已經放出去了，公會方面很快就會有援兵過來，但很奇怪的……夜妖精的目標應該是尋找古代的力量，獨角獸的話可以理解，不過爲什麼要襲擊醫療班？」露出不解的神情，尼羅這樣說著。

古代……古代……醫療班裡有什麼古代東西……？

「呃、那個，一千年前的人算不算古代？」我只想到一件非常不妙的事。

尼羅看了我一眼，我猜我們想到的大概一樣吧。

可是夜妖精沒理由衝著學長去吧，學長吃了又不會長生不老？

……該不會可以吧！

「不管如何，我們先進去看看裡面狀況吧。」說著，尼羅讓我後退一點，然後用著獨特的語言唸了串咒語，接著靠近大門附近的一扇小門上黑霧慢慢消失，他立刻拉著我往裡面衝。

就在我們突破黑霧闖進去的同時，一道黑影直接迎面劈下來，尼羅想也不想一把拽住那個東西，但是對方的殺傷力也不小，我看見暗紅色的血液從狼人的掌心落下。

沒想到會殺到熟人的甩鞭者也愣了一下。

「褚？」

「夏碎學長？」

立刻將幻武兵器收回來，夏碎學長迎了上來：「不好意思，我以爲是夜妖精。」

「沒事。」尼羅看著逐漸恢復的傷口，這樣說：「小傷很快就會痊癒的。」

左右張望了下，夏碎學長示意我們往旁邊比較偏僻的梁柱後躲，我也同時注意到了夏碎學長身上有些傷勢，大多都是輕傷並不太嚴重，但也表示了剛剛電話斷線後他的確和突然出現的人起了衝突，看來夜妖精好像不是好惹的角色。

聽尼羅說完公會分部的事情後，夏碎學長也沉思了半晌，「你說的應該沒有錯，我想分部的妖獸與夜妖精脫不了關係，但他們的動機不明確，我有點擔心他……剛剛暫時逼退夜妖精之後就先隱藏起來想找機會到禁區，沒想到先遇到你們。今天醫療班有年度重大會議所以全部移往鳳凰族開會，只剩下幾名人員留守，那些人員被夜妖精集中在大治療室，而主要醫療班成員一時半刻也趕不回來，不曉得夜妖精怎麼會曉得這件事情。」

我們都安靜了，誰也不知道夜妖精想幹什麼。

「總之，我想先到禁區看看。」始終很擔心學長的夏碎學長這樣堅持地說道。

正想告訴他我們也要去的那秒，某種可以把我腦漿震爛的淒厲叫聲直接貫穿我的腦袋。

「嗚啊啊啊啊啊啊啊啊啊——」

那瞬間我真的看到眼前有星星了。

「褚！」

在我腦袋磕地前，夏碎學長快了一步拉住我。

等到那聲該死的尖叫餘波過後，我才回過神，「沒、沒事。」色馬也被拖到醫療班裡？

雖然我不太清楚色馬那個腦入侵距離是怎樣，但根據之前學長竊聽的經驗，應該不會太遠，很有可能就在醫療班附近而已。

夜妖精把色馬也帶到醫療班幹什麼？

難不成和精靈組合服用可以得到永生的強大力量？

這太扯了！

可是剛剛那個淒慘的叫聲是怎麼回事？他們該不會對色馬下手吧……雖然馬是欠扁了一點，但應該還不至於眞的對他下手這麼狠吧，他被人魚圍毆時明明都沒叫這麼慘。

雖然和對方沒有很熟，但我也開始有點擔心色馬的安全了。

「我們被發現了，有很多不善的氣息逼近。」在我胡思亂想了幾秒之後，尼羅出聲提醒我們，「你們兩位請先離開。」

「這邊……」夏碎學長皺起眉。

「沒問題，我可以感覺到黑袍的氣味也靠近了。」尼羅給了我們一個微笑，表示不會有太大的問題，「請快點到冰炎的殿下那邊吧。」

沒有再多加遲疑，夏碎學長點了點頭，接著拍了下我的肩膀：「褚，把地面打破吧。」

「咦！」浪突然打在我身上，我錯愕地看著他們。

「現在通道上都有夜妖精的氣息，如果夏碎先生受傷即表示對方派出的是正規部隊，我們人數不多也沒有黑袍，考慮到夏碎先生的身體狀況便不適合硬闖。最快的方式就是破壞建築物本體重新開道。」尼羅仔細地再和我說了一遍。

我看著手上的米納斯，眼前的兩人都點點頭。

意思就是叫我轟了地板然後從破洞下去嗎？

這樣我一定會被醫療班求償的！

「放心，緊急狀況下破壞建築物不會被要求賠償。」立刻看出我在想什麼的夏碎學長無奈地笑了下，說道。

「喔、了解。」

既然他都這樣說了，我也毫不猶豫地直接往地上開了一槍。

地面猛然一個震盪與巨響，不知這次給我什麼子彈的米納斯後座力有點強，稍微把我的手給彈開了些，但還沒到二檔那種可怕的程度。

煙霧散後，底下果然出現了一個洞，但不太像是被轟出來的，而是像那種被雷射槍掃射過、切割平整到有點恐怖的長洞。

米納斯，這到底是什麼子彈？妳已經自己開發出雷射水槍了嗎？

「這是高密度壓縮水子彈，試作品。」優雅的聲音傳來，接著又不理我了。

「快下去吧。」看著深得一片黑、下去不知會怎樣的洞，夏碎學長率先縮著身滑了下去。

說眞的，我不知道它會通往哪裡啊！

看著黑色的洞，我還眞有那麼點害怕。

「請不用擔心這邊的事。」不知道其實我是擔心下面的尼羅突然往我背後一推，我連叫都來不及就整個人摔到洞裡去。

離開前的最後一眼，我看見黎沚的黑袍出現在洞上，接著是發生對戰衝突的聲響，然後我就滑下去了。

那個洞其實沒有我想像中深，因爲我連驚叫的聲音都還沒發出就到底了。

不過想想也對，總不可能樓上樓下的中間隔層有幾百公尺厚吧，反正我一個落空後，整個人摔在地面上。

「痛死我了……」

早我一步下來的夏碎學長拽住我的手把我從地上拉起來，我這才注意到剛剛之所以會覺得洞黑，是因爲這層沒有燈，整個黑壓壓的一片什麼也看不到。

「似乎下層的能源都被切斷了，我們要小心一點，夜妖精是黑暗的種族，不用光也能襲擊獵物。」輕聲地這樣告訴我，夏碎學長張開手掌，一點小小的光球出現在他手上，四周也稍微被照亮了。

我看見一堆雜物，四周空間不怎麼大，看來我們應該是摔到放雜物的地方，抬頭往上看時那個洞已經不見了，連一點點聲音也聽不見。

……等等，地板是會自己修復的嗎！

啊靠沒有人告訴我這點，剛剛如果我晚一點下來不就剛好被夾在中間變成兩半了嗎！

我下次打死也不跟著幹這種危險舉動！

「嗯……」

「夏碎學長，你身體不舒服嗎？」轉過頭看見旁邊的人微微皺起眉，我有點緊張地問著。

要是千冬歲在這邊，大概會撲過來掐我的脖子。

「沒事，大概是剛才和夜妖精衝突時稍微激烈了些。」勾起淡淡的笑，夏碎學長閉上眼睛，過了幾秒才轉過來看我：「褚，我想他們的目標應該在他身上沒錯，等等進去之後如果真的有危險，你一定要先逃走，其他事情不用管，因為現在的我無法完全保證你的安全。」

看著夏碎學長，我知道他是為我好才這樣說的。

但是，我不會逃走，和之前不同。

「我以妖師的血液祈禱，事情不會有那麼糟。」很認眞地這樣告訴夏碎學長，我是眞的希望不會發生太壞的事，畢竟之前鬼王戰大家都活下來了。

只要活著，事情都不會太壞。

然後，夏碎學長笑了，「你們眞的都長大了，不管是你還是千冬歲。嗯，我想你說的也是正確的，或許事情不會太糟，我們直接過去吧。」

「好。」

略微休息半晌後，夏碎學長才走在前面推開了門，外面的走廊就和裡面一樣完全漆黑什麼也看不見。

我問夏碎學長說是不是應該熄掉亮光，他說其實有熄沒熄夜妖精都可以清楚地看見我們所以無所謂，只放了些隱藏行蹤的術法就繼續往前走了。

四周過於安靜，夏碎學長走路又沒聲音，只有我腳踩出來的聲響聽起來特別刺耳。

對醫療班總部顯然比我還熟悉的夏碎學長毫無猶豫，瞬間我們就走到滿深處的地方。

不過我覺得有點奇怪，照理來說現在應該要有人來突襲我們才對啊，不是聽說夜妖精佔據這邊嗎，沒有被突襲到我覺得很怪。

太不合常理……

「褚！趴下！」

還沒想完，走在前面的夏碎學長甩出長鞭，幾個清脆的聲響傳來，匡啷幾聲掉下了幾枚鐵製的暗器。

對不起，我不應該腦殘。

整條走廊都是黑色的，一個人都沒看見。

「我們被包圍了。」護在我前方，夏碎學長放大音量厲聲說道：「夜妖精想與公會爲敵嗎，居然敢攻擊醫療班總部！」

過了片刻，四周還是靜悄悄沒有一點聲響。

這邊的路我就差不多有印象了，再轉過一條走廊就是學長所在的那間禁止進入房，如果沒有換地方，我們很快就到了。

「如果不出聲也不辯解，那我將以紫袍身分判定夜妖精惡意襲擊，屆時夜妖精將與世界種族爲敵，這樣也無所謂嗎？」

夏碎學長說完後過了幾秒，我看見黑暗中出現一個黑嚕嚕的人，就像之前我在餐廳外遇到那個摑了我一巴掌的人一樣，從頭黑到尾。說眞的他們其實也不用僞裝，只要靠著牆壁我們大概也看不出來。

「無所謂，霜丘的夜妖精有自己要做的事情。」低沉的聲音從黑嚕嚕的人嘴巴裡傳出來，沒仔細聽還聽不太懂，「但是與其他夜妖精種族無關。」

「您認爲一名夜妖精走在路上時，人們會分辨得出來他是霜丘或是其他分支部族嗎。」夏碎學長直接一語戳到對方的心頭上，還見血。

這樣說也沒錯，就我看過的兩隻都長這樣，乍看之下我還眞不知道他們誰是哪個種族，當然是先打再說。

「……公會至少可以分清楚。」黑嚕嚕的人沉默了下才這樣回答我們。

就在雙方僵持不下之際，我看到某種小小藍色的光突然消失在轉角處。

「跟著那個東西。」米納斯的聲音突然從我腦袋裡冒出來，那時我也沒想到那是什麼，只想到既然米納斯都這樣說那一定有她的道理。

「夏碎學長，我們衝過去吧！」

「咦！」

愣了一下，大概也覺得不想和夜妖精繼續無意義溝通的夏碎學長點了頭，「蹲下！」

幾乎是反射性我抱頭蹲下來，接著聽見了簡短類似吟唱歌謠的聲音，然後是個巨大的爆炸聲響，整條走道狠狠地晃動了。

同時，夏碎學長拽住我的手就開跑，整條走道的飛煙和爆炸塵霧馬上竄到我的鼻子裡，唯一看到的好像是剛剛那道藍光和一隻黑蜘蛛消失在轉角盡頭。

「他們跑了！」

大概本來以爲要先來場惡戰殺個你死我活的夜妖精沒有預料到我們竟然開逃，馬上大聲喊著，立刻就有聲響從我們後方追上來。

黑色流光直接從我們身後切開，我看見好幾個黑嚕嚕的妖精往後跳開，差點沒有被砍到。

對鬼王戰時看到的那把討人厭的笑骷髏鐮刀的聲音填滿了爆炸塵霧中，然後黑色仙人掌站在了我們後面，「喔哈，沒想到這裡眞有趣，炭妖精想來攻打我們老巢是嗎？」

「殺手一族！」追兵停下來了。

「我家兩個巢你們都來過了，現在留點紀念品下來吧。」打了個哈欠，黑色仙人掌懶懶地朝我們揮揮手，「去吧，醫療班的人很生氣地要回來了。」

夏碎學長一點頭，拉著我繼續向前衝，最後一腳踢開盡頭的大門。

近乎在同時，伴隨著踹門巨大聲響而來的是某種東西撞擊的清脆聲。幾個黑嚕嚕的夜妖精將大房間中的水晶大球圍繞起來，有個人拿著大型武器嘗試打碎大型圓球，而旁邊倒了兩個穿著藍袍的人，應該是暫時代替房間主人的醫療班人員。

水晶材質的大球上出現如同蜘蛛絲般的裂痕，裡頭的紫色液體甚至開始滲出來。

「你們在幹什麼！」一看見水晶球體被破壞，夏碎學長立即震怒了。

我看見了水晶球體中……依然在沉睡的人。

原本我以爲直到對方清醒時才能再看見的人，就和我最後一次來時一樣，火焰色的髮漂散在水中，像是無重力般整個人在紫色的液體中深深沉睡著，簡單的白色服飾同樣漂浮在裡面，只是因爲球體被撞擊之後開始隨著水勢漂動。

「學長！」不知那些黑嚕嚕的黑妖精還有沒有幹什麼，看到這種場面的瞬間我也生氣了。

站在中間拿著兵器搥打球體的顯然就是夜妖精這支隊伍的首領，他看了左右一眼，立刻就有兩、三個人往我們這邊撲上來。

反應比我快的夏碎學長立刻甩動長鞭，空氣爆裂的聲響交雜在他們之間。

「米納斯，可以轉換嗎？」看這些夜妖精我就知道一定不是自己可以對付的人，不曉得能不能在這邊使用二檔一次解決。

「顧及到冰炎的殿下，我不建議使用第二種變化。」米納斯的聲音在我腦袋中浮現。

「好。」

直接朝空氣放了一槍，我看到的是一大堆泡泡冒出來。

幾個夜妖精看到泡泡後瞬間錯愕，接著發出不屑的嘲笑聲……當然他們在打破第一個曉得裡面有王水之後，就笑不出來了。

空氣中飄滿了米納斯的獨家王水泡，原本想要攻擊我們的夜妖精不斷往後退，動作完全被王水泡泡禁錮住。

「離開醫療空間。」夏碎學長看著那些圍在球邊的人，厲聲低吼：「立刻！」

我很少看見夏碎學長這麼生氣。

「這種小東西以爲能夠對夜妖精造成傷害嗎。」冷冷一笑，某個黑嚕嚕的夜妖精突然甩了手，好幾個銀亮的東西飛出來，原本飄浮著慢慢移動的泡泡應聲發出破裂聲響，王水灑了滿地都是，很快地把醫療班房間融出好幾個大洞。

完全不在意我們的攻擊，拿著武器的夜妖精又是重重地往球體上一劈，那道裂痕變得更大，我們都看見紫色的水柱開始從細小的破裂口中噴出。

因爲遭受破壞，球體上的字像是痛苦掙扎般不斷閃動著微弱的光，然後逐漸轉淡。

「可惡！」

就在夏碎學長往前衝打算先攻擊那個要破壞球體的夜妖精時，我看見一個黑嚕嚕的東西從他身後冒出來。

我來不及開槍、夏碎學長回不了身。

就在那瞬間，我曾看過一次的短刀抵在偷襲者的頸子上，接著横拉過去，黑色的血液從夜妖精的脖子噴出，直接癱倒在地。

出現在黑嚕嚕夜妖精後面的，還是個一樣黑嚕嚕的夜妖精。

「霜丘的夜妖精兄弟們，你們破壞了夜之妖精的名譽做出如此行動，所爲何事？」冰冷的

語調隨著甩落的黑血而出。

我看見那個曾甩我一巴掌的傢伙就站在夏碎學長身後。

※

「沉默森林的夜妖精兄弟，哈維恩。」

破壞球體的夜妖精顯然認識打我巴掌的傢伙，然後用差不多冷的語調開口：「這事情你不要插手，這是屬於霜丘的事，我們不想牽連其他族的夜妖精兄弟。」

「你們已經破壞了夜妖精的名譽，沉默森林想知道霜丘的理由，夜妖精必須爲自己的行爲負責，而非牽連到其他同族。」看了我一眼，打我巴掌的傢伙往前一站，不偏不倚正好擋在夏碎學長前面：「以及，我不希望學院中的人與夜妖精的兄弟有所衝突。」

原來阿利學長教訓的話他還是有聽進去嘛……

其實仔細一看，雖然說都是黑嚕嚕的夜妖精，不過長得還是不太一樣，打我巴掌的傢伙體型看起來比較小一點，那些聽說是霜丘的整個大了他一號，看起來他們只有黑嚕嚕是共同點。

「哈維恩，有些事我們並不希望牽扯太多兄弟們，沉默森林一向不干預外事，就請你們繼續沉默下去，直到事情完成的那一天，霜丘願意接受夜妖精的審判。」似乎不太想傷害打我巴掌的傢伙，破壞球體的夜妖精語氣軟化了些。

「可以，放棄你手上的冰牙精靈，就此離開，沉默森林不會過問任何事情。」看了眼球體，打我巴掌的傢伙這樣告訴他們。

「很不好意思，冰牙精靈是可以解讀古語的必要人之一，而且這位身分特殊，我們需要完成的事情必須要有他的存在，所以得帶走他，但是保證不傷害性命。」

「你現在的行爲正在縮短他的性命！」語氣憤恨的夏碎學長這樣喊道。

黑噜噜的夜妖精看向夏碎學長，「既然要帶走人，我們當然有方法暫時穩定他的狀況。」他往後抬了下頭，球體後方有兩、三個人拽著已經被捆得像粽子的色馬出來，「我們的人調閱過醫療班的記錄，知道他們接下來要用鎮魂碎片安定靈魂，這件事情我們也辦得到。」

像是要印證他的話，色馬旁邊又出來兩個像是術師打扮的人，穿著一樣黑的長袍子，看起來就是很陰森，應該是半夜會拿著骨頭唸咒語的那種。

「他們在放屁！不可以現在用鎮魂碎片！」

色馬一看到我，聲音馬上在我腦袋裡瘋狂喊起。

我注意到色馬的臉上有血跡，不知道是被打還怎樣，有點狼狽。

「現在不是使用鎮魂碎片的時機，醫療班有一定的程序，你們只是爲了自己而強硬使用，我不會讓你們把人帶走！」緊緊握著長鞭，夏碎學長從打我巴掌的傢伙後面走出來，呼吸已經開始紊亂了。

看他的樣子，我知道一定是還沒復元的傷勢造成的，夏碎學長的狀況根本不適合硬拚。

瞄了我們一眼，打我巴掌的傢伙重新看向那個夜妖精，「霜丘的賴恩，放下人、離開。」

「既然夜妖精的兄弟無法理解我們的苦心，那也只好動手了。」

我想，傳說中自家內鬨大概就是我現在看見的這個樣子，而且還是一堆黑漆漆的東西正在互相鬧內鬨。但是出乎我意料之外的，打我巴掌的傢伙居然會是站在我們這邊，而不是另外一邊，因爲一開始他還是因爲我們在背後說壞話才跟我們槓上的。

轉動了短刀，打我巴掌的傢伙冷哼了聲，似乎也不想繼續和他們說下去。

「喂，別讓他們動鎮魂碎片。」色馬的聲音再度傳來，「他們裡面有巫術師，想要強制使用鎮魂碎片的力量，沒用好不是我掛就是水裡面的大美人掛。」

「你爲什麼臉上有血？」看著色馬，我反射性先問出這句，接著我才驚覺不對，因爲所有人都轉過來看我。

還沒意識到這點的色馬聲音依然傳過來，「喔喔，剛剛看到這個超級大美人，不小心噴了點鼻血。」

那一秒，我眞想開槍打死他。

「你剛剛在說什麼？」

黑嚕嚕的夜妖精往我這邊看過來，滿臉質疑。

果然和五色雞頭他們說的一樣，有夠神經質的，這樣也要問。

惡狠狠地瞪了那隻噴鼻血的色馬，我估計他剛剛發出的淒厲叫聲八九不離十一定是看到學長才尖叫的，根本不是我想像中的什麼拷問，還眞是白擔心他了，下次他再叫我管他會被拷到幾十層地獄。

浪費我的良心！

拿去餵狗狗搞不好還可以飽餐一頓！

「干你啥事。」冷冷回了這句給黑嚕嚕的夜妖精，我也沒有笨到跟他說我在和色馬對話，這樣他們絕對會把矛頭指到我這邊。

「沒錯，不干他們的事。」黑色的鐮刀從我身後猛地伸出，不過我看見銳利的刀鋒不見了，黑色的刀面直接把夏碎學長往後勾回來，「現在開始是大人的時間了，兩位小朋友，帶傷的紫袍和無袍的小傢伙們，換手吧。」

沒想到後方的人會來這麼一手，夏碎學長整個往後踉蹌了下，我連忙撲過去扶住他。

甩動著黑色鐮刀柄放到肩上，大概是把外面的人全都解決掉了的黑色仙人掌悠晃了出來，和打我巴掌的傢伙並站在一起，「你的眼睛跟胃不錯，有沒有興趣簽個死後契約啊？」

……你已經有透視眼可以直接看到人家的胃了嗎？

我突然驚覺黑色仙人掌好像更上一層樓了。

「沒興趣。」非常直截了當地拒絕了對方的詭異契約，打我巴掌的傢伙收回短刀後張開了手掌，某種黑色的流光出現在他手上，那些光聚集成像是飛刀還是小刀之類的形狀，半是飄浮在空氣中。

看著他們兩個的動作，黑噜噜的夜妖精彈了下手指：「動手。」

四周立刻擁上一大群黑色的夜妖精。

進來時我根本沒注意到裡頭還有這麼多融在陰影的夜妖精，還以爲只有我們面前看到的這幾個……我懂了！原來萊恩竟然有夜妖精的血統嗎？

難怪他經常會消失在空氣的某一方。

可是這樣好像也說不太通，因爲聽說夜妖精只會融入黑暗，可是萊恩連白天都會融，看起來應該還是不太一樣。

大群夜妖精撲過來的同時，黑色仙人掌快速揮動了他的詭異鐮刀，好幾個夜妖精被逼退，然後又隱藏在陰影裡。

挾著黑光刀片，完全不覺得應該對同族手下留情的打我巴掌傢伙一刀一個，射出去的刀光準確地插在其他夜妖精的脖子上，沒有絲毫誤差。

這讓我有點冷汗，果然他那時候沒有認眞與五色雞頭動手，不然我們怎麼死的都不知道。

或許是因爲加入了黑袍、還是雙袍級的關係，原本正在砸球體的那個黑噜噜傢伙看起來沒有剛剛那麼閒適了，手上的破壞工作突地加快，兩旁很像咒術師的同夥不曉得在唸什麼咒語，地上出現了幾個像是結界一般的圖案，讓人有非常不好的感覺。

站直了身，夏碎學長立刻上前幫忙。

「先把我弄出來！」

色馬的聲音傳來，我沒有多猶豫，先朝兩個咒術師各開了一槍後，朝色馬身上的捆綁物也開了槍。

像是水刃般的子彈劃破捆綁物，同時也讓咒術師各頓了下。趁著他們落空的瞬間，色馬直接蹦起，然後跳上球體旁發出了高昂的叫聲，就要把正在破壞的夜妖精踹下去。

旁邊幾個一樣黑嚕嚕的傢伙連忙要去擋色馬，整個狀況陷入了混亂。

如果是玩遊戲的話，通常大魔王會在這時候出現。

就如同現在一樣。

但是那個大魔王是我方的人。

睽違快要一年的時間，就在破壞者錯愕之際，球體上的裂痕猛地發出了聲響，一條手臂挾著水液直接從裡面貫穿出來拽住夜妖精的頸子，手指慢慢收緊，就像以往出任務般完全不會讓目標物有脫逃的機會。

如果要我形容……

我覺得這個比較像厲鬼要爬出來的畫面。

色馬停下來了。

整個室內的人也全部都停下來，沒人想到會發生這種狀況。

球體上的字體與圖騰已經完全消失，紫色的水液從裂縫中不斷流失，在裡面的人睜開眼睛，血色的眼直接盯著外頭的夜妖精，但不是我們熟悉的那種眼神。

空洞、無機，沒有任何生氣，像是現在這個動作只是他的本能反應。

他透過球體看著外頭因爲缺氧開始痛苦扭曲的夜妖精，手指幾乎陷入對方的皮膚裡，卻沒有打算鬆手，似乎想就這樣擰斷對方的頸子。

兩旁的夜妖精只震驚了數秒立即發現情況不對，其中一人舉起刀就想往那隻手砍下去，但球體裡的人動作更快，馬上放棄了手上的夜妖精迅速收回。

按住脖子狠狠咳嗽著，被哈維恩稱爲賴恩的霜丘夜妖精狼狽地看著球體，同時被他的同伴往後拉開。

照理說現在應該還在沉睡中的人不知爲何醒來了，但我想他的意識好像沒有跟著起來。他在紫色的水裡站起身，手指輕輕觸碰著球體內側，不太明白爲什麼自己會在裡面。

下一秒，球體整個爆出了細碎裂痕，眨眼間發出了聲響爆炸，劇烈的衝擊將碎片和水液炸得四處飛散。

我下意識抱頭縮身，好幾塊水晶材質的碎片從我手上、身體劃過去，割出了細碎的傷。

半晌，衝擊過後我才鬆了手，看見原本在球體裡的人已經站在空無一物的地面上，整個醫療球體被破壞得連原本形狀都沒有，只剩下滿房間的殘渣碎片，地上一灘灘的小小水窪映著所有人的倒影。

「喔啊，大事不妙了。」搔搔臉，黑色仙人掌看著站在原地的人，發出這樣的話聲。

「什麼意思！」和我們同樣被噴濕衣服的夏碎學長轉頭看著醫療班中佔有高階地位的人。

「就……醫療還未完畢。」黑色仙人掌聳聳肩，往前搶先一步，這次不是攻擊那個黑嚕嚕的夜妖精，而是轉手之後退掉了幻武兵器，直接衝著學長過去了。

可能也發現事情不對勁，夜妖精避開了學長的攻擊往後退去。

幾乎同一時間，我看見學長身上出現了紅和銀的圖騰，房間溫度立刻以一種詭異的速度升高，地面的水開始蒸乾，但離奇的是天花板卻開始結出一根根冰柱，連牆壁上都出現了霧氣。

眨眼出現在學長面前，黑色仙人掌腳底下轉出了大型法陣，上面有許多很像植物的花紋，每個顏色都不太一樣，很快地壓下了地面的炙熱氣息。

「獨角獸，碎片拿過來。」朝色馬伸出手，黑色仙人掌擋下了學長想攻擊他的動作。

「變成要強制置入了嗎～」色馬也不敢輕忽，很配合地把鈴鐺吐出來。

一看見他們要的兩樣東西都出現了，原本退下的夜妖精又撲上來。

黑光小刀準確無誤地插在兩個人的額頭上，哈維恩和夏碎學長瞬間擋在黑色仙人掌他們兩人前面。

「想都別想。」冷冷地瞪著夜妖精，夏碎學長絲毫不在意釋出自己最大的不友善。

「你以爲霜丘會如此容易被擊退嗎！」一聲令下，訓練有素的夜妖精部隊整齊劃一地包圍所有人。

讓米納斯轉成二檔，我站到哈維恩旁邊，「霜丘的夜妖精除了公會以外也想和妖師一族槓上嗎？」

我注意到哈維恩有點吃驚，不過他沒有很明顯地表現出來，他總算知道他巴到的不是個人，而是個妖師……不對，我還是個人。

「妖師」兩字顯然也給其他夜妖精帶來震驚，幾個夜妖精開始交頭接耳，用著他們自己獨特的語言。

僵持之際，我看到有影子閃過我們面前，然後靜止下來。

「或是你們想再加上狩人一族與奇歐妖精。」

朝我比了記大拇指，阿斯利安與摔倒王子和戴洛老兄同時冒出來，再擋在我們前面：「公會派遣者已經全到了，霜丘的夜妖精，你們沒有勝算。」

「下次襲擊公會分部記得派點夠看的角色，我們都打得好沒勁啊。」打了個哈欠，班導懶洋洋地靠在入口處，「那麼炭妖精們，你們選擇滾蛋還是繼續戰？」

其實他這句把哈維恩也罵進去了，不過他本人似乎不怎麼在意。

「或是可以選擇賠償完再滾蛋，我們的時間很貴的。」靠在入口另一邊，班長用一種打量肥羊的眼神看著夜妖精。

見情勢已完全對自己不利，黑嚕嚕的夜妖精皺起眉，然後用凶狠到奇怪的表情瞪著哈維恩，「傾聽黑夜的聲音，沉默森林聽不見的夜之訊息即將毀滅你們的無知，今天沉默森林阻擋霜丘，有一天我們會將這筆帳再算回來的！」

看起來五色雞頭形容的果然沒錯，夜妖精應該還滿小心眼的，連自己同族的都找碴也算眞的不簡單了。

「什麼意思？」看著自己的同族，哈維恩疑惑地反問：「黑夜並未捎來任何訊息，現今只有耳聞霜丘的兄弟們滋事，請問霜丘是否知道什麼事情？」

「黑夜的徵兆已出現，沉默森林想繼續與霜丘爲敵，或者加入我們，自己好好想想吧。」

幾乎就在話講完的瞬間，原本包圍我們的夜妖精退入黑暗之中，完全消失不見。

「眞是莫名其妙。」哈維恩說出了我內心的感想。

「現在神經病多啊，不然公會就不會一天到晚都有新任務了。」班導說了句很實際的話，瞄了我們這邊一眼，班長聳聳肩，「先上去吧，醫療班人員應該都到了，把空間讓出來比較適合。」

「看來夜妖精都滾掉了，小班長妳要站門口嗎？」

我轉過頭，看見學長已經不是站著，而是倒在黑色仙人掌懷中，整個人依舊昏睡著，和剛剛那種詭異的感覺完全不同。

「這是怎麼回事？」在旁邊蹲下身體，夏碎學長咳了一聲之後詢問。

「嗯……看起來應該是醫療中斷，他自己本能先攻擊了，我也不知道那個自己行動是怎樣，搞不好他的本能就是暴力。」黑色仙人掌左右張望了下，抱起人往裡面的休息室走，夏碎學長就在旁邊跟進去，「剛剛我先把鎮魂碎片放進去替代靈魂意識先鎮壓失衡的力量，再來就要等到琳婗西娜雅趕過來了。」

「既然沒事，剩下的就與我無關了。」收回黑色刀光，哈維恩的態度依然很冷漠，用奇怪的眼神瞥了我一眼之後轉頭就要離開。

阿斯利安快了一步截住人，「很感謝你特地過來這邊幫忙，你是感覺到有夜妖精入侵的氣息嗎？」

似乎沒打算回答他的話，哈維恩沒停下腳步，直到摔倒王子擋在他前面。

「低賤的夜妖精聽不懂人話嗎？」

好吧，至少我平衡一點了，原來在王子的腦袋裡不是只有人類和殺手低賤，妖精也有分高貴和賤不賤的。

「尊貴的奇歐王子與庶民說話不怕嘴爛掉嗎。」雖然開口，但是不是開出什麼好話的哈維恩也不是很客氣地回答以上的話語。

「你以爲在醫療班就能完全復活嗎？」顯然有點火氣的摔倒王子抬起手，準備引爆空氣。

「你覺得如果我在你鼻子捅個洞，醫療班可以幫你完全治癒嗎？」將短刀直指眼前的摔倒王子，火氣也不怎樣低的夜妖精這樣回答。

眞是太好了，其實我從以前就很想捅王子的鼻孔，因爲他每次都用鼻孔看人，沒想到原來打我巴掌的傢伙和我有共識，衝著這一點我就當作之前巴掌事件沒有發生過！

快！快把他的鼻孔捅成黑洞！

「請兩位停止。」無奈地從中間隔開兩個自尊都很高傲的人，阿斯利安嘆了口氣，「我想這種時候不太適合爭吵，到此爲止吧。」

「是啊，哈維恩你的個性還是和以前差不多啊……啊喂，我在跟你講話吧。」大概是和夜妖精有熟識，戴洛老兄才剛想懷舊一下，沒興趣和他套交情的夜妖精一下子就消失在走廊的黑暗裡，一點面子都不給。「好吧，算了。」

瞪著想跟進去休息室的阿斯利安，摔倒王子語氣不善地給了他一句：「回去紫館。」

「喔好，你和我哥先去公會吧，我等等回去。」露出眾生皆同的官方笑容，阿斯利安拽著我往休息室移動，「放心，這裡都是醫療人員，我晚點讓他們幫我檢查舊傷，你們快去吧。」

我最後看到的就是摔倒王子惡狠狠在瞪我。

靠啊，干我屁事！

是說色馬呢？我從剛剛開始就沒聽到他的聲音。

一被拉進內室後我馬上知道爲什麼沒聽到了，因爲色馬正趴在床沿邊朝沉睡中的學長拚命滴口水，估計他腦袋裡現在應該是興奮到空白一片了。

「好，人夠多了，現在一個人都不准再進來了。」

黑色仙人掌當著摔倒王子的臉將內室門摔上。

四周陷入安靜。

第七話　過去的傳說

我回過頭，看見學長就躺在床上。

說眞的其實我很好奇一件事，他在水裡泡那麼久皮膚居然都沒有浮腫，而且也沒水腫啥啥啥的，眞是太神奇了。

「我太感動了，三王子和公主的小孩眞的超正，這趟沒有白來。」色馬感動到流眼淚了，不知道的人看到大概還以爲純潔無瑕的獨角獸正在爲了精靈之子的不幸而哀嘆。

但是我想知道的人會像我一樣想直接過去海扁他一頓，我現在突然非常可以了解人魚們的心情。

「借過。」一腳把佔位最大的色馬踢開，黑色仙人掌不知從哪拿來一個銀色的小煙爐，裡頭冒出淡淡紫色霧氣，某種讓人精神爲之一振的香味立刻薰滿整間房，「這是和那個水同樣效果的醫療藥品，可以暫時維持一下，請巴在床前的各位滾遠一點不要把藥煙都吸光。」

被黑色仙人掌這樣一說，夏碎學長和阿斯利安馬上往後退開，讓醫療班的殺手拉上床簾，將紫色的煙霧包裹在狹小的空間中。

「醫療中斷會造成什麼影響？」看著黑色仙人掌的動作，夏碎學長很快地問著。

「嗯……目前還不會有什麼影響，不過因爲鎮魂碎片已經放進去了，所以必須立刻讓他回到兩族裡解決失衡的狀況，否則時間拖久，最嚴重的情形就是連醫療班都將束手無策。」拿了幾罐飲料過來，黑色仙人掌繼續說道：「大家都知道，我們的精靈王子殿下在成年前不能主動回到自己的種族中，種族的人也不能自行與他接觸帶回，所以根據醫療班本來的計畫是在置入鎮魂碎片之後要尋找幾個可以信任的人，維持這種狀況由我們將他帶入冰牙族與燄之谷。但是球被破壞了，時間也剩不多了，加上鎮魂碎片放入時機不好……」

「所以差不多應該啟程了。」

不曉得什麼時候轉成人形的式青一屁股坐在我們中間的桌面上，「醫療班的結界不是全部都被破壞了嗎，已經不能保護這個大美人了，現在不趕快走，只會越拖越嚴重而已。」

結界被破壞？

我看了一眼夏碎學長，突然恍然大悟，難怪剛剛打碎地板都沒事，我就記得公會的建築物應該都會有一堆亂七八糟的結界來整死人，但是打地板外加他們在裡面戰鬥時都沒有碰到，原來是這麼一回事；沒想到夜妖精可以入侵到這種地步，真是可怕。

「沒錯，現在的狀況就是如此。」

不屬於我們任何一個人的女性聲音傳來，接著是內室房門再度被打開，旁邊站著輔長的鳳凰族首領出現在那裡。「醫療班裡出現了間諜，他對於整個內部瞭如指掌，甚至能趁醫療班人員不在時一口氣癱瘓全部結界。」

「還能攻擊公會分部咧。」輔長聳聳肩，說著。

「一名黑袍、一名紫袍，以及無袍級的護衛，這是我們向公會要來的人手，立刻將亞殿下送上旅程。」不拐彎抹角，琳婗西娜雅筆直地看著我們，「但是過於倉促，人選尚未決定。」

「我——」

「想太多了夏碎小朋友。」輔長直接走過來，往想要舉手報名的夏碎學長頭壓下去：「你傷勢復發了，不是說過不要激烈運動嗎！」

抓著輔長的手，夏碎學長瞪大了眼睛：「他是我的搭檔，我一定要去。」

「但是請想想千冬歲會多擔心。」站在一旁的阿斯利安拍拍他的肩膀，看著對方猛然僵硬的神情，「紫袍的人選這邊有，延續之前欠你的，我會將人平安送到。」

看著阿斯利安幾秒，夏碎學長又轉過去看著床鋪，「我……」他用力咬著下唇，表情很不甘願。

我看了看黑色仙人掌，又看了看琳婗西娜雅。

「你想去？」最後是輔長先看穿我腦袋想的事情。

「呃……是這樣沒錯，如果不行也沒關係……」反正我是雜魚，也搆不到所謂可以保護人的程度。

「老實說，這趟旅程對學生來說非常危險，尤其是無袍級的人。」輔長也很老實地這樣告訴我。

「不，他將會是其中一員。」

琳婗西娜雅身後傳來聲音。

我看見了我們星相的權威老師。

對鳳凰族的族長禮貌性行禮後，星相老師看著我們：「徵兆的出現即將帶領某些人走上旅程，所以我特地來這一趟。」

從剛剛開始我就一直聽到夜妖精說什麼徵兆徵兆的，現在輪到星相老師在說，該不會那麼衰有顆掃把星這幾天剛好飛過去吧？

「徵兆是指什麼？」大概對這事情也很有疑惑，阿斯利安主動開口。

「晦暗的星子並未告訴我們明確的走向，但是那是屬於夜妖精的古老傳說。」緩緩地說著，星相老師看著我們所有人：「夜幕降臨之後，徵兆出現於古老的神話當中，一個故事、引領旅程，這是我查看星相後所能得到的結論。」

「既然未來的引領是如此，那麼我們便順應星相的指引。」琳婗西娜雅看著我：「你怎麼說？」

我怎麼說？

「我當然是想去！」

有很多夜晚，我一直夢到那時候學長在冰川裡告訴我的那些話，如果可以，我必須做得到。這是我即將選擇的未來道路，縱使我會後悔、我會害怕，可是我不想像十一個月前一樣，直到現在只能看著沒有人的房間門板。

我不要再那樣。

「九瀾必須留在醫療班中，那麼我們還缺一名黑袍。」琳婗西娜雅淡淡掃了我一眼，然後才繼續了話題：「我會請公會用最快的速度替我們挑選一名人選……」

「喔，不用那麼麻煩了。」黑色仙人掌打斷了他家族長的話，然後指了指他們的後面：「鐺鐺，現成的黑袍一枚。」

我們全都看見了那個剛剛被摔門關在外面的摔倒王子，他正用一種全家都被殺光的表情在看我們裡面，估計可能下一秒會把這邊給炸崩。

「換人！」阿斯利安第一個投反對票。

「我去！」應該是把所有對話全都聽完的摔倒王子像是存心槓上一樣冷冷地丟下幾個字，「或是你想要我現在聯絡戴洛折返？」

喔，這裡又有個擔心手足的兄弟檔。

阿斯利安被堵得說不出話來，我看見夏碎學長無言地拍拍他的肩膀。

「那麼，基本成員就這樣吧。」琳婗西娜雅張開手掌，上面立刻出現顆透明珠子，約棒球的大小，裡頭有個很像公雞風向儀形狀的指針：「這個交給你們，必要時刻可以幫得上忙。」

我看著阿斯利安收下了指針，想著這個該不會是指南針之類的東西吧？

還以爲這些人變態到可以不用指明方向，就和鳥差不多可以隨著世界磁力分辨方位，原來還是會迷路的啊？

黑色仙人掌看了下旁邊的時間水沙漏：「那麼從現在開始，五個小時之後在醫療班大門口集合，準時出發。」

「五個小時？」

太快了吧！我還以爲他會叫我們回去睡個覺還是過兩天通知，沒想到是準備行李立刻出發？

「這是最短程度的時間，我們須要準備。」看了床簾那一眼，誤以爲我嫌太慢的輔長這樣告訴我們：「快點回去準備準備，路上還需要很多東西，遲到的人就不用跟去了，我們會立刻派出遞補人選。」

「我們快點走吧。」拉著我的手，阿斯利安帶著我走出內室。

「我也……」

「夏碎小朋友，你留下，月見馬上就到。」把人扣押住的黑色仙人掌露出邪惡的笑容：「如果你要先讓我治療我也很樂意。」

「不用了。」

眨著閃亮大眼睛，式青看著琳婗西娜雅：「我可以留在這邊嗎？」

他八成看上了這裡充滿美人。

琳婗西娜雅對他露出淡淡的笑容。

「你給我滾出去。」

※

「你怎麼可以這樣決定！」

一走出醫療班禁區，摔倒王子在走廊上一把拽住阿斯利安的手腕，也不管我和已經變回獨角獸的色馬還在旁邊，語氣非常不善地對他興師問罪，「你知道前往冰牙族或燄之谷是一件非常困難的事情，你以為憑你可以辦到嗎！」

「你無權干涉我的決定。」阿斯利安皺起眉，甩了兩下甩不掉手，便直接回答他：「當初學弟是跟著我一起進入鬼王塚，但是我沒有辦法帶著他一起回來，我欠夏碎學弟這一筆，我也欠我自己，無論如何這次我必須得去。」

「用生命開玩笑？」

「你憑什麼決定我這趟旅程會失敗。」咬著牙，阿斯利安又甩了幾下才把摔倒王子的手給甩掉：「聽著，休狄，我曉得你和戴洛一樣很關心我的傷勢，但是我已經痊癒了，黑暗氣息也壓抑住不會再影響我，而且我非常不喜歡你這種自以為是的干涉方式。」

很少看見阿斯利安發這麼大的火，我站在旁邊吞了吞口水，開始想著要不要偷偷就這樣離開，站在這裡很尷尬，可是逃走好像也很尷尬。

「哇喔，吵架耶。」跟我一樣尷尬的色馬貼著牆壁，不想被掃到颱風尾，「快走快走。」

「假使你可以成功，你就不會只是個紫袍！」

哇！摔倒王子你說錯話了！

我在旁邊聽到他這句馬上全身冷汗。

「賞他巴掌、賞他巴掌！」唯恐天下不亂的色馬開始噴出看好戲的氣音。

不過沒發現自己說錯話的摔倒王子再接再厲地繼續往下說出連我都想撲過去敲昏他叫他不要再開口的話：「你、我與戴洛從很久以前便認識，甚至一起成長。你總是爲了些無聊的事情不高興，我也努力做到你要求的標準，還因爲你的話去和那些低賤生物打交道。但是你實力不足，你無法爬上黑袍階級，你受傷、行爲無法控制、情感有時讓你選擇錯誤的一方，我不能理解你以什麼資格擁有這個紫袍身分，你甚至認不清自己的力量不足以來執行這個護送任務。」

說完之後，四周立刻陷入冰庫般的寒冷氣氛。

我彷彿可以看到冰柱跟企鵝了……

「揍他下巴、揍他下巴！」色馬還在噴氣。

褐色的眼睛瞪大，阿斯利安的表情瞬間凍結了，他的拳頭收緊，緊到讓我們都以爲他會撲過去給摔倒王子一拳打得他鼻血橫流，不過他沒有。

其實我覺得摔倒王子可能不是有意要說這麼狠，只是他個人說話態度很差而已，但是他這次顯然把阿斯利安惹火了，而且是非常嚴重的那一種。

「踹他胯下、踹他胯下！」

沒有做任何一種色馬說的行爲，阿斯利安在兩個深呼吸後才開口，語氣很冰冷，沒有之前那種平和親切的感覺。「既然王子殿下如此看不起我這不夠格的狩人，那請以後別再管任何與我有關的事情以免降低您的身分，這次任務就請您多費心關照，眞是對不起因爲我這個沒用的紫袍在隊伍中，所以未來的時間都要拖累您了。」話一說完，他立刻轉身走向走廊的另一端。

「我不是……阿利、阿斯利安！」

瞪著走廊上的移送陣，叫不住直接用陣法離開的狩人，摔倒王子的表情整個鐵青。我猜他大概都不知道爲什麼會把人給惹毛。

我也不曉得應該要同情他還是巴他頭叫他去反省。

「呃，我們也要先回去準備了，等會兒見。」在摔倒王子發火遷怒過來之前，我立刻抓住色馬用了移動符。

不用幾秒，摔倒王子的臉消失在我們面前，取而代之的是熟悉的黑館外觀。

就在回來的同時，我看見尼羅正好踏上了黑館的台階，一看見我們差不多時間回來，他也停下腳步，「兩位有受傷嗎？」

我搖搖頭，與色馬快步地走過去，「尼羅你有受傷嗎？」我看見他的西裝外套上有撕裂的痕跡，但是沒有看見傷口。

「方才在醫療班中已經有人先爲我治療過了，在主人回來前，我還有些事情得做完。」在我心中晉升到可能會過勞死的管家這樣告訴我：「看來醫療班總部這次有著相當大的問題。」

「呃、對啊，剛剛就是……」

我把學長那邊發生的事大致說了下，聽完之後尼羅輕輕皺起眉。

「很抱歉，但是我認爲您不太適合跟著踏上旅程。就我所知，冰牙族與燄之谷已經退出世界歷史當中，他們現在的居住地相當難找，而且據說非常危險，我不太贊同您前往冒險，至少現在不行，您還需要鍛鍊幾年。」看著我，尼羅眨了眨漂亮的眼睛，「但是這純屬我私人的意見，選擇權在您手上。」

「我、我希望可以去。」當然我也知道這趟可能會滿恐怖的，可是我希望我自己可以走出去，我甚至到現在都還沒仔細看看學院外的守世界，「尼羅，你可以幫我照顧我和學長光影村的契約嗎？」

學長沉睡後，每次我都是一起在紙張上放餅乾的，就是怕有天被斷電。

沉默了幾秒，尼羅點點頭：「我想應該是我超過自己的本分擅自想了太多，或許在您的客人與你談談的這段時間裡，我可以先幫你準備點行李好讓你的旅途更方便。」

「客人？」

「後面。」色馬提醒了我。

轉過頭，我看到有個黑嚕嚕的東西站在黑館外圍，因爲現在是晚上，沒仔細看我還以爲是個影子。

那個夜妖精跟過來幹嘛？

「那位先生似乎想找您說點事情，我會先幫您把獨角獸整理乾淨，然後替您準備好行李。」撫著色馬的頸子，尼羅很體貼地說完後就領著色馬先進黑館了。

我說，如果錢夠我真的很想找個和尼羅一樣的管家，有時候伯爵眞的讓人嫉妒。

不過現在不是嫉妒伯爵的時候，我走出黑館外圍，果然看見剛剛離開的夜妖精站在外面等我。

「欸……請問有事嗎？」其實我比較想問你半夜不睡覺來這裡幹嘛？我並不想再被打巴掌，所以站離他五、六步遠的距離，至少他要衝過來搧我巴掌時才有緩衝反應和落跑的時間。

「你眞的是妖師一族？」非常直截了當地開口，哈維恩的問話讓我立刻變成最高警戒。

不會又是一個來殺妖師順便叫他滾出去的人吧？

這次的與之前那些雜魚不同，他直到剛剛都還沒有發揮完全實力，眞的要殺我我應該瞬間被秒殺，現在我要慶幸還好已經在學院裡了，隨便他要殺個十次八次都沒關係，痛完之後又是條好漢。

「嗯，我是妖師族的沒錯……可是先聲明，我啥都沒幹過。」連人家要我去搶銀行我都沒做了。

不過話說回來，爲什麼這邊的人都那麼喜歡搶銀行？他們看起來並不像很缺錢的樣子啊……除了班導以外，我懷疑他搞不好跟班長簽了一堆借據，不曉得有沒有去找過高利貸了。

「學院裡什麼時候有妖師一族？」消息大概不是很靈通的夜妖精挑起眉。

「奇怪了，之前對鬼王戰時就很多妖師幫忙啊，我看學校裡大半的人都知道我是妖師，為啥你不知道？」雖然不曉得消息流傳得有多廣，可是看來找碴的人數，我自己也大概知道名聲沒好到哪邊去，沒道理這個夜妖精渾然不覺才對。

「半個月前我還在族裡，直到最近才回到學院。」哈維恩冷漠地告訴我，「對鬼王戰我並沒有參與。」

也就是說沒參與也沒人想跟他聊天，才造成他的資訊不發達？

眞是可憐的人。

至少我平常還可以和喵喵他們聊說，喵喵和千冬歲知道超多八卦的，連A班的誰誰誰跑去原世界買A書聽演唱會的事情都曉得。

情報班果然很可怕，我要小心一點別做出太奇怪的事情，不然一定會變成別人的八卦。

「我方才得知，關於那個徵兆的消息。」

訝異地看著眼前的夜妖精，其實現在我的情緒有點複雜。

他來跟我講幹什麼？

「呃，你怎麼知道的？」先不管他來幹什麼，我倒是有點好奇他獲得消息之迅速。

「抓住來不及跑走的霜丘兄弟，打到他說出來。」用著好像在講他不過是去跟人家問路般的平淡表情這樣告訴我，哈維恩有著看起來完全不像在開玩笑的認眞。

你抓住你同族的兄弟然後打到他口吐眞言？

同族的眞的可以這樣做嗎！

偏著頭，我看見他的手指上好像有些傷口……我想有可能也不像他說的那麼輕鬆。

「那是關於夜妖精古老的傳說。」頓了頓，哈維恩黑色的眼睛看著我，裡面完全沒有任何渾濁的色彩，筆直清澈到讓我也有點緊張起來。「翻成你聽得懂的語言是這樣說的：當黑夜徵兆出現時，鬼之影在世界邊陲、妖之歌響徹天境、魔之身降臨於深淵。數千年前，艾曼達與菲雅是對戀人，他們勇敢地抵禦黑色徵兆而亡，古老的七色種族封印已失，唯有用犧牲替代。骨肉化爲泥、鮮血成爲河水、聲音成風而精神傳遞世界。但是他們依舊會再歸來，當黑色徵兆出現在夜裡時，黑色即將再重捲一切。」

被他快速的一堆話砸得有些頭昏眼花，我花了一小段時間才整個消化完畢，「所以那個黑色徵兆是？」

他說的應該和我在圖書館裡看過的很多古老故事差不多。

自從鬼王戰之後，我的時間反而變多了，經常泡在圖書館看書，所以大概也知道這個世界有很多傳說故事，和我們那邊世界不太一樣。

每個種族各自經歷過許多戰爭，然後又加上信奉不同，衍生了一大堆傳說和歷史，看都快看不完了，部分還可以銜接到我們那一邊，看到後來我還覺得滿有意思的。

但書籍上只是記載部分，聽說還有許多未知的都只存在每個種族之中，例如現在哈維恩告訴我的這個。

過了一會兒，我還是沒有聽到答案。

夜妖精盯著我看，然後說了讓我想吐血的話：「我如果知道還會來告訴你嗎？」

「……」你知道的話你就殺去叫他們吐出來了是嗎？

就在我們黑眼瞪黑眼時，旁邊傳來別的聲音。

「可惡！本大爺才一不注意，你個奸險的小人就來騷擾本大爺的僕人嗎！本大爺今天就代替烤肉火焰來昇華你這塊黑炭！」

大半夜的，五色雞頭突然從旁邊跳出來，指著哈維恩就這樣囂張地喊。

瞇起眼睛，哈維恩露出很想捅他兩下的冰冷表情。

「西瑞，我只是在和他聊天。」在醫療班總部見識過黑妖精的能耐，現在又是半夜，我打賭五色雞頭會有命挑釁沒命回去，然後我還得把他的屍塊撿去保健室……好累。

「騙鬼，誰大半夜會睡不著來找人聊天！」五色雞頭顯然不相信我的話。

盯著眼前的獸王族，哈維恩慢慢吐出幾個字：「不然你來幹嘛？」

對啊，五色雞頭大半夜爲什麼會出現在黑館前面？

該不會最近流行半夜散步吧？

「本大爺是來問剛剛的事情！」消息靈通的五色雞頭瞪著我看：「你這個僕人，有打架的事情居然沒有叫本大爺去！」

「我也是臨時才知道的好嗎……」

喔，我覺得我也有可能是下意識沒告訴他，因為五色雞頭強歸強，可是有時候會把事情從小變大，所以儘可能不讓他攪和進去。

「那出去的呢？你居然敢不聯絡本大爺！」

出去的？

「你怎麼知道我們要出去？」這不是剛剛才決定好的嗎？他的消息未免也快到有點詭異了，我還以為按照往常，這種消息應該會被封鎖才對，五色雞頭沒道理這麼快就知道。

「老三剛剛通訊和本大爺說的。」

其實醫療班裡的間諜是黑色仙人掌吧。

一轉過頭，我才想起夜妖精還在這邊，站在旁邊完全不吭聲的哈維恩默默地看著我們兩個，看我轉過來才開口：「那麼，事情就是這樣。」

話說完，他立刻轉頭消失在黑暗之中。

你默默在旁邊等我們講完就是要告訴我你要走了嗎？

夜妖精的舉動果然讓人捉摸不定。

但是他為什麼會特地來告訴我這件事？還有那個徵兆又是啥東西啊？

哈維恩來過之後，我覺得我已經不是一頭霧水，而是從頭到尾都霧水，腦袋裡除了問號之外還是問號。

「你什麼時候跟那傢伙搭上的？」看著夜妖精消失之處，五色雞頭一把搭在我的肩上。

「剛剛在醫療班時他幫了很大的忙。」撥開他的手，我直接往黑館回去。

「你居然叫個黑炭過去也不叫本大爺，你打算叛變了是嗎！」

「我沒叫他啊，他自己去的，只是剛好遇到。」推開黑館大門，大廳裡一個人也沒有，但是我打賭剛剛絕對有別的東西，因爲我打開門的那瞬間看見了無數黑影竄逃到四面八方。

果然黑館半夜最好還是不要隨便亂走動。

「那本大爺也要跟去。」抓住我的肩膀，在我回過頭之後五色雞頭這樣告訴我，「哪，拒絕沒效，本大爺有腳，走去哪裡都是本大爺的事。」

看著五色雞頭，其實我也沒有拒絕的權力，因爲隊長不是我，決定的人也不是我……是說我也不曉得隊長是誰就是。

「漾漾，可以麻煩你們過來這邊一下嗎？」

在我和五色雞頭沒話講之後，淡淡柔和的聲音從樓梯上層傳來，我抬起頭，看見了賽塔、帝，還有一個我沒見過的黑袍站在那邊。

那個黑袍是位女性，有著長到腿部的銀髮和張中性漂亮的面孔，裸出的手臂與臉上有著民族風的刺青圖騰，看起來很神祕，更別說她還有尖尖的耳朵。

「這位是公會派來的傳遞使者，剛剛亞殿下的緊急任務成立後，她便將所需的物品送到各處。」簡單地介紹了下，賽塔勾出如同往常的微笑。

如果送東西要用到黑袍，不用說我也知道那個東西有多重要。

動作比我快了些，五色雞頭自動自發地把我拽上去，然後幾個人不知道爲什麼移動到我房間裡。

打開門時尼羅已經把我的行李整理好了，但是他不知道爲什麼可以猜到我有客人，連茶水都剛泡好放在桌上，人已經不見了。我猜他應該是全都弄好之後就回到伯爵的房間裡，只留了短信放在我行李上。

眞是太神了，短短時間他可以做那麼多事情？

該不會其實我們以前都有錯誤認知，以爲尼羅只有一個人，但是實際上他有雙生還是三生之類的，叫尼羅Ａ、尼羅Ｂ……

走神了。

回過神來，我看見賽塔讓帝先在沙發那邊坐下，黑袍的女性也自動自發把我的房間巡視過一圈，我視線轉回來之後看見的是他們正好都回到房間的小客廳。

微微瞄了下，我可以看見色馬睡死在我房間的床上，但是我不曉得他是眞睡還假睡，就是沒有要參與我們這邊的談話。

「這是公會要交給你的東西。」從袍子裡拿出個絲絨小盒子，黑袍女性在我面前打開。

有瞬間我還以爲裡面是戒指之類的東西，因爲盒子看起來太像電視上求婚用的那種鑽戒盒，不過在打開之後我看到另一個更熟悉的物品。

「學長的幻武兵器？」我看見了那顆據說有逆屬性的幻武大豆靜靜地躺在盒子裡。對了，是說那之後學長的幻武兵器的確沒有再見到蹤影，沒想到被公會拿去了嗎？

「很抱歉沒有告訴任何人，但是公會探測到幻武兵器後爲了替黑袍儲備隨時能使用的力量，所以便擅自取走了幻武兵器。目前已修復損傷，且將幻武兵器保持在最佳狀態，這次的旅程你們須要帶上他。」蓋上了盒子，黑袍女性把東西放進銀色的小袋子裡才交給我。

「呃、謝謝。」收下了學長的幻武兵器，我想著等學長清醒之後就可以還給他本人了。

「另外這是我們要給你的。」帝則是取出了個匣子，不會很大，看起來有點像是過年送洋酒那種盒子，上面是銀白色繡布精製成形，「我聽說了旅程的事，在外面與在校園不同，你會遇到前所未有的危機。敵視妖師的種族一直都很多，所以我們希望你能隱藏自己的身分，盡量不要與其他人有所衝突，避免不必要的危險。」

我接過那個匣子，一點重量也沒有，很神奇。

「這是臣、后和我在以前某段時間中一起做出來的，希望在這次旅途上對你能有些幫助。」勾出微笑，帝這樣告訴我。

「謝謝你們。」收下了匣子，我小心翼翼地放在行李旁邊。

然後賽塔拿出了自己帶來的東西，「如果可以，我原本希望能陪你們一起前往冰牙一族，畢竟那是我熟悉的地方。但是時間太過突然，我無法立即離開校園，這是指針，在迷途時它能爲你們指引找到退居世界的精靈一族。」

那是顆乒乓球大的透明圓球，裡面只有一片雪花，然後其他的什麼也沒有。

說眞的，要不是因爲我認識賽塔、也知道這個世界萬物都有鬼，我可能會以爲他在耍我。

「是說你們怎麼馬上就知道我會去？」這些人應該沒有黑色仙人掌這個間諜吧？

帝微笑地望著我，「星相的老師告訴我們今夜有人即將展開旅程。」

……原來間諜滿街都是嗎？

「沒有本大爺的嗎？」五色雞頭很不要臉地伸出手。

不然你是希望他們給你一份平安保險契約書嗎？等你掛在外面之後殺手家族就有鉅額保險金可以領了是吧？

「有的。」

意外地，賽塔居然開口了，「這是安因先生託我帶給你的東西。」他取出了個琉璃瓶子，裡面裝著詭異的墨綠色液體，接著精靈露出一種掙扎爲難和尷尬的奇妙表情，最後才咳了咳慢慢說道：「安因先生託我說……你在出發前把這個喝掉，毒啞自己才不會一路上惹來仇家追殺你們。」

安因送了五色雞頭一罐毒藥。

那秒，我還眞想對他表達我自己的敬意。

「我去他媽的死天使！」

※

賽塔他們離開之後，我和五色雞頭便暫時在我房間裡休息。

幾個小時過後，色馬歡樂地把我們給踏醒，然後一路被五色雞頭追殺到醫療班總部門口。

當時阿斯利安和摔倒王子已經在那邊了，不知道提前到了多久，摔倒王子原本想找隔壁的紫袍聊天，但是不斷地碰釘子，最後看見我們來就乾脆塞著張臉站到旁邊不講話。

被追著跑的色馬立即竄進醫療班裡，消失身影，不過五色雞頭的視線也被其他東西吸引去，就沒有追進去了。

「怎麼有那個傢伙！」指著摔倒王子，跟對方也有仇的五色雞頭立刻叫了出來。

我發現安因會送他毒藥不是沒理由的，他還眞是到處結梁子，走在路上我看十之八九都有人想跳出來圍毆他吧，機率可能還比我這個黑暗妖師高很多。

「他是隊伍裡的黑袍，不是跟你說會有一個紫袍和一個黑袍嘛……」雖然我省略沒告訴他黑袍是誰。

「可惡，要是本大爺知道黑袍是那個該死的傢伙，本大爺就——」

你就不去了嗎？

我開始祈禱他下句這樣說。

「本大爺就去暗殺他，把他殺成重傷讓他跟不來！」

好吧，看來是我對五色雞頭太過抬舉了，我早應該知道他是這種反應，不過到時候被殺成重傷的應該是他本人，接著我就自己要和阿斯利安及摔倒王子上路了。

這樣講起來，兩種結果好像都差不多喔？

「學弟。」遠遠就看見我們，阿斯利安朝這邊招手：「還有一點時間，你們怎麼這麼早就過來了？」

自己早過來的人在說別人早。

「呃，有睡一下了，你們沒有休息嗎？」看著他們腳邊輕便的行李，我疑惑地問著。

說到行李，不知道尼羅是怎樣幫我準備的，雖然看起來好像塞進去不少東西，但是行李卻輕到幾乎感覺不到重量。

我勉強可以從上面看出來有個風屬性的法術，但是應該還有兩、三個太高階的看不出來。這個眞是太方便了，以後運送重物都可以用這個，回來之後我一定要請尼羅教我。

「有的，我也是剛剛才到，但是看來醫療班花了比想像中還要多的時間，希望可以在天亮前開始趕路。」看著半濛亮的天空，阿斯利安邊說著邊回頭看了下醫療班，裡頭燈火通明，大概是因爲夜妖精的關係所以他們徹夜都在整理內部，爲數眾多的藍袍不停在裡面走來走去，非常忙碌。

「用走的？」我看了下外面，有種會走死的感覺。

我好像沒有學過趕路用法術。

「不，我們搭乘這個比較快速。」吹了個響哨，阿斯利安看著旁邊，數秒後有個我看過幾次的東西衝過來，停下後果然就是狩人的飛狼。「剛剛我讓牠到附近走走，接下來有段時間要拜託牠了。」

撫著飛狼柔軟的毛皮，阿斯利安微笑地說。

「本大爺才不要和那傢伙一起！」指著旁邊的摔倒王子，五色雞頭抗議了。

「那你用走的吧，我也不想與下賤的殺手共乘。」

我看著那兩個拒絕同路的傢伙，突然覺得他們搞不好很類似。

「那麻煩兩位都徒步吧。」阿斯利安這樣告訴他們。

「哼！」摔倒王子轉開頭。

「呸！」五色雞頭不屑地看向另一邊。

氣氛整個又僵掉了。

五色雞頭與摔倒王子各佔一邊，阿斯利安也撫著飛狼不想搭理他們兩個，只剩下我一個人傻傻地站在中間。

看著這幾個人，我突然有種……眞是個糟糕團隊的感覺。

我們的隊伍裡充滿不合的人耶，眞是太奇妙了，沒想到公會居然會把學長交給我們處理，是要他自求多福的意思嗎？

未來還眞是一片黑暗。

第八話　糟糕的隊伍

有時候，我眞的會覺得我的人生充滿問號，這些問號在我踏進學院後還加上了驚嘆號。

就在所有人僵到沒話說時，色馬甩著他的鬃毛愉快地從裡面小跳步出來，姿勢機車到讓人想一腳從他的屁股踹下去。

眞想詛咒他。

不過這兩天我發現，獨角獸好像對妖師的力量些許免疫，不管我怎樣打從心底希望他再去卡一次門還是走在路上被坑絆倒把角插在地上好像都沒有用。

還是這些希望太抽象了？

跟在小跳步色馬後頭的是輔長，他也露出一種很想踹馬的表情然後才看向我們：「你們感情還眞好啊，看來我們可以安心讓你們這些傢伙上路了。」

不，我覺得你應該不能安心。

該不會你是因爲之前很妒恨學長扁你才藉機復仇吧？

這種組合怎樣看都不像是感情好，反而像是三秒後團隊會自相殘殺最終自爆的下場啊！

「對了，學弟，這是要給你的。」因爲剛剛和人槓上不講話的阿斯利安看見輔長出來，才往我們這邊走過來，然後從自己小小的背包裡拿出個體積根本不可能塞進去的大紙袋子，「因爲你是無袍，琳娗西娜雅向公會申請了你的身分，所以你算是由公會正式聘用的，這是公會提供的服裝，和我們的衣服一樣都有術法等保護，只是沒有袍級資格。」

我接過了阿斯利安的袋子，打開後裡面是類似公會袍級的連身大衣，白底、褐色的邊和一些漂亮的圖騰繡花，然後眞的不是我要講，包括這件無袍級的衣服在內，我很早之前就對公會存有疑惑了——

這些閃亮的袍級到底是怎樣？

之前我曾問過千冬歲爲什麼情報班明明很隱密，卻要給他們做成大紅色的活像靶子，是怕敵人看不到嗎？

結果千冬歲回答我，如果穿著紅袍還可以潛進敵人之中不被發現，那不叫成功的情報班叫什麼？

所以他們的衣服是測試用的？

只要被發現射掉就算沒資格當情報班了這樣嗎？這個資格是用性命換來的是嗎！

我突然對公會充滿了疑惑，這讓我覺得如果哪天我去考白袍，很有可能和「送死」兩個字畫上等號。

突然覺得有時候人還是過得安逸一點比較好。

「不好意思，因爲是臨時申請的，所以西瑞的還沒下來。」沒有意識到我正在亂想，阿斯利安轉頭看向五色雞頭，有點抱歉地說道。

「哼，本大爺才不稀罕那個！要啥啥保護的才沒用，本大爺有得是強壯的肉體！」五色雞頭發出了有一秒讓我想說你是後山放山雞還健壯免疫嗎之類的話。

「爲了避免你們死太快，我準備了一些藥水放在式青那裡。」無視於我們下面亂七八糟的吵鬧，輔長完全不爲所動地繼續把自己的話說完。

我看向色馬，他很愉快地甩頭左右噴氣，漂亮的鬃毛也跟著畫出幾道閃亮的弧度，但他身上就是看不出來有哪個地方可以放藥水……該不會他的馬皮下其實都是異次元百寶袋吧？

正想走過去剝他皮看看時，色馬突然一個迴轉，「喔啊啊啊啊啊——」

他發出一連串謎樣意義的聲音。

很快地，我知道爲什麼他會有這種聲音了，幾個我沒見過的醫療班藍袍突然全部擁出來，差點把色馬給撞飛出去，連輔長都往後退了一步。

「看來醫療班也準備好了。」阿斯利安拍拍我的肩膀，勾起微笑。

我盯著那堆醫療班，不用幾秒整個人愣掉了，那時候我的表情大概是瞪到眼珠子都快要掉下來了吧？

幾個醫療班臉上都出現戒愼恐懼外加小心翼翼的表情，然後一直有人想伸出手幫忙，然後被不客氣地打走。

打人手的那個人在月見半攙扶下有些吃力地走出了醫療班大門，淡淡的微光從他身上透出來，足以顯示這個人有著精靈的血統，只是比起賽塔淡了很多，不過以前他並沒有這樣子長時間維持著光芒，頂多偶爾出現一下。

我站在原地，一時間不知道該說什麼。

紅色的眼睛在幾秒後凶惡地對上我的視線，與沉睡中的那十多個月一樣，被抹掉銀白髮色之後，披散在他身上的是如同火焰般的烈焰鮮紅。

這是燄之谷的血統，而我們都知道目前這兩種血統都失衡了，只是被暫時壓抑。

我從來沒去想過有一天再度看到學長時，我們第一句話會說什麼。

「站得穩嗎？」比起呆掉的我，站在旁邊的月見低聲向學長詢問，語氣輕柔到好像很怕又把學長弄回去那個像是福馬林泡屍體的圓球體裡。

「站不穩我可以給他靠——」露出一臉變態的色馬用著開花式的小跳步奔過去，接著被長無視於他是珍貴幻獸的拳頭打到旁邊。

接著月見的手，學長緩緩點了頭，接著在四周醫療班屏息之下，緩緩讓月見放開，自己走到我們前面來。

阿斯利安把手指點放在額頭上，說了一些應該是祝禱的話，然後衝著學長微笑，連一直擺張臭到像是被大便打到臉的摔倒王子也露出鬆口氣的表情。

看著眼前的學長，我突然有種想哭的衝動，眼睛也霧濛濛的，我覺得我應該開口說點什麼，過去那不長不短的時間裡我想過很多應該對他道歉的話，因為我的關係害學長變成這樣、還拖累很多人。

我眞的應該說什麼。

而學長就站在我面前，似乎也在等我開口，一如我記憶中漂亮中性的面孔似乎還有點勾起淡淡的笑意。

用力地吸了下鼻子，我覺得如果現在不說，就沒有更好的機會了，但不知道爲什麼，當我充滿感動外加眼淚都快掉下來時，我的嘴巴裡吐出連我自己都想死一百遍的話——

「學長，你是不是有變矮？」

靠近的這瞬間我只發現，我們站在一起居然視線平齊了！我記得之前學長不是高我一些嗎？

微笑的笑臉馬上變成充滿青筋的惡鬼臉。

接著我看到鞋底印，後面就剩下臉上整個劇痛和頭昏腦脹外加一堆星星飛來飛去，往後跌出去同時我也聽到醫療班驚慌的叫喊。

「讓我踹死他！」整個已經氣虛開始大喘氣的某人再接再厲地抬起鞋底要踢我。

一堆醫療班撲上去，「不可以動氣、不可以動氣。」

「美人抓狂也好漂亮啊——」隔岸觀火的某匹馬還在發表感想。

早知道學長在意身高的話，我就不講了。

「首先，最大的禁忌就是不能動氣。」

五分鐘後，差點被補踹第二次的我站在阿斯利安後頭，然後喘氣喘很大的學長被月見扶著慢慢緩了過來。

輔長橫瞪了剛剛一直舉腳要踹人的人繼續說：「請克制住自己情緒謝謝，不然我可以預料到你們大概走不到十分鐘又會調頭回來了。」

學長嘖了聲，把頭給轉開。

我錯了，我不應該以爲過十幾個月的第一次會面學長就不會動手，大概是最近生活太安穩了，讓我完全忘記學長本來就是殘暴的這個事實。

在夜妖精差點被他的本能掐死時我應該就要有所警覺啊！

「美人美人～」色馬心情很愉快地蹭在學長旁邊，馬臉正想放到他肩膀上時被一巴掌甩走，不曉得是學長下意識反應還是他知道色馬是什麼內在。

「學弟這樣沒問題嗎？」阿斯利安發出疑問，「我是指，用這種狀態和我們一起上路？」

「被你們帶上路。」輔長更正他的說法，「現在算是最佳狀態了，我想大概很快又會睡著，因爲必須延緩負面侵蝕的力量所以最好不要清醒，一天可以這樣活動的時間不會很久，有長有短。」

「不……我是指你確定他這樣和我們上路是安全的嗎？」對這個團體大概和我一樣非常不具信心，阿斯利安用很委婉的方式說著。

「不然你覺得用快遞比較安全嗎！」輔長沒好氣地回他這句。

是說我覺得不安全的應該是宅配人員，依照這種狀況，可能宅配人員來十個會死十個。

「他的靈魂不是一直都放在黑山君那邊嗎？」站在旁邊永遠臭臉的摔倒王子問出了我心裡另一個疑問。

「是的。」月見點點頭，「不過因爲這十一個月以來我們必須逐步讓身體與靈魂同步調整，所以醫療班和黑山君有建立一種小小的管道，雖然靈魂必須在一年後才能被送回，但可以利用我們建立的法術關係讓這具身體在短時間內由靈魂操控，原本是用在方便我們能夠調節身體，沒想到現在會派上用場；剛剛我們就是在加強這個聯繫，讓亞殿下可以拉長操縱時間。」

我看著月見，又看看學長，聽不是很懂他們的說法。

大概是注意到我疑惑的表情，阿斯利安小聲地在我旁邊說著：「有點類似遠方遙控吧，學弟的身體可以有短時間接受靈魂的操縱，藉以協助醫療班把身體完全復元與治療，但是這種法術非常不穩定，操作得好便沒有問題，如果操作上有誤，可能會讓身體和靈魂永遠分離。」

「就是這樣。」輔長環著手肯定了阿斯利安的話，「尤其是越到後期會越危險，所以我們才需要鎭魂碎片來做最後的步驟。不過現在因爲狀況有變必須馬上把他送回去，你們應該比較慶幸的是已經找到鎭魂碎片，他可以穩固靈魂和身體的聯繫，短時間裡不會有太嚴重的變化，如果能先找到兩族的其中一族，他們也有厲害的術士和治療士可以協助你們，在身體完全調整回最佳狀態之後，黑山君會帶著完全靈魂在醫療班等你們回來。」

「但是請注意，因爲靈魂和身體並沒有共存，只是用我們的術法得以短時間使用，所以亞殿下不能有太過激動的情緒起伏；戰鬥也是，請完全避免掉。」看起來似乎是很想寫一本完全使用手冊給我們的月見連忙交代著：「一定要注意，眞的要注意，要是眞的遇上無法處理的狀況時也請務必要馬上回來……其他的事情之後再說也沒關係。」

我覺得他可能認爲學長交到我們這種組合手上是十死無生了。

阿斯利安點點頭，表示了解。

「那我們要出發沒？」五色雞頭靠過來，興致勃勃地催促，我看他大概是整支隊伍裡唯一覺得現在要外出郊遊踏青的那個，一整個還保持著愉悅心情咧。

「時間也差不多了。」看了下天色，阿斯利安又低聲和輔長交換了幾句話，看來醫療班寧願把事情交代給紫袍也不想交代給旁邊那個看起來完全不可靠還可能會殲滅自己隊友的摔倒王子。

從頭到尾某黑袍的臉都陰森森地在旁邊瞪著我們。

這讓我感覺好毛啊！

「醫療部分，應該要有的我們已經都交給式青了，願你們在這段路上平安。」輔長這樣告訴我們，然後幾名醫療班把手交叉放在胸前，做出了鳳凰族的祈禱動作。

召來飛狼，阿斯利安看了我們一眼，「該走了。」他的語氣相當輕鬆，好像我們只是要去附近看風景一樣。

這讓我並沒有很眞實的感覺。

我們即將離開學院範圍，外面都是我沒有看過的世界。

「本大爺自己跑就可以了。」非常不想和摔倒王子一起坐的五色雞頭發出豪邁的宣言。

「現在是團體活動，請合群。」阿斯利安用充滿殺氣的微笑看著五色雞頭，我打賭他應該也不是很想和五色雞頭、摔倒王子這種組合一起出門，「如果是您的原形要和飛狼一起跑，目標兩種會太大，容易遭到攻擊，若無法配合請乖乖地留在這裡。」

五色雞頭氣悶了，只自己咕噥了幾聲，罕見地沒有去槓阿斯利安。

我稍微注意到阿斯利安在組隊之後態度似乎變得不太一樣，平常和他相處比較輕鬆，不過他現在的感覺比較偏向第一次我們認識、在大運動會時的樣子。

簡單地說，像是領導者。

月見再度扶著讓學長走過來，「接下來就交給你們了，祝禱神為所有人庇佑。」

剛好就站在他們前面的摔倒王子倒是很有風度地接手，在飛狼暫時伏趴於地面後，五色雞頭跳上飛狼，順便把學長也給拉上去。

一年前我曾看過飛狼，大約有著快要一層樓高的巨型黑狼身上有雙漂亮的翅膀和陣法圖騰，那時候和學長一起衝進鬼王塚裡。

之前阿斯利安曾告訴我們那是睦光陣，可以破壞邪惡的光明陣法，但是現在已經失傳了。飛狼身上這個是非常久遠之前牠們飛狼群中所轉移流傳下來的，目前大概除了古老的精靈或久遠的種族外，已經沒有人會繪製了。

在我和摔倒王子都上去狼背上後，阿斯利安才最後一個跳上來。

「走吧拉可奧，我的朋友。」輕輕地拍著飛狼的頸側，他這樣說著。

就在同一秒，四周的風捲起來，原本在兩側的醫療班都往後退開了，然後我感覺到飛狼開始振動著自己的翅膀，每根黑色的羽毛都鼓動了起來，讓氣流逐漸環繞在周圍。

飛狼的腳輕輕在空中浮起，眨眼瞬間我看見左右兩邊的黑色翅膀猛然張開到最大，一個頓足，飛狼瞬地往前衝，四周景色頓時變得模糊。

狼起飛的同時間，我看到沒有爬上來、也應該是爬不上來的色馬低下白色的頭，然後動了動身體，和毛皮一樣潔白的翅膀從身體裡張開，飛狼竄上天空之後他幾乎在同時也跟上我們，就維持著不遠的距離飛行著。

雖然知道色馬內在除了色之外還是色，但獨角獸在天空飛行的景色還是讓我覺得很漂亮。

「如果你們那邊載不動，可以把美人放到我身上喔。」立刻破壞瞬間感動的色馬聲音傳過來，我覺得我隱約好像還可以聽到他在吸口水的聲音，「這樣我們就可以做親密接觸了……」

反射性地轉過去看學長，他靠在阿斯利安旁邊半瞇著眼，好像真的有點睡著了，所以我現在還沒辦法叫他要小心色馬。

沒想到學長會這麼衰弱，這樣子要是色馬真的想不開想幹什麼，學長不知道有沒有辦法抵禦？

算了，反正九瀾說過學長的本能是暴力，搞不好反射神經就夠把色馬種到土裡去了，所以我應該不用太擔心這事情……大概不用。

「有幾個傢伙跟來了。」從頭到尾都興致勃勃的五色雞頭吹著風，突然開口。

「幾個？」我愣了下，完全沒有感覺到有什麼跟來。

「後面。」五色雞頭跳起來，平衡感非常好地沒有被飛狼給甩下去。

「應該是埋伏在醫療班附近，一看見我們離開之後就立刻趁機跟上來。」顯然也注意到的阿斯利安往後看了一眼，非常冷靜地說著：「大概是想搶獨角獸的人，並不多，你們有辦法處理嗎？」

非常高傲地抬起下巴，這次襯衫上印著「綠島的天氣　幹　好熱」字樣的五色雞頭兩手都扠在腰上，「笑話，本大爺的對手沒有十個以上都不算數！」

我拜託千萬不要超過十個。

還有你那件衣服是怎樣，你在出發前跑去綠島還是之前就收藏了啊！

喚出米納斯，其實到現在我還沒看到有誰追來，只感覺飛狼並沒有飛很高，大概只比椰子樹高了一點點而已，不像是會往雲端上去的感覺。

「來了。」揮出手，阿斯利安在飛狼和色馬身邊甩出大型陣法，風聲立時變得不是那麼明顯了。

被夏碎學長和安因教了一年後，就連我都可以看得出來阿斯利安用的是高階防禦陣法，據說防水防火防雷劈防靜電還防機關槍和強力射擊，謠傳還可以防原世界的飛彈，但是沒有人眞的實驗過，大概只是噱頭而已。

夏碎學長說，與其防飛彈不如直接把飛彈打下來。

安因說，沒有人敢把飛彈朝他射……我想看到天使也沒人眞的膽敢射下去吧。

所以他們都不清楚那個謠傳是不是眞的，反正我也還在低階法術徘徊，等到有一天我要學到了，再推別人去實驗看看就知道。

在陣法被布下後，我終於看到好幾個黑影從四面八方跳出來，大半都用了可以暫時飛行的法術追在我們後面。

當我發現不對勁時，後方已密密麻麻一大片。

「這叫作幾個嗎！」指著根本有幾十個的一片黑影，我深深覺得被欺騙了。

「這就是人生啊。」五色雞頭拍拍我的肩膀，「本大爺的僕人，你要明瞭，江湖永遠都是孤獨的。」

不，我覺得一點都不孤獨，這也太熱鬧了一點吧！

「煩死了。」耐性大概是個位數或者是負數的摔倒王子瞪著後方，然後猛地彈手指。

那一秒其實我比較想叫追在後面的人快逃，不過話還沒出口，我就看到好幾顆紅色光球出現在我們後方一小段距離，接著所有光球連出直線，在第一個追兵踏過去的同時整片爆炸開來，壯觀到天空有瞬間全都變成火光顏色的程度，就算已經張開陣法，我們還是聽見了轟然劇烈的爆炸聲響震動天際。

這時，陣法附帶的隔音效果似乎就不是那麼有用了。

「你非得把我們出發這件事搞到整個守世界都知道嗎！」阿斯利安發出指責的聲音，不過很快就被連環爆炸聲蓋過去了，大概有聽見的摔倒王子也裝作沒聽見，哼哼了幾聲把頭撇開。

好幾個黑色影子在爆炸中掉下去，有的還冒煙著火。

不過因爲有防禦陣法的關係，雖然有爆炸聲，但巨響還是被阻擋不少，免去被炸聲干擾聽覺的痛苦。

飛狼加快了速度脫離爆炸區，但很快地我們就發現還是有人追上來，不過大半都被殲滅在爆裂當中，所以數量已經很少，大概七、八個左右，每個人身體周圍都環繞著淡淡的光芒，估計是保護術法起了作用。

「接下來換本大爺上場了。」磨蹭著不知啥時弄出的獸爪，五色雞頭咧開超級歡樂的笑容，「就優待你們這些傢伙吧！」

說時遲那時快，五色雞頭從飛狼後面撲了出去。

接著我看見的是他的那個巨大原形，就是曾踩過鬼王一腳的全獸型往剩下的追兵蓋上去。

「西瑞！」因爲他跑太快了，根本來不及阻止他的我完全沒辦法告訴他一件事實——

我們還在半空中。

歡樂撲出去的野獸與後頭被蓋上去的追兵發出了「啊啊啊啊」這樣的聲音，掉下去了，還揚起一大股的灰塵。

「唉，地心引力。」

色馬悲痛地做了註解。

※

「守世界，是一個聚集了許多生命的空間。」

在五色雞頭不知摔到哪裡去、飛狼又奔馳了好一段路，直到阿斯利安認爲離醫療班夠遠、也快進入傍晚後，我們才在一處像是森林的地方停下來。

讓正在睡覺的學長靠著樹休息，阿斯利安讓飛狼暫時先回到牠原本的地方後，一邊紮營、一邊開始向我做簡單的講解。

完全不想動手的摔倒王子鄙視了要動手的工作活後，逕自去森林附近巡邏了。

「你應該知道，我們學院聚集了非常多不同的人，也有著其他學院比不上的最多種族，幾乎在守世界中的種族都可以在學院中看見。」頓了下，阿斯利安有點半開玩笑地說著：「當然，連鬼族都出現過了。」

我點點頭，之前安地爾混進來好幾次，雖然都是未遂，但是也夠可怕的了。

「守世界與原世界本來是同樣的地方，後來分裂成爲兩個不同世界。原世界的人們和種族的力量隨著時間的流逝幾乎消失，偶爾才會在其中出現擁有力量的人；但是守世界完全相反，我們保留著世界各式各樣的種族與傳承之力，遵守著一定的規則運行。」盡量說得比較簡單，阿斯利安在架起休息用的遮篷後繼續說道：「不過其實我們還是有和原世界繼續往來，在守世界的人幾乎都知道原世界的事情，但是原世界的人卻不一定都知道。」

「因爲力量差異嗎？」我有點不能理解，之前安因他們也對我解釋過類似的話，古代的事情好像在我原本的世界中只存在書本裡，那些無法被考證的神話在近代學者口中都變成一種情感的依歸、演化之類的事，因爲沒有直接證據，有許多人都相信神話並不存在。

老實說以前我也不太相信神話和那些傳說，但是後來進入學院後……不信都不行了。

「其實最主要的原因的確如此沒錯，根據我們的歷史記載，曾有幾次和原世界的重大接觸，但都被當代的君王、帝王以異教論處，因爲原世界是力量逐漸失去的世界，所以一旦擁有力量的人出現，反而是對世界產生威脅的異類，人們較難以接受。」看著我，阿斯利安思索了下，「不過這個狀況在公會出現後逐漸好轉，公會在原世界也建立了強大的系統網，雖然並非公開，但至少我們已經稍微可以彼此通聯、出任務了。」

「而且現代的人類接受度比較高。」我笑了起來，不知道該不該歸功於現在的動漫畫和小說，很多人還巴不得有特異功能咧。

「是的。話說回來，因爲守世界還存在著許多種族、留下了各種不同的特性和禁忌，所以我們在離開學院後必須特別小心這種問題，尤其是學弟你第一次走出校園、正式在校外活動，一定要非常小心。」

「我會很注意的。」誰知道這裡還住了啥亂七八糟的東西，一邊點頭答應阿斯利安，我一邊舉起了米納斯朝向學長的方向：「式青大哥，如果你再往前我就開槍射擊了。」以爲沒發出聲音我就不會注意到嗎！

正在草叢裡打算襲擊睡著學長的色馬在我腦袋裡嘖了一聲站起來，然後轉化之後變成我們之前看過的那個青年一屁股坐在旁邊：「哼哼，我還是要靠他那麼近才可以用鎮魂碎片啊，不然那個力量誰來穩固啊！」

看著色馬，如果他說這話是在我還沒認識他之前我一定會被騙，但是現在我認識他。「你少唬人了，你八成退個兩百公尺都還可以用鎮魂碎片！」

「你怎麼知道！」這次式青在我腦袋裡驚呼。

只要是知道你爲馬不尊的人都會馬上猜到的吧！

阿斯利安疑惑地看著我們：「如果方便，式青能否說說鎮魂碎片這樣東西？我們並非十分了解，但是旅途上卻必須依靠這樣物品。」

我想阿斯利安應該是想收集情報來調整我們的旅途確保安全。

「這個喔。」式青拉起了脖子上一條銀色細鍊，下面掛著之前我們都看過的鈴鐺，他把鈴鐺安穩地藏在衣服裡：「你問我是怎樣的東西我還眞解釋不出來，總之就是之前去哪一個姊姊家時給我的禮物，後來我才知道是鎮魂碎片，關於用途就更不用講了，除了它有鎮魂這功效外，其他有待開發……畢竟我很少用這玩意嘛。」

「……」阿斯利安沉默了。

「那爲什麼你會說只有你可以用？」我看著式青，忍住自己的衝動不要對他開槍。

「因爲那個姊姊說她幫我把鎮魂碎片和我的靈魂綁在一起，以後這樣東西除了我之外沒有人能用，除非我死掉，如果鎮魂碎片換人了她也會知道，她會先過來鞭屍然後再掀了這個世界。」青年用種天眞無邪到讓人想掐死他的表情這樣告訴我們很有嚴重性的事。

看著式青，我猜應該是在精神上做了幾個深呼吸的阿斯利安決定繼續他的問題：「送給你的人是誰？」

這點我也很好奇，如果可以有這麼大口氣要掀了守世界，那來頭一定不小。

青年歪著頭想了半天，「不曉得是哪個姊姊……」

你居然連是誰給你的都忘記了嗎！

「是米娜嗎……不對……恩比亞……也不是……艾洛、桑卡提亞、依娜蘇、芭洛絲蒂亞、莉西勒克……？」

拜託不要在我腦袋裡唸你那串可怕的女性名單！

我哀號了一下，這次是我想去撞樹了。

「抱歉，時間太久我想不太起來。」在唸了至少有二、三十個人名之後，式青笑哈哈地這樣告訴我們，「如果阿利還是亞殿下兩位美人給我抱一下我大概可以很快記起來～」

我猜那時候阿斯利安沒有一拳揮上去肯定是因爲摔倒王子回來了。

「你去抱他吧，奇歐王子也是帥哥。」我指著遠遠的摔倒王子，這樣告訴青年。另外我覺得他抱下去應該會有好戲可看。

摔倒王子其實眞的不難看，要臉有臉要身材有身材，就是沒腦袋……怎麼聽起來好像我阿母在批評花瓶的感覺？

「小朋友，你是眞不懂還是假不懂，那個哪叫作美人，那個頂多勉強只能算是長得好看的男人。」沒有講出來，直接在腦袋裡回答我的式青指指阿斯利安再指指學長，「這兩種的外出內用皆宜、性格好、台風佳、打從靈魂深處散發出氣質、走到哪邊男生女生都不會拒絕還尖叫追隨的才叫美人啊。當然，這只是浩瀚的美人種類其二，等有時間我再慢慢分析各種不同的美人給你聽。」

我完全不想聽！

還有你的審美觀眞是太離奇了！

看著阿斯利安應該是帥不是美的樣子，我深深如此覺得……等等！所以尼羅在他眼裡也是美人的一種？他那時候不是在開玩笑？

我猛然想起來色馬在黑館中對管家流口水的模樣。

不知爲何，我突然覺得自己在這傢伙眼中只是小朋友而不是其他東西實在是太好了。

「附近很安全。」完全不知道我們剛剛在討論什麼的摔倒王子回到宿營之後只開口說了這五個字，然後就繼續自閉地坐到旁邊去了。

「沒有看到西瑞嗎？」雖說五色雞頭根本就是活該，不過他到現在都還沒有出現讓我也有點擔心了。

摔倒王子用鼻孔噴了氣，這讓我知道他是沒看到，否則我們現在應該就會聽見森林傳來打鬥聲才對。

「出發前我們已經在西瑞學弟身上放了一些術法，當然他本人不曉得。」阿斯利安咳了聲，「如果真的發生危險我們也會知道的。」

所以五色雞頭現在是很堅韌地自己活下去就是了？

果然怪人的命都很強硬，嘖。

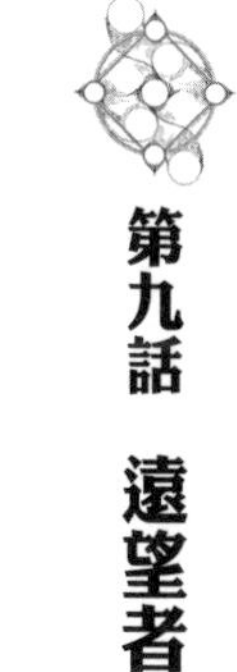

第九話　遠望者

那天晚上我作了個夢。

因爲摔倒王子嫌我礙手礙腳、阿斯利安又說他們有萬全術法守夜，所以就讓我一覺到天亮完全不用起床。

躺下後沒多久，我四周的森林變成了一大片深綠色草原。

不知道爲什麼，這片草原讓我覺得很眼熟……

「渾蛋！」

還沒回過神來，突然有人從我後面一腳踹下去，差點沒把我踹到草地上面去大字形趴好。

「學、學長？」我不是在作夢嗎？

站在我身後的是在我睡前還看見的學長，我明明記得他整個就是睡死的樣子，現在是跑來我夢裡幹什麼！

「你以爲白天的事情就這樣算了嗎？」

根本就是對我那句變矮還在記恨的學長露出了可怕的表情，我覺得我該不會今天就是在被毒打的睡夢中度過了吧？

在夢裡不知道會不會被打死？

我該不會變成史上第一個在夢裡被打死的妖師吧！

「你們要在這裡打架嗎？如果是，我就不想浪費力氣了，滾出去打。」第三者的聲音傳來，我這才發現羽裡就站在離我們不遠處，難怪我會覺得這裡很眼熟，這裡不就是之前羽裡帶來的夢境嗎？

「這是怎麼回事？」怎麼學長會和羽裡湊在一起？

「就是這樣。」嘖了聲沒有把拳頭往我臉上揍的學長只給我四個字。

學長，你是在講廢話嗎？

「我接受了請託，用夢幫你們做連結。對於這次旅程，不少人感到憂心。」代替那個講跟沒講一樣的四個字，羽裡這樣說著：「身爲持有傘之者的夏侯董事付出了代價讓黑山君增強我夢的力量，以及將你們兩個聯繫起來。這種聯繫方式對於靈魂的負擔比較輕，差不多是這麼一回事。」

他講得很清楚，我聽得很模糊。

「羽裡是個有著夢能力的人。」學長很乾脆地這樣告訴我，順便外加那種會殺人的可怕視線。

我以後一定不敢再說他矮了……原來那是地雷……

「那阿利學長他們也是？」

羽裡看了我一眼，「一次連三個我會直接力竭人亡，因爲之前和你做過聯繫，連你的比較方便。」

還眞是謝謝你的方便啊。

「不過時間也不久，夢裡和外面時間的流逝方式不同，目前羽裡能維持的時間並不多。」看著已經有點在碎散的草原，學長偏著頭像是在想什麼，「順著指標走，在進入燄之谷之前你們必須先找到沉默森林，夜妖精的動作太多了，沉默森林是中立的夜妖精一族，先去找到他們詢問發生了什麼事情。」

「咦？這樣不是會耽誤時間？」沉默森林不就是那個打我巴掌黑嚕嚕的哈維恩住的地方嗎？我的確聽到另一個叫他沉默森林的兄弟……去找他們幹嘛啊？

「如果我沒有弄錯，阿斯利安的路線也是要往沉默森林。」

學長的態度滿肯定的，感覺好像如果他選路線也會這樣走，但是夜妖精不就是喜歡半夜突襲外加算計別人的陰險不要臉的神經纖細的小人種族，爲什麼要找他們啊？

「夜妖精是聆聽夜晚的種族，他們在巫術和觀星術上有著卓越的表現，如果會驚動一個霜丘的夜妖精襲擊各地，那應該是眞的發生了事情。」學長環著手，瞇起紅色眼睛淡淡地說：「在私人事務之前，我也贊成先往沉默森林，先去沉默森林只有益處沒有壞處；而且我們並沒有繞道，在通往燄之谷的其中一條路上，沉默森林就在那邊。」

那是在哪邊啊？

深綠色的草原一下子裂開來，標準的時間快結束了。

我想起來，我還沒向學長說過那句話。

「學長、歡迎回——」

學長抬起手，突然勾起微笑。

「等所有事情都做完之後，再說吧。」

下一秒，我就被驚醒了。

※

醒來時，阿斯利安正在用土把營火給壓熄。

「再多睡一點。」注意到我醒了爬出宿篷，他用很小的聲音說：「才剛天亮而已。」

我看了下手錶，早上五點多的時間，整片天空都是灰黑色的，隱約有點發亮，四周空氣些微冰冷、不過很新鮮，感覺很像以前和我家的人在山上露營……那次露到突然土石流就是了。

不過我人生第一次搭直升機也是那時候，露營露到還被救難隊救出來，想到我都難過。

轉過頭，學長還在另一邊躺著，色馬就趴在學長旁邊也在睡覺的樣子，因爲我腦袋裡沒有出現什麼奇怪的話，所以我想他應該是眞的在睡覺；另外就是摔倒王子不見了，不曉得又跑去哪裡。

有那麼一瞬間，我整個清醒，不知道爲什麼突然感覺到不安。

昨天出發時很匆促所以沒有感覺，但現在睡了一晚之後突然有點害怕，因爲這是我第一次出學校，而且實際上我好像沒有什麼幫得上忙的地方，這讓我覺得我該不會是跟出來礙事的吧？搞不好摔倒王子他們自己走的話可以更快。

沒想到我有這麼衝動的時候！這太不符合我畏縮的習慣了，按照我之前的個性不是應該縮在後面等他們回來才對嗎？

「王子殿下去找一些東西可以充當早餐。」

我愣了幾秒才想到阿斯利安說的是摔倒王子而不是學長，是說這個世界的王子公主貴族還眞不少，走到哪裡都會遇到，一整個給人很有繁衍過剩的感覺，搞不好麥當勞招牌掉下來就打死三個了。

不過他之前是這樣叫摔倒王子的嗎？

「哼！」阿斯利安補上這個噴氣聲。

我說……該不會在我們睡覺時他們發生過第二次無言的爭執吧？

「半夜差點打起來喔。」完全沒預警聲音猛然灌進我腦袋裡，接著是一種難以形容、我想正常人應該都不會聽見的馬打哈欠的聲音。

別問我馬打哈欠是什麼聲音，我不想形容。

從學長身旁依依不捨地爬起來，色馬走了兩步之後又張馬嘴在打哈欠，最後才在旁邊的樹側停下來蹭身體。「黑袍的那一個說不要去夜妖精住的地方，阿利說要去，所以半夜時差點打起來——如果我們沒有睡旁邊的話，我覺得炸彈客應該會把森林夷爲平地。」

原來覺得摔倒王子像炸彈狂的不只我一個啊！

就在我還在思考炸彈狂事情的時候，旁邊有一串東西飛出來，速度之快差點往我身上砸下去，不過幸好沒有。

因爲當我轉頭去看時，我看到一串有著像榴槤外殼的香蕉就躺在我旁邊的草地上，後面是一張「怎麼沒打到」露骨表情的摔倒王子。

所以說你個傢伙本來是瞄準我後腦丟的嗎！

「完全可以感受到他對你的仇恨。」色馬還在落井下石地加評語。

阿斯利安看著那串榴槤香蕉，沉默了大概有五秒之久，「你把樹給怎麼了？」

我看著臉色不太對的阿斯利安，很疑惑他爲什麼會問這個問題，「這是什麼香蕉？」居然有榴槤外殼？

「這不是香蕉，這是一種叫作玻璃殼的樹人種族。」按著額頭，阿斯利安看著滿臉不屑的摔倒王子，「一顆樹只會長這麼一串，樹本身會隨機移動保護殼心……這是心臟你沒有想錯，如果拔出來樹等於也……」

「炸掉了。」摔倒王子挑釁地看著狩人。

猛地站起身，阿斯利安看也不看那串香蕉一眼，轉身就往樹林裡走去，「我去找些能吃的來。」

意思就是這串蕉是不能吃的嗎！

那摔倒王子帶回來是怎樣！純粹去做個晨起運動嗎？

瞪著離去的阿斯利安，摔倒王子直到他完全消失在樹林中後才把視線收回來，接下來換成凶惡地瞪我。

我說……不干我的事情吧！

瞪了我快要有一分多鐘瞪到我都覺得我有可能會被他幹掉之後，摔倒王子才轉過去看香蕉，接著完全不留情地一腳踩爛了部分幾根，然後冷哼著甩頭走掉。

可憐的香蕉。

不過我說摔倒王子的鞋子也太堅固了吧，正常人應該都不會用腳去踩榴槤的，他居然可以毫無知覺地踩完離開。

色馬靠了過來，用蹄子撥了撥還完好的那一小部分，「把剩下的這些打開吧。」

「裡面是什麼？」我警覺地看著色馬，有點怕這東西有鬼。

「玻璃殼是種很珍貴的樹人種，殼心裡有著很好的東西，類似補品還是藥品吧，反正是玻璃殼的精華就對了。」

半信半疑地看著色馬，我還是動手開始剝香蕉。其實也沒有很難剝，出乎我意料之外，這個像榴槤的蕉並沒有硬皮，而是輕輕一扯就可以把看來堅固的外皮都撕下來。

幾根蕉是空心的，裡頭只有少少的綠色液體，在我差不多快剝完之後才從倒數第二根裡拿

出了一團綠色、有點像飛天法寶那種微透明的不明黏稠物體。

「放到這裡。」摔倒王子扔出一個空瓶子，叩咚一聲掉在我旁邊還外加理所當然的命令。

……信不信我當場吞掉！

在摔倒王子陰森的瞪視下，我還是把那坨東西放進瓶子，然後丟回去。

那坨東西一被拿走後，剩下在香蕉裡的綠色液體馬上變黑發臭，不用幾秒就傳出很像是屍體的濃厚臭氣，我馬上把東西拿去遠一點的地方丟，避免還沒吃早餐就先被熏死。

丟完蕉回來時，阿斯利安已經到營地了，還拿著幾種看起來很正常的水果。

「我們要往沉默森林走。」

把水果遞給我之後，他這樣說：「從這裡開始算是起點，往北走經過沉默森林後會到燄之谷的隱蔽地，但是燄之谷與冰牙族是已經退出歷史的兩大種族，所以我們無法確定他們是否還在那個位置，目前我們手上有的指引和資料都顯示燄之谷還在。」

我點點頭，既然昨晚學長說經過沉默森林就會到燄之谷，那麼狼族應該都還在，不然他也應該會先警告我們。

是說我到底還有沒有個人時間啊——

白天被視覺殺就算了，晚上還要被人踹，這樣眞的可以休息嗎！

「不去沉默森林！」摔倒王子突然惡聲打斷我們談話。

「我們必須去拜訪沉默森林的夜妖精。」阿斯利安忍著怒氣再度說著，「夜妖精騷動並非小事。」

「公會自然會派人過去了解狀況，我們要走北部的綠海灣，從那裡經過奇歐妖精族的領地通往燄之谷。」摔倒王子立刻頂回去，「綠海灣比沉默森林安全。」

是說，看著他們兩個還在爭執，不知怎地我總覺得摔倒王子好像有點焦躁，不知道是不是我的錯覺。

難道他這次出來除了抬槓鄙視人和湊熱鬧之外還有別的目的？

「我再說一次，我們必須走沉默森林。」

看起來好像眞的已經快要發飆的阿斯利安冷冷地這樣告訴說不聽的摔倒王子。

「走綠海灣！」

我默默拿起了水果和色馬坐在旁邊吃，他們這樣吵不知道什麼時候才會吵完，如果學長現在醒來，我想大概很快就能鎭壓場面吧。

不過因爲我不是學長，我還是默默在旁邊吃東西會比較好。

在學校待到二年級了，目前我很能認清有時候有些事最好不要插手才有命，尤其現在不是在學院裡，搞不好我一插進去就會被當場種掉。

糟糕，我出門忘記買保險！

上次夏卡斯才跟我講過學校裡有保險可以買，因爲外出十成九都會發生意外，我還和他說我要考慮一下，結果忘記這回事了！

不曉得現在來不來得及叫他把保險單寄來？

「我好久沒去綠海灣了……」色馬邊啃水果邊喃喃自語著，「那裡有很多漂亮的姊姊。」

「我是黑袍！」摔倒王子開始用階級壓人了，「在公會規定中，黑袍有著決定的主導權！即使是你、阿斯利安都必須聽我的話！」

「這次的任務是由我帶領！」阿斯利安聲音也大了起來。

「你不如我！」

「禁語！他說禁語了！」色馬立刻往後退了一步，大概是想找個安全的地方看好戲。

就在阿斯利安大概快要發飆之際，我突然感覺到一種很奇怪的氣息，從我肩膀旁削過去，帶著刺痛和麻痺的感覺不用幾秒便從手邊傳來。

「阿利！有人！」按著開始噴血的手，我馬上跳起，還好不是從我腦袋後面來的。

同時也注意到附近傳來聲響，立刻中斷爭執的摔倒王子和阿斯利安第一時間轉過身貼著背朝四周警戒。

「式青，先去保護學弟！」拔出軍刀，阿斯利安毫不猶豫地轉動了手腕，隨即像是刀尖般銳利的強風直接往我附近颳去，不用半秒我聽見了幾個悶哼聲傳來，然後是後方樹和草叢裡倒了幾個人。

色馬立刻護在學長前面，左右看著。

我動了一下手，發現受傷的那隻完全沒有感覺了……幸好沒有感覺，不然我大概會痛到噴淚了，「米納斯。」

就在我們全都站起來的那瞬間，好幾個戴著怪異面具的人從隱蔽處跳了出來，那種面具很像某種讓我眼熟的土著，長到大腿邊的大片木頭上畫著奇異的圖騰與長眼睛，下面有著血色的獠牙，看起來非常不友善。

原來這個世界還有食人族！

「糟糕。」阿斯利安臉色變了。

七、八個左右的怪異土著圍著我們成一圈，然後伸出手敲扣著大面具，一種離奇又統一的敲擊聲響不斷悶悶傳來，讓人實在感覺非常不好。

「嘖！」摔倒王子皺了眉，然後伸出手像是想丟炸彈，不過被阿斯利安攔下來。

看了我們一眼示意我們暫時別動，阿斯利安將軍刀收回刀鞘中，然後左右張望了下，在其中、也是唯一一個塗有金色顏料的面具前停下視線：「遠望者，我們沒有惡意，只是單純路過此地的旅人。」

金色顏料的面具後發出了一連串我聽不懂的嘀咕聲，聲音很快、挾帶著不善的意味。

「他們在問樹人是誰殺的。」這種時候還有閒情逸致蹭學長的色馬半伏下身，然後把學長弄到他背上，「麻煩了，遠望者和樹人的關係很好。」

就是剛剛被挖出一串蕉的那個嗎？

我看向始作俑者，那傢伙一點做錯事的表情都沒有，還很露骨地在臉上寫著「就是本王子把他炸成灰燼，你們不爽我也會把你們炸下去一起陪伴」的字樣。

總有一天，我覺得我們會被摔倒王子害到怎麼死的都不知道。

遠望者，之後我在翻閱古老書籍時才知道他們是樹人種的鄰居，與樹人有著良好的互動關係。

據說遠望者能夠融入土地，潛行在樹人周圍保護著他們。

不過被包圍的此刻，我倒是對他們全然不知，只覺得好像是一堆食人族圍在旁邊那種感覺，而正在試圖和食人族溝通的阿斯利安盡量壓低了語氣說話。

大概過了十幾分鐘後，那個有著金色顏料面具的人揮手讓周圍同伴都往後退開一點距離，然後才拿下了木製的長面具。

在那瞬間我以爲大概會看見的是個人，但面具後方出現……好吧，身體是滿像人的、只是又比我們高壯了些；另外那顆頭好像是野獸的頭，不知道是狗頭還是狼頭，總之就還滿像某種故事書裡的東西。

原本不算矮的阿斯利安和摔倒王子在狗頭人前面看起來好像也變得嬌小許多。

狗頭人咳了一聲後，盯著阿斯利安發出了低沉的聲音：「狩人，你們必須爲殺害樹人而有所交代。」

他改成我們都聽得懂的語言，有點類似中文、但發音很不標準，還夾雜著一些生澀的通用語，有大半部分我還是聽得有些模糊，不過意思稍微知道就是。

「對於樹人之事我們感到遺憾，但我想其中必定有所誤會，是否能有折衷的餘地？」阿斯利安以非常誠懇的態度這樣詢問著眼前的狗頭人。

「動手者留下，其餘人離開。」狗頭人這樣回答他，「大地之民即將審判殺害樹人者。」

「煩死了！」

終於默默把耐心花完的摔倒王子突然爆出這三個字，當場打斷阿斯利安和狗頭人的對話，在所有人把視線轉向他的時候，他猛地揮了下手。

阿斯利安臉上馬上露出大事不妙的表情。

同一秒，色馬立刻張開翅膀往上翻飛出去。

爆炸聲直接從我們腳下傳來，我連他是不是無差別攻擊都還沒搞清楚，衝過來的阿斯利安就拽著我跳上不知何時出現的飛狼背上，在我們也被波及到之前衝上天空。

昨天我們才紮過營的地方陷入了連環爆炸，到處都是火光和煙霧瀰漫，還好阿斯利安快了一步，不然我深深覺得我現在應該已經在過奈何橋了。

你個該死的摔倒王子居然連同伴都要攻擊是嗎！

太可惡了！

整串火光中，那個連一點灰塵都沒沾上的摔倒王子突然從裡面竄出來，非常理所當然地也跳上飛狼的背。

「你怎麼可以動手！」一看到人出現了，阿斯利安立刻發出憤怒的聲音。

「那顆樹是瘋的。」摔倒王子瞇起眼睛露出不屑。

「什麼？」

「瘋狂的樹人，我們沒有必要負責。」撇開臉，摔倒王子哼了一聲。

底下轟隆隆的聲音大概又過了幾秒，看著下方的狀況一會兒，阿斯利安才轉回來看著摔倒王子：「你是因爲樹人對你進行攻擊才會殺他？」

摔倒王子連吭都不吭。

我在他們兩人中間左右看了一下，決定先問出自己的疑惑，「樹人會主動攻擊？」對了，我記得電影裡看到的的確會，不過摔倒王子怎麼看都不像是半獸人吧？

還有，這裡該不會眞的有半獸人吧！

「大部分是不會的。」阿斯利安轉過來看著我然後這樣說著：「樹人是古老與睿智的生物，在精靈離開歷史之後，樹人幾乎都已經沉睡了，但是在沉睡中偶爾也會有突然醒來的，因爲沉睡太久所以忘卻自己的意識而本能性地襲擊接近的物體，這時候會由遠望者引導他們重新恢復意志，或者再度沉睡，以免造成其他種族的傷亡。」

「那個不是。」摔倒王子反駁了，「狂樹人。」

「如果是狂樹人，只要和遠望者解釋清楚就可以避免掉爭執了，爲什麼你剛剛不說！」大概是很想撲過去掐死摔倒王子的阿斯利安咬牙說著。

「本王子不屑與低賤的種族多加解釋。」這次他說出讓我們有志一同想圍毆他的話了。

「下面那些人好像還活著。」懶洋洋地發出腦波，在旁邊飛的色馬提醒我，「不過很奇怪的是，他們混亂了。」

「下面是不是發生什麼事情？」我拉了拉快要和摔倒王子翻臉的阿斯利安。

阿斯利安還未回答我，底下煙霧先散開了，接著我們立即看見底下會混亂的原因——除去了爆炸著火和坑坑洞洞外，剛剛狗頭人有著金色顏料的面具被人非常豪邁地一腳給踩在地上，而且踩的人還非常沒自覺地把面具給踩出了裂痕，還剛好是裂在金色顏料上。

我看見那件讓我偏頭痛都要發作的綠島好熱再度出現在視線裡。

「你們居然敢把本大爺丟掉！給我下來！」

有時候我眞的認爲五色雞頭眞是個神祕的人物。

不過那種神祕讓我們非常不能恭維。

「渾蛋！居然敢丟了本大爺逃走！」踩在人家面具上的五色雞頭還憤怒地踏了兩次腳，我都快可以聽到夾腳拖鞋下傳來啪嘰的破碎聲了，「那個炸彈渾蛋！你是不是看到本大爺來才引爆！有種下來和本大爺一次把恩怨處理了，明天的太陽會照在你的墓碑上！」

明顯被挑釁的摔倒王子露出微妙的冷笑，「命眞硬。」

所以你真的是看到五色雞頭接近才打算把他跟遠望者一起處理掉的嗎？

我突然有種我好像會哪天死於自己隊友身上而不自知的感覺，我想我還是離摔倒王子遠一點對人身安全比較有保障。

完全無視於周遭遠望者的錯愕，五色雞頭又連續踩了幾次面具衝著摔倒王子叫囂，大概在幾秒之後，遠望者把五色雞頭包圍了。

阿斯利安嘆了口氣，然後讓飛狼降低高度，一旋身便跳下地面。

既然五色雞頭在下面而阿斯利安也下去，我也就跟著往下跳，在往下跳同時我才驚覺還有快一層樓的高度，幸好飛狼已經降很低摔不死人，所以才能直接一屁股摔在地上，尾椎痛了點人沒摔爛。

「漾～你這麼想念本大爺啊，眞不愧是本大爺忠實的僕人。」

那瞬間我覺得我跳下來的動作是錯誤的，「西瑞，麻煩移開你的腳。」我都可以感到遠望者們想殺人的目光了。

「啥？」五色雞頭低頭看著自己腳下，然後挪開，那張已經出現裂痕和碎洞的面具整個髒兮兮的，看起來應該不能再用了，「你們把垃圾放在本大爺腳下幹啥啊！」

那是你自己踩的吧！

臉上大概快要一打黑線的阿斯利安默默地彎腰，然後撿起已經快爛的大面具，連我都看得出來他在猶豫要怎樣歸還給那個狗頭人。

總不能說啊哈哈我們加料完了還給你，這樣吧！

如果我是狗頭人，我絕對先掐死眼前這票人再說。

意外地，原本應該要快點跳過來掐死我們的狗頭人盯著五色雞頭的頭半晌，然後露出了某種好像很意外的神情，「羅耶伊亞家族的小孩？」

五色雞頭挑起眉，毫不客氣地走過去在狗頭人旁邊繞來繞去，「本大爺怎麼覺得你這個活像墳墓雕像的傢伙很眼熟？」

「你們認識？」這次意外的是阿斯利安。

狗頭人揮手讓旁邊憤怒的其他面具士著退下，然後嘴巴突然咧了起來，不知道是不是在笑，露出了很多銀白色的牙齒。

「喔，本大爺想起來了。」擊了下手掌，五色雞頭劈手奪過阿斯利安手上的面具仔細看清楚後，丟回給狗頭人，「你這傢伙不就是那個跟我要面具的嗎！」

「西瑞．羅耶伊亞。」這次準確無誤地喊出五色雞頭名字，狗頭人立時心情轉好，隨手把面具遞給旁邊的同伴，「這是你的同伴？」

「這個是本大爺的僕人。」五色雞頭指著我。

我才不是僕人！

在摔倒王子的瞪視和阿斯利安疑惑的雙重視線攻擊下，我摸摸鼻子走近五色雞頭，「不好意思，你們是……朋友？」沒想到五色雞頭居然會有朋友，我還以為他人生就是以增加敵人為挑戰，氣死敵人爲目標。

「本大爺想一下……這傢伙好像叫作啥蚊子課的……」看起來完全忘記對方名字的五色雞頭還著手。

「汶．雷拉特，我爲遠望者一族的部隊隊長。」完全沒有因爲五色雞頭的話被激怒，狗頭人的態度逐漸轉爲比較客氣，「抱歉，我不曉得你是西瑞的僕人，差點害他沒僕人了。」

「我不是僕人。」我覺得我有必要解釋一下我越來越低落的不明身分。

「他是本大爺的隨從。」五色雞頭很順地自己接了下去，「旁邊那幾個是隨從的朋友。」

「原來你們兩位是朋友？」沒有介意五色雞頭的話，阿斯利安上前詢問。

我在想，他大概對於五色雞頭會和遠望者關係不錯感到很訝異。

「遇過兩、三次，這傢伙的面具本來是本大爺的，又沒有很漂亮，他要去了還複製了一大堆給他的小隊。」指著被自己踩爛的面具，五色雞頭用一種「那東西哪裡好看」的態度說著，「本大爺去原世界旅行時候買的，那個店家非得要本大爺買這個東西才要給我衣服。」

所以那是觀光紀念品嗎？

難怪我會覺得很眼熟！搞不好我在哪個旅遊頻道就看過了啊，那一定是某國的啥啥傳統木雕面具！

「我們與羅耶伊亞家族有合作上的往來。」狗頭人稍微解釋了下，大概是見到五色雞頭後確認我們和他是一道的，所以沒有再露出敵意，「有時候樹人會轉化爲狂樹人，狂樹人受到渾濁氣息侵蝕之後會變成扭曲生物，羅耶伊亞家族則替我們監視狂樹人，在必要時會讓痛苦且無法控制的狂樹人或扭曲生物進入安息之地。」

「本大爺幫過他們幾次。」五色雞頭這樣說著：「免費的義務生意，然後他們在必要時也會提供一些情報給我們。」

「原來如此。」阿斯利安點點頭，算是鬆了口氣，「我想我們剛剛或許有點誤會，我的同伴因爲被狂樹人攻擊所以才會反擊，並非刻意殺死無辜的樹人。」

狗頭人招來一個同伴，低聲嘀咕了幾句我們聽不懂的話之後，那個同伴立刻消失在我們的視線中，「我們的營地就在不遠處，幾位也請過來稍微休息一會兒吧。」

阿斯利安看了一眼從飛狼上跳下來的摔倒王子，後者沒有任何意見，他便讓飛狼先退離，接著才讓色馬跟在我們身後，隨著狗頭人進入了樹林後的範圍。

幾名遠望者離我們有一段距離，左右地在樹林中潛行，有時候一轉頭發現他們消失了，有時候又看見他們的影子在附近，樹林交織的枝葉濃密地掩蓋了他們刻意不想讓人察覺的行蹤。

包括遠望者和摔倒王子他們走起路來簡直就像鬼在飄一樣幾乎沒有發出任何聲音，五色雞頭不知道是不是故意用很跩的方式在走，不過也沒有太多聲響。和他們比起來，我從踩進樹林之後就不斷發出突兀的噪音，不管怎樣走都會踩到小小的樹枝和枯葉，非常刺耳。

結果跟在後面的色馬觀察我幾秒之後就很歡樂地踩得到處都在啪啦啪啦的，讓我非常想回頭給他一拳。

大約用普通速度走了差不多快半小時左右，我們才在樹林一端看到另一座營地，其實離我們昨天住的地方不算太遠，但有點距離時幾乎沒辦法發現，直到近距離才看得出來。

「我們在各地旅行。」狗頭人與走在前方的阿斯利安聊天著，「讓樹人恢復平靜，之前鬼族帶來許多不好的影響，狂樹人的數量一下子變得很多，讓我們的族人必須努力撫慰他們、讓他們再次睡眠。」

「在鬼族離開之後也是嗎？」

狗頭人點點頭，「樹、水、空氣都被污染，樹人被驚醒、有的被殺死。他們被不好的影響支配，很難順利讓他們再次沉睡。」用不太俐落的語言說著，他看了下四周的樹木，「我們和精靈商議，要逐步將樹人送往更清靜的地方沉眠，已經做了幾千年了，精靈離開、樹人還在，遠望者只能繼續保護他們和請他們移動，不過樹人走走停停、走了又睡，過好幾百年才又突然醒來，還有許多樹人留在土地上。」

「沒有辦法用移送陣那種方式把他們送過去嗎？」聽著狗頭人講話，讓我也好奇地提出問句了。

「沒有，這個世界很多大地都有著守護，不能用外在的術法，守護會阻擋術法，不能用。」他告訴我類似其他人也和我說過的話，「所以、樹人必須移動。」

「嘖，本大爺才不想管那些樹要怎麼動。」五色雞頭丟了個完全不相干的結論。

微笑了下，狗頭人領著我們正式踏入遠望者的營地。

※

遠望者的臨時營地並不太大，有點像游牧民族一樣，小小的、集中著的帳篷有好幾頂，中間有著煮食用的篝火和一些器皿，外圍則是用木頭削尖搭成的竹籬，感覺起來像是滿可愛的住宿小區域。

籬笆裡有兩、三個女性走來走去，臉部是正常的……是說我也才看到狗頭人拿下那種怪面具，其他人我還眞不知道是不是也長這樣。

籬笆裡的女性感覺上就有點像土著，身上和臉上都有刺青，皮膚較爲黝黑，身上穿著簡便的服飾，褐色的髮都盤起來或紮成辮子，手上拿著正要煮食的食物、腰上則是插著短刀，形體也比摔倒王子高了些，看起來應該也是可以立即作戰的那種。

看見雷拉特幾個人回來後，女性紛紛向他們揚了手打過招呼，相當率性。

「這些是部隊中的女戰士，我們會輪流三個人一班保護營地。」雷拉特解釋著，對其中一個女性招招手，然後講了幾句他們的語言；那名女性很快地鑽進帳篷中，再出來時手上已拿著一個小盒子。邊接過盒子，他邊領著我們走向其中一頂有著相同金色顏料的帳篷，「先幫西瑞的隨從止血，尖刃上有痲痺藥和微量的毒劑，中和後就沒事了。」

我已經沒力去解釋我不是隨從了。

不過他沒說我還真忘記我有隻手受傷的事，因爲完全沒感覺，而不曉得什麼時候血量也減少，傷口凝了層像是凍狀的血塊。

走進帳篷後我們才發現裡面比我們從外面看到的還要大很多，至少塞個十個人一定沒有問題，空間相當寬敞，沒有放太多東西，只有一個箱子放在那邊，大概是一些生活必需品而已。

「隨便坐。」雷拉特招呼著，然後按著我的肩膀讓我坐在他旁邊，接著他打開手上的小盒子，裡面是糊狀的深綠色不明物體。

看到這東西時我就已經感覺到不妙了，在雷拉特很豪邁地用手指挖出一整坨的同時我不妙的感覺一整個加劇。像是要證明我的直覺無誤，挖著那坨很像啥火山泥之類東西的人把那坨東西直接往我的傷口拍。

原本我還慶幸還好手麻痺，但三秒之後我就哀號了。

我生平第一次這麼痛恨藥效快！

「忍耐一點，人類。」雷拉特拽住我劇痛起來的手，然後搖搖頭，「最近的年輕人眞不耐痛。」

根本是太痛！我都想噴淚了，眼睛被痛到模糊還有傳說中可以美化朦朧一切的水霧都出來了啊啊啊。

「快好了快好了。」瞄了我一眼，雷拉特這樣說著。

果然在他講完之後，傷口突然離奇地又不痛了，連傷口都開始復元。

「這是遠望者使用的特別傷藥，據說相當有效，是古老的藥物，連鳳凰族都不見得會使用。」阿斯利安接過了雷拉特遞過來的白布，小心翼翼地幫我把傷口包紮起來。「只是相當強烈就是了。」

我現在非常能夠理解他所謂的強烈，理解到讓我突然覺得輔長他們的治療眞是太善良了，無痛又快速癒合，讓我眞的好感動。

「放著也死不了。」摔倒王子的話像是一桶雪直接往我腦袋上淋下來。

「哼！你以爲本大爺的隨從有那麼弱嗎！」

夠了五色雞頭，雖然我知道你是在幫我講話，但聽起來就是會有點不太爽。

「啡啡啡，眞是命硬的人。」

我一秒轉過去瞪色馬，他還給我轉開臉，假裝回過頭去把學長放下來。

「你們爲什麼會經過這裡？羅耶伊亞家族、很少與狩人來往。」將藥盒收好，雷拉特立刻切入重點。

「本大爺是出來闖蕩江湖的。」五色雞頭給了他一個非常抽象的答案。

臉上出現了三秒空白後，雷拉特轉過來看我。

「呃……我們好像是要去沉默森林。」你應該看阿斯利安才對吧，又不是我帶隊的！

「綠海灣。」摔倒王子陰森地從我後面發出聲音。

「我們想前往沉默森林拜訪夜妖精一族，請問遠望者是否有夜妖精的消息？」完全無視於摔倒王子，阿斯利安在雷拉特旁邊席地坐下，也不介意乾不乾淨的問題，和摔倒王子進來之後一臉的嫌惡相差很多。

雷拉特彈了下手指，一卷東西突然平空掉在我們前面，接著他攤開那卷大牛皮，上面畫著繁雜的地圖，感覺上有點像是電影裡冒險片必定會出現的那種神祕地圖。「兩邊都不建議。」他說：「綠海灣出現了海盜，根據消息，極度不安全。沉默森林的夜妖精突然消失蹤影，藏到了黑暗最深處，同樣不安全。」

「海盜？」摔倒王子瞇起眼睛。

「據情報，前往討伐的隊伍已經有三支滅亡，目前公會正在集合黑袍。」點著地圖上一個半月形的海灣，雷拉特在海域附近畫出個大概範圍。

「我並不曉得有這件事，綠海灣是奇歐妖精的領地。」看起來似乎有點生氣、不，應該是說他心情從未好過的摔倒王子冷聲地說著。

「這是最近發生的事，通常貴族知道、要好一段時間。」雷拉特看了他一眼，補上一句：「尤其是人緣不好的。」

衝著這句，我突然對雷拉特的好感度上升了百分之百。

「沉默森林只有夜妖精失去蹤影嗎？」阿斯利安按著地圖上另一處地方，雖然我看不是很懂這種類型的地圖，不過光看樣子我也看得出來他指的是一座山上的區域，整座山都有類似樹木的標誌，看來應該就是他們說的沉默森林。

「那裡有瘴氣，前陣子，有不明的東西在沉默森林一帶開了轉移門，但是夜妖精找不到，所以便全都撤進黑暗。」將自己知道的這樣告訴我們，雷拉特繼續說著：「探查不出來，所以無法知道夜妖精是不是有發生事情。」

「夜妖精的力量不算弱，如果沉默森林的夜妖精都避開了，想必入侵者的來頭可能不小。」阿斯利安抿起唇，似乎在思考這趟的可能性。

「當然是往危險的地方走！」五色雞頭很歡愉地一掌拍在地圖上，「哪一條比較危險？」

「看不見敵人的地方。」雷拉特指著沉默森林。

「那就去沉默森林！本大爺最愛對人生挑戰！」

基本上我覺得那是拿生命去挑戰吧，而且還是連別人的一起拿了，例如我，我完全不想走那座該死的沉默森林啊！

「假使你們要往沉默森林，我可以帶你們走一段路。」似乎比較挺五色雞頭的雷拉特沒看見站在後方的摔倒王子難看的表情，「這一帶區域我們很熟，可以避免危險。」

「那你不要去！」五色雞頭馬上不識相地趕走導遊。

「不，可以麻煩您一起同行嗎？」立刻反駁五色雞頭的話，阿斯利安連忙說著：「我們沒有去過沉默森林的領域，如果有人能夠帶路是最好的。既然剛剛我們弄壞了您的面具，爲了表示誠意，我會請我的族人送來十倍的面具給您。」

「成交！」

雷拉特比出大拇指。

於是我們的導遊就這樣用十個觀光區土著面具紀念品換到了。

第十話　鬼門

當天晚上，我們就在遠望者的營地裡過夜。

後來我看其他拿下面具的都是正常人臉，似乎只有雷拉特比較特例，但是我沒敢去問爲什麼，看阿斯利安他們好像也都沒有特別驚訝……難不成部隊隊長有狗臉是常態？

吃飽飯後，阿斯利安和摔倒王子他們早早就去睡了。雷拉特讓我們在營地裡搭起自己的休息區域，因爲遠望者有安排守夜的人手，所以我們可以安心地在這邊休息一晚補充體力。

「本大爺去附近散步一下。」看起來像是沒打算早睡身體好的五色雞頭一把拖住我。

「我不想散步啊！」與其跟你去散步我還寧願去睡覺！

「你是本大爺的隨從當然要跟過來！」完全無視我個人意願，五色雞頭直接把我拖出帳篷。

怕吵醒摔倒王子他們，我只好含淚被拖出去。

「你們要去哪裡？」隨後也跟出來的色馬瞄了眼裡頭的學長，才輕輕把帳篷門給撥下來蓋好。

「西瑞好像想在四周走走。」指著五色雞頭，我也是千百個不願意。

「那我也要去～～～」色馬跟上來了。

你們眞是夠了。

走出遠望者的籬笆，因爲知道我們是早先雷拉特帶來的人，所以衛兵也沒有多少反應，只是讓我們直接出去才又關上小門。

外面全都是黑色的。

在學院待久了，看見整片的漆黑讓我有點不太習慣。學院就算入夜後仍有光亮，像是小生物或者不明的東西會發亮，所以很難在學院裡看到幾乎伸手不見五指的整片墨黑。

「這邊有水氣。」色馬往前竄了兩步，領在我們前面走。

反正也沒有特別的方向，我和五色雞頭就跟在他後面，「是說西瑞，你掉下去之後發生什麼事情？」我看他整個人好好的，不曉得摔下去之後是怎樣追上來的。

「就把後面的人都打一頓，然後走過來。」五色雞頭露出了江湖一把刀的滄桑表情，「本大爺哪有可能讓敵人踩著我的屍體經過！」

可以踩過去的人也很了不起，我默默爲那些追兵默哀幾秒，看五色雞頭都已經回來了，他們的下場大概也很可悲……被這種人打倒應該心靈在某種程度上也有受傷吧。

「是說我們到底出來要幹嘛的？」

我猛然轉過去看五色雞頭，「你還沒搞清楚要幹嘛就跟出來？」你有病啊！

「本大爺當然知道要去飫之谷，不過你們又講啥沉默森林，除了把人抓去飫之谷之外到底還要幹嘛？」五色雞頭環著手，在黑暗中還能稍微看得見顏色的腦袋偏向一邊。

「阿利學長和學長想去沉默森林看看夜妖精發生什麼事情。」我大概也只知道這樣子，「而且沉默森林有順路，所以大概會往那邊走吧。」

「喔哈，原來如此。」五色雞頭彈了下手指：「總之要去殲滅夜妖精對吧。」

「不對。」對於可以這麼冷靜和五色雞頭談話，連我自己都覺得很了不起。「話說回來，阿利學長和王子殿下不知道會不會打起來啊……感覺他們氣氛很僵。」雖然和五色雞頭聊這個沒有啥用，不過基於放鬆一下才不會變成神經病的道理，我算是自言自語開口，也不太巴望對方會回答。

「打起來好啊，本大爺就可以把看不順眼的幹掉！」完全就是火上加油的五色雞頭朝我比了拇指。

我真不應該講這些！

「到了。」走在前面的色馬停下腳步，幾乎在同時，我們周圍也稍微亮了起來。

那是一座不算大的小湖泊，感覺上像是那種養青蛙的水池，大概可以跳下去游個兩圈還不累的大小；水面上有些不知名的圓圓葉子漂動著，在池塘周圍有些小動物走來走去，但就是沒有靠近，一看到色馬從樹林裡踏出來，那些動物把視線全轉向我們這邊。

氣氛頓時靜默下來。

色馬向前走出幾步，站在水池邊望了半晌後便慢慢低下頭，讓額上的獨角沒入水中，接著

有著銀藍色的光芒從水面上飄浮起來散入了空氣，最後消失。

這畫面有著奇異的虛幻感。

維持約幾秒後，色馬才抬起頭，原本在水池旁走動的小動物馬上湊近水邊開始使用起似乎變得非常清澈的水池了。

這個畫面還眞眼熟……

「自來水濾淨器？」我只想到這個東西。

頓了一下，差點沒滑倒的色馬轉過身恢復成青年，直接衝過來掐我的脖子，「濾你的頭！這叫淨化！你不知道獨角獸可以對自然產生淨化作用嗎！」

「呃！」我連忙從他的手下逃脫出來，被他這樣一說我也想起好像的確曾在哪本書看過類似的記載，不過我還以爲他那根角是用來偵測處男處女用的，沒想到居然可以拿來淨化飲用水！

太神奇了！

「喂喂，不准對本大爺的僕人動手動腳。」五色雞頭把獨角獸掐回去。

兩秒後我看到一隻雞和一隻變成人的獨角獸在互掐，眞是太沒品的舉動了。

決定不管他們，我在水池邊看了看，大部分都是一些小動物，有些我還認得出來是松鼠和兔子之類的，有些長得很奇怪我就看不出是什麼，例如有三隻腳的螃蟹用直線往前走的方式停在水邊。

蹲下身，我看著一堆動物喝池水，就算以前自己家出去露營我也沒這樣直接喝過天然水，不曉得裡面有沒有什麼會引起中毒還是胃痛的細菌，不過既然剛剛色馬已經消毒過了，大概就沒問題吧？

掬了水隨便喝了一口，我才注意到附近有隻藍眼蜘蛛悄悄地爬回樹林裡，跟著看過去，我似乎看見有人影就在那邊，沒有移動。

奇怪了，平常我完全感覺不到他的存在，爲什麼現在可以看見？

「西瑞，我去附近一下。」

看過去，他們兩個還揪著對方不放，我看他應該暫時也沒空理我吧。

❀

繞過樹後，我看見了幾乎融入黑暗中的人站在不顯眼的地方。

這下子我眞的感到極度怪異，雖然我知道這個人依舊在監視我，但往常除了打開房間撞見藍眼蜘蛛外，幾乎都沒再見過他。

爲什麼今天他會出現？

「妳帶誰回來？」像是沒有注意到我，青年微微彎下身讓蜘蛛爬到自己肩上，然後才頓了下，「……我大意了，妖師。」

他的聲音感覺上有些虛弱，因爲樹林裡很暗，加上青年依然穿著黑色衣服和蒙臉，所以我幾乎看不出來他現在的狀況。「你受傷了嗎？」不曉得爲什麼我直覺他好像不太舒服，根據我的印象，他應該會直接轉身消失才對；而且他自己說他大意了，也就是說他並沒有預期我會走來他的藏身處。

發生什麼事？

「重柳族不需要妖師的擔心。」只淡淡這樣回我，青年立即轉身眞的消失得無影無蹤，像是他根本沒有出現在這裡一樣。

但我知道他應該還在附近，因爲要監視妖師，所以他不可能跑太遠。

就在疑惑的同時，我身後傳來一些聲音，接著是某個傢伙直接掛在我背後，「漾～你在這邊幹嘛？抓山老鼠嗎？」

我打賭五色雞頭絕對不知道山老鼠的意思是什麼！

「沒有啦，不要突然掛在我後面。」連忙把五色雞頭給甩掉，我偏頭想了下，然後蹭蹭手指。

樹林裡微微亮了起來。

很久沒有使用光影村的契約，幸好還有用。

在亮光照映下，我看見剛剛青年站的地方有著一小灘一小灘的白色液體。如果我沒記錯，他的血好像的確是白色，之前在我家被夏碎學長殺成重傷時我印象很深刻，看著眼前地上的斑斑白色，他果然受傷了，而且可能還傷得不輕。

但他不是都在跟蹤我嗎？怎麼會突然受傷？

「喔喔，好久沒有看到白血了。」剛剛還在和五色雞頭互掐的式青也湊過來，然後蹲下身撿起一片沾有白血的枯葉。

「白血很稀奇嗎？」看著式青，我提問：「很少人有？」

「正確來說，有的人大部分都已經退出世界歷史。」搭在我肩上，和我有很多身高差的式青拋下手上的葉子悠悠哉哉地開口：「基本上擁有白血的大多是神之血脈，當然一些特定種族也有，不過很罕見，我也才看過兩次。」

「兩次？」原來他還有接近過神系的種族？

「沒錯，為了接近漂亮的姊姊，害我不得不將守衛給踹昏，結果不小心下腳太重；另一次是漂亮的姊姊打我打到拳頭出血，所以一共看過兩次。」說到被打時式青還一臉幸福地深深陷入回憶之中。

到底是誰說獨角獸是聖潔的神獸啊？

看著地上的白血，我還是有點擔心青年的狀況，「式青大哥，醫療班的藥水可以給我一點嗎？」

盯著我半晌，式青倒是完全沒有問我什麼就從口袋裡拿出一個小罐子遞來，「這是快速恢復的專用藥，鳳凰族出產，回去的時候記得叫我多和他要兩箱。」

可惡，我才想要咧！

稍微環顧四周，最後我把藥水放在白血附近的樹上，我想那個人一定有看見我的舉動，但會不會拿走我就不清楚了，搞不好他自己本身也有藥水，我是多此一舉。

不過有時候有做比沒做得好。

至少我不想看到認識的人再倒下。

「漾～你要拿給誰啊？」盯著我的舉動，五色雞頭轉動彩色腦袋，「附近沒有人。」

「欸、你不要問啦。」放好東西取消了光，我拉著五色雞頭回到池子附近，過了幾秒後式青才悠哉地跟著走出來。

「你個僕人居然敢不對本大爺吐實！是不是養了啥東西在裡面？」對樹林的藥水展露高度好奇心的五色雞頭露出了邪惡的笑容，這讓我非常不想知道他想到什麼。

「沒有啦，以後有機會再和你說。」以後有機會我猜我大概也不會跟他說的，誰知道後續還會不會有沒完沒了的問題。

似乎還想吵鬧什麼的五色雞頭突然安靜下來。

然後我也注意到了，這裡突然變得沒有聲音，剛剛明明還有小動物在附近打滾、喝水，現在連一隻跳蚤都沒有了，池邊靜悄悄地完全沒有任何動靜。

通常這種時候按照慣例一定會發生什麼事情。

「我們被包圍了。」式青走過來搭著我的肩膀，「沒有美女姊姊，四個人，不知道要幹什麼。」

「奇怪，這裡離遠望者營地不是很近嗎？」我還以爲這附近都是安全的，沒想到水池這裡會有問題。翻手將米納斯扣在掌心中，旁邊的五色雞頭也甩出了獸爪。

不可否認，那場對鬼族大戰的確對我有一定的影響，至少現在有狀況我也不太會驚慌失措，那是在入學前我無法想像的。

有時候我會想，如果那時我沒有進入學校，我的世界是不是完全無法改變。

如果我沒有踏出那一步，現在的我是誰？

那個依舊很衰的褚冥漾？

在我無法反擊時，我和我家人已經死於重柳族或是其他地方？

如果那時候我沒有選擇，現在的我在哪裡？

人須要改變。

「喂！四個渾蛋，要打就出來打，本大爺最不屑你們這種江湖上的鼠輩！快滾出來受死不要浪費時間！」不知道爲什麼從我認識他到現在完全沒變的五色雞頭隨便指著個黑暗的地方叫囂：「男子漢大丈夫，伸頭一刀縮頭也一刀，快點出來讓本大爺砍完收工！」

原來你也會有想收工的時候啊。

我睨了五色雞頭一眼，幾秒後樹林裡幾道黑影閃了下，果然在我們附近走出來四個人。更正，好像也不算是人，矮矮小小的有綠色皮膚和尖耳朵，身上很多濃密的捲捲褐色毛，看起來有點像妖精、但又不知是什麼。

「把身上的東西交出來！」其中一個毛特別多的發出怪裡怪氣的腔調。

我看著那群大概只到我大腿高度的怪東西，然後轉頭看向式青，「這是搶劫嗎？」我還眞是第一次被這樣搶劫，之前的都是來了直接就打。

「啥！搶劫不是這樣說的！」五色雞頭有意見了，「應該說男左女右趴在牆上！」

「呃，我還以爲你會說此路是我開、此樹是我栽，若想走過去，留下買路財。」沒想到他想講的還比較精簡。

五色雞頭擊了下手，「沒錯！本大爺都忘記有這句。」他立刻轉過去看著那四隻都是毛的東西，「聽到沒有，此路是本大爺開、此樹本大爺栽，想活著回去就把身上的東西都交出來！」

我說……現在被搶的應該是我們吧，你反過來搶別人幹嘛！

沒想到會被反搶的捲毛矮東西全都愣了下，過了好半晌才回過神來，「把、把東西交出來，不然就殺光！」

瞇起眼睛，五色雞頭威脅性地張開獸爪，「太好了，直接過來殺吧，本大爺等等再從你們屍體上拿東西！」

那叫洗劫屍體！

「你們應該是山妖精吧，爲什麼會到這裡來搶劫，你們不曉得附近有遠望者的營地嗎？」

式青蹲下來，問著。

「咦！」長毛的東西嚇了一大跳，「遠、遠望者？」

「這裡有遠望者汶・雷拉特的部隊，山妖精不是最怕那個嗎？」式青偏頭看著已經僵掉的四個長毛東西。

被式青說完之後，那四個捲毛東西眞的發起抖來了。

「好吧你們這些傢伙，本大爺也懶得打了，把東西都交出來就快滾吧！」整個變成搶劫那方的五色雞頭不屑地冷哼著。

「你沒事要他們拿東西幹嘛啊。」我很無力地制止眞的要把身上東西丟出來的捲毛東西，「快走吧。」

捲毛東西張大眼睛望著我們，「可以走了嗎？」

「請隨意。」

毛特別多的那個露出難以置信的表情，他大概以爲我們會把雷拉特他們叫出來，然後徹底殲滅他們。「眞、眞是對不起，其實我們是因爲沒東西可以吃了。」

「對喔，山妖精應該是住在深山裡才對，這裡只是小樹林，爲什麼你們會從山裡跑到這裡搶路人？」式青站起身，看著四個長毛的東西。

被這樣一問，有幾個立刻露出哭喪的表情，「黑色的通道出現在山裡，我們只好離開。」

「黑色的通道？」我怎麼好像在哪邊聽過這個詞？而且不曉得爲什麼，一聽到黑色通道我整個人有種非常不妙的預感，似乎會發生啥事一樣。

「喔？說來聽看看。」五色雞頭很有興趣地追問了。

幾個長毛的東西互看了一會兒，然後那個毛特多的才開口：「一個黑暗門，出現在我們的山裡面，黑色的東西到處亂走，我們只好下山。」

「怎樣的門？」我盯著那四個長毛的東西，他們的表情很是困惑，好像是不知道該怎麼形容那個東西，支吾了一會兒還未找出形容詞。

過了快五分鐘他們還是說不出個所以然，就在我打了哈欠很想叫五色雞頭回去睡覺時，其中一個突然發話了。

「帶你們去看！」長毛的東西甲這樣喊著，「我們帶你們去看。」

※

時間是半夜十二點十六分。

我看著手錶，默默想著我半夜不睡覺，跟這些人跑到深山裡要幹什麼？

四隻長毛的東西在徵得五色雞頭和式青的同意後，沒有問過我的意願就使用了像是移動陣的法術，將我們從樹林水池傳到另個完全伸手不見五指的樹林裡。

站在我旁邊的式青張開手掌，好幾個銀藍色的光點從他的掌心往上飄，接著四散開來，很快地將我們周圍樹林全部照亮。不過不是白天那種大亮的強光，而是幽幽的淡銀色光芒，讓我們可以不用置身於黑暗之中。

與剛剛水池邊的樹林不同，我們紮營的那片樹林一整個生機蓬勃，但這裡不一樣，就像恐怖片一定會出現的大量枯木，乾枯的枝椏扭曲地向四方伸展、甚至糾纏在一起，同樣感受不到生命力的枯萎藤蔓就掛在上頭，不時還有些看起來很像是骨頭或是垃圾的東西被纏在裡面，陰森森得讓人發毛。

具體點來說，這裡還眞是適合拍恐怖電影、隨時會有人拿刀出來砍你的那種場景。

「啊，這裡是多洛索的巨山，山妖精的住所，離我們的營地不會很遠。」認出這種活像是屍體會從土裡爬出來的地方，式青轉頭看著那四個長毛的山妖精，「不過之前來明明還有很多生物啊，還有很多漂亮的姊姊。」

原來他是用漂亮姊姊來認地形的，我突然在想如果有一天式青到個全都是這種長毛東西的地方，搞不好就這樣從此消失在世界上了。「這裡感覺有點詭異。」其實我講的是廢話，大概有眼睛的人都可以看出這裡極度詭異。

層層疊疊的乾枯樹枝遮蔽了天空，就像要將這裡隱藏起來似地。

「生物都離開了。」長毛的山妖精這樣告訴我們：「黑色的通道出現、生物就離開，山妖精的家在深處，回不去了。」

「就在前面。」毛特別長的山妖精看起來相當緊張地握住自己腰上的小短刀，然後僵硬地

指著樹林較深處，「黑色的通道在那裡。」

「既然知道在哪裡，那就朝著那邊衝吧！」五色雞頭一馬當先往前衝，完全不顧我們這邊的反應，「擋我者死——」

「西瑞！很危險啦！」

非常不想地心引力事件重來一次，我才剛想追上去，某種細微的聲音突然從我側邊傳來。像是有什麼敲擊在金屬上，很清脆的聲響，接著是某種悶哼聲。

「後退！」立刻反應過來，式青將我往回拉，就在我剛好也閃開的那瞬間，一把黑色刀子正好從剛剛我站著的地方削過去，只差不到兩秒，我就差點被劈成兩半了。

還未站穩，山妖精的哀號立刻從旁邊傳來。

我看見了灰色的眼睛。

「鬼族！」沒想到居然會在這裡看到這種東西，我隱約可以知道他們所說的黑色通道是什麼東西了。既然鬼族會出現在這邊，恐怕那條通道是——

「黑色的生物！」被劈了一刀的山妖精發出尖叫，然後四散地竄入黑暗之中。

隱身在黑暗中的鬼族立時竄了出來，大概是七、八個左右，都是那種最小的角色，似乎沒有像是安地爾那種等級的。

這讓我稍微安心了些，如果數量不太多，憑我現在的力量應該還可以勉強應付。

幾個剛剛那種奇異的聲音又從鬼族的黑色刀子上發出來，我發現它們的刀似乎被什麼東西給彈開，幾顆亮亮的小圓球落在地上，消失在黑暗裡；而鬼族的刀子硬生生從中間被打出一個洞。

「米納斯。」思考著不知道要不要轉二檔，我直接朝眼前撲過來的幾個開了一槍，王水泡泡馬上環繞在我們四周。

來不及煞車的鬼族當場撞個正著，接著發出號叫漸漸被腐蝕。

不管看幾次我還是覺得王水球大概是最痛的子彈了。

「漾漾、式青，後退。」就在我想著要怎麼辦時，一片紫色的布料直接劃過我眼前，接著是連串的爆炸聲響。

眨眼瞬間四周只揚起一片爆炸剩餘的沉灰，接著就安靜下來。

「阿利學長？」我愣了下，沒想到摔倒王子和阿斯利安會在這時候出現。

「感覺到你們的氣息突然中斷，所以跟著移動術法追了上來。」抽出軍刀，阿斯利安望著枯樹林深處，「沒想到這種地方會有鬼族。」

我偷偷瞄了一眼站在旁邊的摔倒王子，他的臉色已經不是用踩到屎可以形容了。

「對了，學長……？」怎麼會只有他們兩個？

「雷拉特和他的族人在保護學弟，暫時離開不會有問題。」瞇起眼睛，將軍刀放直之後阿斯利安又慢慢抬起，「狂風招來。」

隨著他的聲音，整片樹林突然捲入一陣暴風，枯樹全發出了讓人不安的恐怖聲響，接著是好幾個咆哮聲從裡頭傳出來。

放低姿勢，阿斯利安微微拉弓步伐，「舞刀之風。」

就在好幾個鬼族重新撲出來之際，阿斯利安也揮舞了軍刀，那些有著灰色眼睛的黑色種族猛地被颶風撕裂成好幾塊，黑色的血液潑灑出來。

站在旁邊的摔倒王子彈動手指，那些屍塊還未落地前就被小型爆炸給炸得連灰都不剩。

他們只在瞬間就把埋伏在樹林中的鬼族小兵都清除掉了。

「好棒好棒！」式青很賞臉地用力鼓掌。

「西瑞學弟呢？」注意到少了一個人，阿斯利安連忙問著。

「他大概是朝著他人生的道路去了……」看著黑色的樹林道路，我默默這樣告訴他。

「快點跟上去，不要分散了，這裡有鬼門的氣息。」阿斯利安說出我的猜測。

山妖精指的黑色通道果然是在說鬼門，看到鬼族出現時我就有這種感覺了，這些鬼族怎麼像蟑螂一樣到處都可以鑽，眞是有夠煩的！

式青晃動身體，立刻轉爲獨角獸形態，像是帶路般瞬間竄入了五色雞頭剛剛消失的地方，在他所到之處紛紛亮起了微弱的光芒。

不屑地冷哼一聲，大概原本打算把五色雞頭放生讓他自生自滅的摔倒王子看見阿斯利安追上去後，也不甘不願地臭臉跟上。

才剛踏出一步，我的視線突然被地上的小小亮光吸引。

那是一小顆圓圓像是水晶一樣的東西，剛剛打穿鬼族的刀似乎就是這玩意，仔細一看地上還有五、六顆。

「學弟，快點跟上！」阿斯利安催促的聲音從已經有點遠的地方傳來。

沒有多想，我立刻撿起那些小圓珠子塞到口袋裡，然後轉身追了上去。

希望在我們到達之前，五色雞頭的人生道路不要走偏。

※

這座山比我想像的還要廣。

可能是在趕時間，阿斯利安他們跑得連影子都看不見，還好色馬經過時會留下光，所以循著發光的路走，我多少還能跟在他們後頭沒有走偏。

只是自己一個人跑感覺還是有點恐怖，尤其是已經知道這裡有鬼門和鬼族……我該不會跑一跑突然被什麼東西拖進去剁掉吧？

一想到這裡，我連忙握緊米納斯，然後讓自己跑快一點。

就在我跑了將近五分鐘時，旁邊的樹林突然發出樹枝被折斷的聲音，接著有個黑色一大團的東西由上往下掉下來。

我當時本能想要開槍，不過在我看清楚那是什麼東西後便急忙先打住了。

剛剛四散逃逸的長毛山妖精之一不知道爲什麼掉在我面前。

「嘎——」也一樣被嚇到的山妖精整隻毛都豎起來向我發出恐嚇，然後看清楚我是誰之後又突然停下來，「黑色的生物、黑色的生物！」

「是鬼族，不要亂叫，會跑出來！」抓住他的頭毛，我連忙左右張望，還好沒眞的跑出來，「你們都不知道那個通道是鬼門嗎？」我還以爲守世界的東西應該都和夏碎學長他們差不多，知識強大，原來也有鄉下人的種族。

「那是黑色的通道。」執意不改稱呼的長毛山妖精把他的頭毛從我手上抽回來，「裡面都是黑色生物。」說完，又露出很驚恐的神色，接著用怪語言不知道在唸什麼後做出了祈禱的姿勢在地上拜來拜去。

很想朝他一屁股踢下去，隱約我覺得好像在枯樹林裡聽到一些小小的聲音逐漸逼近，我也不管山妖精是拜完了沒有，拽著他的領子就快點跟著發光的路往前跑。

我都悲傷了。

原來我也有拖著人家跑的一天。

這應該是說我也晉級了嗎！以前被拖的好像都是我啊……其實現在也還是有被拖。

山妖精發出不知所以然的抗議聲，不過在他看見後頭有幾個黑影追上來之後也乖乖閉嘴讓我拖著跑了。

知道自己跑得一定沒有後面的東西快，我連忙專心讓風的氣流聚集在持有米納斯的那隻手上，「風之環、大氣之詩歌，祝禱災厄離去而保護降臨。」

一股暖洋洋的風竄進了米納斯的子彈槽裡。

這是後來安因知道我會這些術法時幫我改良的使用方式。

輕微的聲音響起，那是術法子彈完成的訊號，我毫不猶豫直接就往後方開了一槍，接著果然聽見後面傳來了怒吼聲和風�院出的劇烈聲響，這讓我稍微確定他們一定會慢上一段距離。

「有小路、通往黑色通道的小路。」被我抓著跑的山妖精四肢亂動地指著另外一邊。

「我們跟著光走！」誰知道跑錯路會怎樣。

「很快、只有山妖精知道。」這次反手抓住我，長毛的山妖精堅持要走小路。

被他一拉，我的腳步也慢了下來。

在第二批鬼族追上來之前，我聽到之前那個叮噹聲，後方鬼族手上的黑刀就像先前一樣被打穿了洞，比較脆弱的甚至當場折斷。

這次我很確信眞的有人在幫我們。

注意到我瞬間分心了，長毛山妖精直接拉著我就跳到黑暗的小路裡，霎時我恐慌了，因爲有光的地方總比沒光的好，尤其現在追在後頭的還是習慣黑暗的鬼族。

「這裡有守護、小道路很快。」似乎很想努力給我保證，長毛的山妖精拉著我往偏一點的小路走。

因爲看不太清楚，我只感覺到一大堆樹枝刮在我臉上和身上，痛得要命，而且不能體諒我高度至少有他兩倍的長毛山妖精一直衝進迷你小路，害我跌跌撞撞地被他拉著跑，完全不知道自己到底走到哪邊去。

黑暗之中沒有時間感，我被他拉著跑了好一陣子後突然整個人踏空，往一個應該是斜坡的地方滾了下去，滾出大段距離才頭昏眼花地停下來。

「到了！」歡樂的山妖精一樣滾下來，直接摔到我旁邊。

四周全亮了起來。

不是色馬那種淡淡的銀藍色光芒，而是火焰的熊熊亮光。

我甩甩頭，看清楚周圍後有瞬間想直接開槍把山妖精的腦袋打穿一個洞，讓他明年的今天直接當祭日。

那是一堆營火，燃燒著乾枯樹枝、上面還烤著不明東西的營火。

火焰四周站滿了鬼族，現在它們的視線全都轉過來了。

而我們剛好就摔在它們中間。

「黑色的通道！」

還搞不清楚狀況的山妖精把我從地上拉起，活像觀光勝地的導遊對我伸出手介紹。

我都已經不知道該和他說什麼了……而且我覺得我一開口應該會對他罵髒話，只能沉默地拍拍山妖精的肩膀，要他把四周看清楚。

「啊——」山妖精尖叫了。

現在想尖叫的應該是我吧！我明明說要走色馬他們那條路的啊！

滿滿的鬼族把我們包圍起來，這種狀況讓我在想不知道要不要寫遺書了，不曉得它們會不會願意給我五分鐘寫遺書。

「全部都給本大爺閃開——！」

我大概這輩子沒有像現在如此想念五色雞頭的聲音。

不過他不是已經跑了一段距離了嗎？怎麼會落後在我們後面？

所以這條眞的是捷徑就對了，只要它的出口不要在這麼鳥的地方，說不定我會很感謝這該死的山妖精。

從營火另一端樹林裡撲出來、基本上已經兩隻手都是獸爪形態的五色雞頭在火焰的照射下非常閃亮地飛躍而出，附近的鬼族完全沒反應過來就被他一掌給打掛在樹上。

不用半秒，立刻意識到那個彩色的東西殺傷力比我們還要大，一大半鬼族馬上轉頭往五色雞頭那邊打，這同時也爲我爭取機會設下防護結界。

紫藍色的閃電術法在我與山妖精周圍畫出一個圈，這是我和雷多他們出去時學到的。附近幾個想靠近我們的鬼族一碰到圈圈的區域就被電得亂七八糟，還發出焦味。

「哈！本大爺人稱江湖一把刀，今天要代替太陽來昇華你們這班見不得光的鬼族！」無視這裡的鬼族數量，看見敵人就想打的五色雞頭再度把包圍上來的鬼族打飛出去。

對了，五色雞頭的確也有著紫袍的實力，看起來現在這些比較低階的鬼族短時間內應該沒辦法把他給怎樣。

「西瑞！」確保我自己的人身安全後，我朝那個很歡樂地把鬼族堆成山的傢伙大喊。

現在才注意到我在這邊的五色雞頭一腳踢開身旁的東西，然後翻兩圈站到我們結界前，「本大爺的僕人怎麼可以走在本大爺前面！」

你以爲我想嗎！我可是受害者耶！

懶得跟他多講，我朝附近的鬼族也開了槍，「鬼門好像就在這邊，有沒有辦法找到？」我沒有他們那麼厲害可以分辨力量氣息，所以出去時通常都是雅多他們找的。

「你以爲本大爺是救難犬嗎！找東西應該是僕人要去的！」寧願在這邊打鬼族也不要去找鬼門的五色雞頭給了我以上這段話。

「根據往常經驗，鬼門那邊應該會有比較高階的鬼族喔，不是這種妖道角。」

「那我們馬上去找！」

半秒就改變心意的五色雞頭用力吸了口氣，然後直接把四周的鬼族全數打趴，「走吧！」

我都不知道該不該後悔剛剛的話了，說實在的我比較想等阿斯利安他們追上來之後再一起去找啊……

「在那邊。」知道路的該死山妖精指著我們剛剛滾下來的另外一邊，那裡有個不太容易被發現的小洞穴，上面蓋滿了一樣乾枯的藤蔓，周圍還有不少鬼族聞聲竄出，「地下通道。」

「衝！」五色雞頭越過雷結界，直接往洞穴方向前進。

看著這一幕，我的眼皮突然跳了幾下。

該不會接下來我都得生活在這種環境裡吧！我現在突然覺得我的未來眞的好黑暗啊——

現在向公會取消出遠門任務不知道還行不行，我離學校沒有很遠，可以隨時回去的……

被五色雞頭打翻的鬼族又爬起來，我連忙多補幾槍，然後拽著山妖精跟著五色雞頭一起往那個洞穴裡頭跑。

出乎意料之外，洞穴裡沒有多少鬼族，而是一條很狹窄的通路，大概可以兩個人並行的那種寬度，跑了一小段距離只遇到一、兩個正要往外的鬼族。

洞穴通道中瀰漫著某種腐朽的氣息。

跑在前頭的五色雞頭完全不受影響，輕輕鬆鬆把障礙分屍後便衝到了最盡頭。

路沒有很長，我可以感覺到洞穴是向下挖的，下坡路跑起來輕鬆許多，所以不用花太多時間我們便走到終點——一個約有一間教室大小的地下石洞空間。

點亮光影村的契約後，我們立即看見還在發光的鬼門，而鬼門前有著一名半蛇身女人。

不是比申鬼王或是耶呂鬼王那種驚悚手下路線，就是只比我們大一點的那種變形鬼族，看起來好像是在指揮上面那些低階鬼族和固守鬼門的，可以猜測得出來階級應該也不太高。

看見我們跑下來還把空間弄亮，那個蛇身女人也嚇了一跳，有可能她從來沒想過會有獸人和人類跑出來。

「低賤的種族——」半身都是青色蛇鱗片，還有著灰色皮膚的蛇女從喉嚨裡發出渾濁的忿怒聲。

「受死吧！」根本不聽人把話講完的五色雞頭一看到有跟低階鬼族不一樣的東西，馬上二話不說槓上去。

我連忙跑過去，維持著一小段距離看著正在啓動中的鬼門。

這個與我在黑館裡看過的不太一樣，那時在黑館是因爲有學長交給我的子彈才能順利破壞鬼門，現在我還眞不知道應該要怎麼處裡，我從來沒有自己單獨破壞過這種東西。

「黑色通道！」山妖精的驚慌喊聲又從後面傳來了。

我只想到一個辦法。

「你把我敲昏吧。」去夢裡問學長解決的方法搞不好還比較快，雖然我覺得應該會被他痛打一頓，但我覺得問五色雞頭他一定會說直接打到鬼門封閉。

打到鬼門封閉我大概人都沒命了！

山妖精的毛又豎起來了，可見我的提議嚴重驚嚇到他。

「人不可以逃避現實！」他指著我用很憤慨的語氣說。

誰說我要逃避現實了，我如果要逃早在遇到你們時我就會叫別人先把我敲昏，幹什麼我半夜不睡覺要莫名其妙來這邊殲滅鬼門。

這一切都是誰害的啊我說！

看著全身都是毛的山妖精，我一時突然很想去掐他的短脖子。

「我不是要逃避現實！」不知從何解釋起，我轉過去看已和半蛇女纏鬥起來的五色雞頭，不太想把希望放在他身上。

就在猶豫之際，地下洞穴上方猛然傳來好幾個爆炸聲響，接著是大量灰塵和熱風由我們剛剛進入的方向捲來。

上面有人發出大規模的攻擊了。

我用膝蓋想也知道是誰來了。

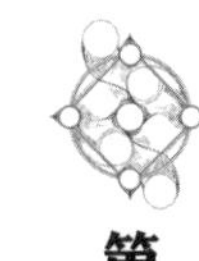

第十一話　藏密

五色雞頭給了半蛇女一記過肩摔。

上方連續好幾個爆炸聲響，但是沒有接近到洞穴這邊，看來摔倒王子他們應該是針對外頭大量鬼族先進行殲滅。

「通道。」山妖精趴在石塊邊看著正在緩緩轉動的鬼門法陣，詭異的文字還隱約散著光線，「到黑色的地方。」

被他這樣一說，我立刻想起鬼門通往鬼族，也就是有著鬼族、妖魔等居住的那些地方——獄界。

奴勒麗也來自於此。

「你想去嗎？」站在我後面的山妖精突然露出詭異的微笑，那種笑容讓我全身發毛。

我在他臉上看到不善的表情。

一點水花在我旁邊濺起，接著是米納斯的水之形體將我團團包圍起來，徹底和那個山妖精隔開。

「離開我們！」語氣嚴厲非常，米納斯揮出手掌，四周的水立刻凝成刀刃直指山妖精。

山妖精沒有任何動作，只是維持著那種讓人不安的笑意。

「在下面！」

色馬的聲音從我腦袋裡響起，看來他們已經到了我可以聽見的範圍。果然不用幾秒，洞穴裡傳來非常立體的強大爆炸聲響，然後是四處飛射的塵土與熾熱的氣流捲入。

灰土鋪天蓋地地噴上來，遮蔽了我們的視線。

視線不清之下，我聽見幾個叮叮噹噹的聲音，等到灰土慢慢落定而周圍逐漸清晰後，那個山妖精已昏厥在地，他的四周有三顆水晶珠子，另一邊則是掉落的山妖精短刀。

他想趁爆炸時偷襲我？

爲什麼？

我不相信初次見面的山妖精會知道我是妖師這件事，但除此之外，我也想不出山妖精沒事要砍我幹嘛。又不是五色雞頭，砍人等於練拳頭。

難不成是我長得一臉欠揍？

怎麼可能！

就在我疑惑之際，和五色雞頭對上的半蛇身女妖發出淒厲的叫聲，我轉過頭只看見五色雞頭的爪子從她背脊突出，挾著黑色的血液與崩裂的皮肉，無法掙脫他爪子的蛇身女妖扭動著身體不斷哀號著。

下一秒，五色雞頭將獸爪往旁一扯，女妖當場硬生生被扯裂成兩半，一分爲二的身體倒在地上不斷抽搐著。

女妖倒地沒多久，帶著淡淡銀光的白色東西從洞穴通道竄了出來，然後往我這邊跑。

「嗚啊，外面的東西好多都好醜——！」色馬發出悲傷的喊叫聲朝我跑來。

你跑來也沒用啊，這裡也沒有漂亮的東西可以給你去撫慰心靈吧。

跟在色馬後頭出現的果然是阿斯利安，一看見我他整個人錯愕了，接著他馬上回頭、又轉過來看我，似乎對我比他們還早到這件事感到相當不解。

我朝他聳聳肩，基本上帶我來的山妖精現在躺在地上，我都不知道他是要害我還是要幫我了。

「啊咧，他身上有奇怪的東西。」自己在旁邊亂叫叫完的色馬轉過身，蹄子在地上刨了幾下，頻頻朝著被打量的山妖精噴氣。

「操縱法術。」在我旁邊轉著水珠的米納斯也指著山妖精這樣告訴我。

先讓米納斯回到幻武兵器中，我才蹲下身一把拉開山妖精的衣服，果然看見在他的脖子到左胸上有著不明的黑色圖騰，已經糊掉了，看不出本來是怎樣的東西。

「這是鬼族的一種法術，可以植入惡意在生物當中，在生命扭曲後就會吸收同時轉變爲鬼族。」阿斯利安在我身旁蹲下，伸出一手按在圖案上，「黑暗的刻痕不敵奔騰的風之守護，旅人之神俯瞰邪惡之力。我爲信奉忒格泰安使者，引導生命走向迷途之後的道路。」

像是唸誦著短短的歌謠，和著阿斯利安的聲音，他的手下出現了淡淡微光，然後在短歌結束後他重新抬起手，山妖精身上的圖案已經不見了。

「忒格泰安是什麼？」一邊扶起山妖精讓他靠在旁邊，我一邊問著正在緩緩收斂氣息的阿斯利安。

過了片刻，他才轉過來衝著我微笑，「是旅人之神，守護著旅人的神祇、忒格泰安，也是狩人一族最早的開創者。藉由吟唱祂真名的歌謠可以清除一些不好的印記，是我們狩人一族的慣用方式；另外，我的名字也有一部分取自於祂的真名。」

我點點頭，聽起來應該與我們信奉媽祖還是玄天上帝那種感覺差不多吧，聽說人類在很危急時也是會大喊「媽祖保佑我」或是「上帝救救我」之類的，聽起來應該是類似的作用。

那摔倒王子信奉的大概是炸彈大神之類的吧……炸彈超人？

我熊熊想起了我童年歡樂的小遊戲，真是讓人感慨，那時候我還真天真無邪啊，現在都已經逐漸被外星球給同化了。

走在後頭的摔倒王子表情好像很想一腳把山妖精給踩下去，他優雅地拍掉身上的灰塵，然後站到鬼門前，從口袋裡拿出細碎的金色粉末。在金粉被灑到鬼門上時，鬼門發出奇異的聲響便停止運轉了。

原來黑袍都具備能夠摧毀鬼門的力量啊。

我現在慶幸還好剛剛沒有真的讓山妖精給打昏，不然現在除了被學長毆打之外，我深深覺得摔倒王子應該也會藉機把我給做掉。

「這是連結到哪個點能夠偵測出來嗎？」阿斯利安站起身，看著已經停止的鬼門，原本還在微微發亮的框開始黯淡下來。

「哼。」摔倒王子只給他一個氣音。

另一邊，直接把蛇身女妖打成醬種到地上的五色雞頭邊甩去手上的黑色血液邊走過來，「嘖嘖，你們這些傢伙手腳也太慢了吧，本大爺都已經直搗黃龍殲滅敵人，你們這些人才來逛大街嗎。」

按住正要發作的摔倒王子，阿斯利安露出一貫的笑容，「西瑞學弟的實力很高，我想應該不用我們出手幫忙，也可以輕鬆將這個鬼族區域都收拾乾淨的。」

「哈，你知道就好。」五色雞頭很高興地轉邊了——轉到我這邊，「漾～本大爺幹掉大隻的了！」

「喔喔，你好棒。」我只差沒有去拍拍他的頭而已。

「啡啡啡——」色馬發出了怪笑聲。

回過頭去，阿斯利安看著鬼門，然後往後退開一步。

「另外一邊關閉鬼門，無法追蹤。」摔倒王子轉過去看他。

「那只好破壞掉了。」阿斯利安和他互點了下頭，然後便讓我們全都後退到剛剛洞穴的入口處。

其實我隱約發現阿斯利安和摔倒王子配合的默契其實還算不錯，當然阿斯利安和很多人都配合得很好，但和摔倒王子卻有著很自然的反應，果然是曾經合作過，就算上一秒還吵到想摔死對方，下秒還是會互相協助。

我想，我多少也知道摔倒王子的感覺，只要他嘴巴少賤一點，搞不好阿斯利安會滿樂意和他搭檔的。

被留下的摔倒王子揚高了手，幾顆泛著紅色的小光點慢慢飄著然後附著在鬼門四周，在他往後退也退到我們這邊時，那些小光點才發出很像悶悶的雷響，接著整個鬼門陣法開始動搖，最終崩解。

啓動鬼門的圖紋像是突然分解的粉末般全都散化在地上。

地下洞穴震動了下，然後緩緩搖晃著。

「往上走吧。」阿斯利安揹起山妖精，這樣催促著我們。

「嘖，眞無聊。」沒打過癮的五色雞頭把手插在花褲子裡晃了上去。

我偷偷瞄了眼被摔倒王子處理掉變成一團黑灰的蛇身女妖，也跟著上去。出了洞穴後，外頭已經什麼都沒有了，只剩下篝火還虛弱地搖晃著，地上有些許還沒被風吹散的黑色灰土，不過很快也隨風完全消失。

這讓我了解到摔倒王子和阿斯利安的能力的確高出我們很多，不用多少時間這邊的鬼族都已經被殲滅乾淨，一點不剩。

稍微把四周清理過，阿斯利安將山妖精放置一旁，小繞一圈在附近撿了些枯枝重新把篝火生起來。

色馬在我旁邊坐下，「這邊被鬼族污染得好嚴重啊，連樹都快死光了。」

「跟我們那邊的世界好像。」看著四周乾枯的樹林，被破壞的森林差不多都是這樣吧。可能是因爲鬼族已被清除再加上摔倒王子和阿斯利安都在這邊，我沒有之前剛來時那種恐懼，這片即將枯死的森林只給我一種莫名的悲哀感。

就在大家都靜默下來之際，附近起了小小的騷動，接著是幾個一樣長滿毛的山妖精從樹後探出頭，其中有兩個就是一開始搶劫我們的，看來他們多帶了些人手過來，只是沒看到那個毛特別長的。

「樹死掉了。」

那幾個其實都長得差不多的帶毛山妖精這樣環顧著黑暗的四周，不斷發出聲音，「樹死掉了，山妖精的地方死掉了，動物的地方沒有了。」

矮小的山妖精發出了哭叫聲，像是確認後爆發出哀傷。

額頭出現青筋的摔倒王子凶狠瞪著那些山妖精，臉上寫滿了「我要炸死他們」這樣的字。

「請等等，這裡還有許多樹未死啊。」阿斯利安連忙制止那些似乎越哭越大聲的山妖精，不過我看他有一半大概也是要拯救這些長毛的東西。

因爲連我都看得出來他們要是再多哭幾秒，摔倒王子就會送他們到奈何橋的那一邊去了。

「吵死了，你們不知道五子哭墓也要有順序嗎！」

五色雞頭，你的重點方向搞錯了。

「很多都還活著，地底下有微弱的聲響。」旁邊的色馬晃了晃頭，讓訊息傳到我腦袋裡。

「別吵了，還有很多樹活著。」我連忙向阿斯利安傳遞了剛剛色馬的那些話，不過我沒有告訴他色馬自己連結的事，只是敷衍說是剛剛出洞穴時聽到的。

費了好一番工夫才把山妖精給安撫住，阿斯利安轉頭看著色馬。

山妖精差不多都安靜後，色馬才站起身，在營火前，白色散著微光的身軀在火焰下看起來更加震懾著人，那些山妖精也不由自主吞了下口水，瞪大眼睛看著色馬。

色馬就站在火焰旁邊，然後仰頭看著星空。

「姊姊們……」

不知道什麼時候開始，我們四周聚集了清涼的風，與乾枯樹林中的不一樣，是完全純淨的微風。一察覺這股氣息後，阿斯利安訝異地站起身，然後微微閉起眼睛，任由有些冰涼的風掀起他的髮。

瞪著天空，我似乎隱約看到好幾個透明的形體在上面飄，但看不太清楚，直覺應該不是什麼壞東西，甚至仔細聽還可以聽到一些像是女孩子的笑聲。

那些聲音隨著風穿過了樹林的每一處。

風吹拂過整片土地後，色馬緩緩低下頭，就像在水池那時我看過的一樣，他讓象牙色的獨角抵在已經發黑的土地上，然後身體周圍泛出越來越明亮的光暈。

見到這種我不知應不應該說很神聖的景象，原本吵鬧的山妖精啪地一聲突然全部跪倒在地，嘴巴裡面咕嚕咕嚕地唸出了整串不明語言，然後朝色馬與天空不停膜拜，好像把這種行爲視作崇高無上。

但是如果他們知道色馬現在在想什麼，我想應該就會拜不下去了。

「跟山妖精說一定要找很多漂亮的姊姊來答謝我。」

❀

色馬花了很長一段時間。

當我的手錶指向了即將三點的數字時，他身上的光才慢慢黯淡下來。

「這個有趣。」五色雞頭蹲下來拍拍地面，他一講我才發現，本來這裡的土地在我們剛來時是有點發黑的，但現在逐漸變回泥土的顏色，像是毒素緩緩退去。

看到這種景象，連平常充滿不屑的摔倒王子臉色多少也有些變化。

就在色馬身上的光恢復成原本模樣時，他也整匹馬抬起頭來，緩慢地坐倒在地。

「沒問題嗎？」第一個回過神來的阿斯利安連忙接近色馬，然後也在旁邊蹲下，當然不可能放過這種機會的色馬順勢把頭塞到阿斯利安懷中。

「休息一下，一次淨化整座山太累了。」

「我想式青大哥可能是很累吧，應該休息一下就好了。」我連忙靠過去，想把馬頭扳開，不過色馬死都不肯給我扳，還故意整個蹭到阿斯利安身上。

當然也知道色馬是什麼德性的阿斯利安微笑地對我搖搖頭，然後坐在地上讓色馬更好趴，「要淨化這麼大的土地，我想式青應該也很辛苦，就在這邊休息一會兒我們再回遠望者的營地吧。」說著，他稍微避開了色馬的獨角，輕輕撫著他的頸子。

「喔喔喔——」色馬發出感動的聲音。

我猜他大概是第一次沒有被人毆打到旁邊去，還被人家默許光明正大地吃豆腐，只不過我看站在旁邊的摔倒王子臉色異常不好就是了，說明白點他現在的表情就是想把色馬給剝皮然後馬肉拿去旁邊的營火烤成早餐。

「啥！還要在這裡等很久嗎！」對淨化完的土地沒有特別興趣，五色雞頭發出抱怨聲。

這時候山妖精們發出了歡愉的歌聲，大概是在讚頌之類的，把阿斯利安和色馬圍成一圈在拜，不過在摔倒王子的狠狠瞪視下，他們只好又縮著身體去找一棵突然迸出綠芽的枯樹圍著拜了。

「我去附近搜尋，看看能不能找到鬼族出現在這裡的目的。」似乎完全不想和我們同在一起的摔倒王子甩了下手，好幾個紅色光點落入我們營火周圍的土地中，接著出現了暗紅色的光圖騰、然後消失，大概是某種保護結界。

但我看起來更覺得像是踩地雷，搞不好自己人誤觸也會炸掉。

布完結界後，摔倒王子頭也不回地消失在稍微恢復了點生命力的乾枯樹林之中。

「本大爺去另一邊找。」閒得發慌的五色雞頭一把抓住我的後領，「漾~走吧。」

我沒有說我要去吧！

「我想留在這邊……」

直接打斷我的話，五色雞頭揚高了聲音：「啥！你當然要跟本大爺一起去啊！不然你還想去找誰，漾~你該不會想賣主求榮吧！」

求你個大頭。

「請等一等。」那堆正在拜樹的山妖精裡跑出一個穿著與其他山妖精不太一樣、意外地中文很標準的山妖精，「幾位勇敢的公會成員，謝謝你們的幫忙。」

「本大爺來去一陣風！人稱江湖一把刀，才不是啥鬼會的成員！」五色雞頭劈頭就這樣回那個山妖精。

顯然一愣的山妖精表情空白了有幾秒，然後才再度開口：「一、一陣風大爺，我是山妖精的祭司……」

「噗！」我笑了。

「渾蛋！本大爺是西瑞大爺！」五色雞頭差點把山妖精踹下去，我連忙把他往後拉。

受到驚嚇的山妖精退後好幾步，然後結結巴巴地對我開口，「那、那些黑色的生物……都往西方……西方去……」

「西邊有什麼東西呢？」阿斯利安開口詢問。

一聽到阿斯利安的態度比較好，那個山妖精祭司鬆了好大一口氣，連忙對我們比手畫腳：「黑色的光，和星星一起掉下來的，有奇怪的力量，之後黑色的通道就出現了，那些黑色的生物往西邊去，但是找很久。」

微微瞇起眼，阿斯利安思考了半晌才繼續對那個山妖精祭司說：「既然您是山妖精的祭司，那有辦法指引我們找到那股力量來源嗎？」

臉上突然露出很高興的表情，山妖精祭司漲紅了臉，「祭司不是很熟……會失敗……但是可以試看看……」

「沒關係，請您試看看吧。」一邊這樣說著，阿斯利安悄悄對我招手。

山妖精祭司喜孜孜地跑去準備東西了。

我和五色雞頭在阿斯利安旁邊坐下。

「那傢伙一看就是力量很弱啊，靠他不如靠自己。」五色雞頭瞥了一眼與同伴正在歡呼的山妖精，這樣說著。

「山妖精是山中的生物，他們是快樂的生活種族，在術法上並沒有相當厲害，但他們也相當努力啊。」阿斯利安微笑地說著，「不過我相信山會幫他們的，同樣也請漾漾幫個忙吧。」

「我？」突然被點到名，原本正想把色馬的頭推到地上的我錯愕地看著阿斯利安。

「漾～？」轉過來看我，五色雞頭的表情欠揍地出現了不可置信。

「你在妖師一族那邊應該也接受不少教導了吧？」稍微壓低聲音，阿斯利安看了眼山妖精那邊，那裡似乎沒有注意到我們的討論聲，「所以我想或許可以配合山妖精祭司一起找到些什麼。」

「可是我懂得不太多耶……」尤其是預知方面，要知道妖師力量歸妖師力量，不知道爲什麼在這種占卜之類的術法上我學習起來很困難，雖然之前夏碎學長和安因或是然他們有教一些，但我怎樣都沒辦法使用，比起來，搞不好那個半生不熟的山妖精祭司還比我厲害很多。

而且如果我學會，早就先拿來買樂透了。

「不，我不是這個意思。你還記得你和學弟出的任務中曾運用過什麼嗎？」阿斯利安慢慢撫著馬的鬃毛，然後試著提點我，「並不是任何事情都要直接來的，我想山妖精的祭司也想要對自己有些信心。」他挪了下身體，拿出一顆小小的水晶。

一看到水晶，我大概知道阿斯利安的意思了。

我曾做過類似的事。

「這是個很好的經驗，你會很快就熟悉各類事的。」阿斯利安湊近我的耳朵，聲音小到讓五色雞頭都皺起眉，「同時，在這場旅程中我也受託要成爲你在校外的指導員。」

我差點沒跳起來，「我怎麼不知道這件事情！」

「當然，雖然這算是公會受理的任務，但出來太久學校也會把你停課的，所以我幫你申請了校外指導課程，在你出來這段期間由我和休狄兩人指導你，黑袍和紫袍都有指導資格，這樣你回去之後就不用再重唸了。」阿斯利安說著我完全不知道的事，末了還補上一句：「這是你們班導拜託我的。」

看來班導還算滿照顧我——可是問題不在這裡啊！

阿斯利安就算了，爲什麼還有一個摔倒王子啊！

「那西瑞呢？」我指著旁邊那個傢伙。

「嘿，本大爺上學期把暗殺課程修滿了，這學期蹺掉還有得找。」五色雞頭用一種高高在上的表情鄙視我。

……你個卑鄙小人。

「啡啡啡——」色馬發出了讓我想轉頭過去巴他的笑聲，「你們學校眞有趣，我沒有上過課，裡面漂亮的妹妹好多，眞想入學……」

「想都別想。」這超齡的色馬！

阿斯利安咳了一聲，「總之，你試試看運用妖師的能力輔助山妖精祭司看看吧。」他將水晶放在我手掌上，有那麼一秒我像是把他的影子和學長有所重疊，「你說可以，就可以。」

我看著剔透的水晶，那上面映著火光照出我的影子。

嗯，一定可以。

※

「請問我可以開始了嗎？」

怯生生地靠過來，山妖精祭司用很尊敬的表情先拜了下色馬，然後才看著我們。

「麻煩你了。」阿斯利安點點頭。

山妖精祭司馬上露出大大的笑容，然後抓起一根不知怎樣雕花雕上去的細樹枝與一小包東西走到篝火旁，在他把那包東西倒進去後，火焰瞬間扭曲顫動，接著變成奇異的草綠色火焰，中間有著紅色的光芒。

在那同時，我握緊手上的水晶，試圖捕捉風中傳來的那一點力量。這是很久之前黎沚教我的，仔細地去感受身邊的波動。

山妖精祭司圍著變色的火焰開始揮舞手上的樹枝大聲唱起歌，然後矮矮的身體開始繞著火焰跳動。

閉上眼睛，我聽著山妖精祭司的歌聲，感受到他身上傳來土氣般的生命力，一種像是線圈似的東西從山妖精祭司那邊勾出，相當微弱，隨著他跳動著那些力量也跟著不斷晃動。

因爲太細小了，所以我好幾次好像可以捕捉到但又失敗。

「漾～！」

「幹嘛！」

旁邊的五色雞頭一喊我整個被他嚇一跳，剛剛好不容易才靜下來的感覺又全沒了，「啥事啊！」你是天生和我有仇嗎！

五色雞頭若有所思地看了我一眼，「沒事。」

差點把水晶往他臉上丟，我忍——

不過在五色雞頭鬧完後我才注意到，山妖精祭司的身上有一圈東西緩緩消失，而這圈東西我剛剛沒有看到。

我試圖把視線放在山妖精祭司身上，再度集中感覺，果然又看見那圈東西若隱若現。

其實我可以就這樣看得到？

在我這麼想的同時，山妖精祭司身上那圈東西突然明顯了起來，而我也在自己周圍看到淡淡的藍色光芒，像是保鮮膜般非常薄，也不太固定，一下子有一下子沒有。

就像當初黎沚教導我的一樣，我伸出手，讓那些薄薄的東西慢慢在我掌心上繞成一圈，在我想握住時那些東西立刻又散回原來的地方。

我真的可以看得到！

在我自己如此確定後，那些東西鮮明了起來，像是空氣中多出色彩一樣，但只要我一分心又看不見了。

起風同時，我看見手上的水晶周圍有著晶瑩的純淨光芒，像是小小的觸手般四處搖晃。

我拿出風符，「引風。」

細微的涼風圍繞在水晶旁，接著水晶碎成粉末，順著風迴旋在山妖精祭司周圍，正在跳舞的祭司幾乎沒有發現異狀。

如果可以，那他會成功。

我看著逐漸和山妖精祭司力量融在一起的水晶粉末，堅定地想著。

就在想法落定同時，綠色的火焰猛地竄高，像是被人潑了汽油還怎樣，就貼在旁邊跳舞的山妖精祭司差點來不及往後逃，零星綠火在他的毛上熄滅，他身上的毛被燒掉一小塊，看起來有點好笑。

根本沒注意到毛被燒掉的山妖精祭司震驚過後突然張大嘴巴，發出一連串我們都聽不懂的大吼聲，然後他衝過來，想把阿斯利安拉過去，結果被色馬重重咬了一口，所以他只好改把我拉過去。「成功了！成功了！」

莫名地被山妖精祭司拖去，本來遠遠觀看的那幾隻也衝過來圍著火焰團團轉，「巫嘎成功了！」

「成功了成功了～～～」其他山妖精在旁邊跳來跳去，好像成功是件非常偉大的事。

等等！

這麼說原來你這個祭司從來沒有成功過嗎！

我轉頭看向阿斯利安，他朝我聳聳肩，剛咬完山妖精的色馬在朝地上吐口水，旁邊的五色雞頭用一臉無聊的表情挖鼻孔。

「怎樣成功？」我看著一堆歡愉的山妖精，又看看綠色火焰，不知道到底是哪裡成功了。

山妖精祭司都是毛的臉露出大刺刺的笑，然後伸手到綠色的火焰裡，意外地並沒有我想像中的燙傷，綠火像是有生命般突然分裂了一小塊下來，然後變成綠色的火焰松鼠，發出輕巧的聲音就站在山妖精祭司的手掌上，深綠色的眼睛眨動了幾下看著我們。

「山妖精的山咒術。」山妖精祭司獻寶似地一直往我臉前擠。

為了避免被綠色的火松鼠燒到，我稍微後退了一步，「這個可以帶我們去找那個奇怪的力量嗎？」

興奮的山妖精祭司連忙點頭。

「終於可以去了。」五色雞頭從地上跳起來，「還等什麼！」

大概是有點害怕五色雞頭，山妖精祭司哼哼唧唧地把火松鼠放在地上，松鼠一碰到地面，腳便浮空離地差不多幾公分，然後四周繞滿了同色的火。

……我好像看到腳踩風火輪的松鼠。

那隻風火輪松鼠發出幾個像是玩具一樣的聲響後突然轉過頭，一溜煙地往樹林裡跑了，連個招呼都沒有。

「混、再混！還不快跟上！你摸魚啊！」五色雞頭直接往我後背一拍，追著松鼠衝去了。

你該不會最近看了「報告班長」吧！

背後劇痛過後，我一邊覺得五色雞頭一定把我打出黑青一邊在身體周圍用了風法術，快速地追了上去。

那隻風火輪松鼠跑得有點快，不過每隔一小段時間就會停下來等我們，因爲全身都是綠色的火焰，遠遠看還眞像一團鬼火在爲我們帶路。

……

……

該不會原世界不定時飄鬼火是這樣來的吧？

這種可能性很大，在這個世界我經常看見無厘頭的人，搞不好還有一種就是很喜歡到處亂飄火的。

那些山妖精沒有跟上來，只有我和五色雞頭兩人一前一後奔跑著。因爲有風法術的輔助，所以我勉強能跟得上，要是我不會風法術，我想我大概又變成隨身攜帶……雖然現在還常常這樣就是。

喜歡把我隨身帶著跑的人到底知不知道我有長腳啊！

就在我想著鬼火的可能性時，跑在前方的五色雞頭突然煞住腳步，來不及反應過來也來不及解除風法術，我就這樣一頭從他後背撞上去，直接把五色雞頭撞到變成大字形貼在地上，然後我就摔趴在他身上。

風火輪松鼠就停在我們前面偏著頭發出噗嘰兩聲。

「嗚啊！」要死了，我居然把五色雞頭當作賣粽子的壓！

連忙彈跳起來，我感覺那個已經變大字形貼在地上的雞四周急速聚集了黑暗的扭曲空氣。

「呼哈哈哈哈……沒想到本大爺有被從後背攻擊的一天……」趴在地上的五色雞頭發出了讓人頭皮發麻的笑聲，「眞是自古英雄誰無死……」

我沒有聽過英雄的頭是彩色的。

在五色雞頭失去控制前我連忙把他從地上拉起。不知道要不要向他下跪賠罪……是說我好像常常做這種事，記得好像之前也弄過五色雞頭一次。

能活到現在眞讓我意外！

還好五色雞頭站起來拍掉灰塵之後注意力就被風火輪松鼠給吸引了，一時忘記追究我剛剛把他撞到貼地的事。

不知不覺我們已經走出樹林的範圍，出現在我們面前的是一大片黃土土地，看起來應該也是山谷中的某部分，有可能本來是長滿青草的，只是後來草死光，直到現在土地才被淨化。

黃土地坑坑巴巴得像是有人在這裡挖掘過，到處都是深洞，附近還丟了一些像是鏟子模樣的工具。

我想在我們來之前大概有不少鬼族在這邊挖地。

風火輪松鼠蓬了蓬身體，綠色的火焰立時熊熊燃燒起來，火焰也增強不少，將這座谷地照得較亮，也讓我們可以看到較大的範圍。

放慢小小的腳步，風火輪松鼠俐落避開那些亂七八糟的坑洞，直直往土地的另一邊走。

雖然牠走得很輕鬆，但我就累了，一大堆坑洞一不小心還會摔下去，有深有淺、連要走的路面都凹凸不平。

完全沒這種困擾的五色雞頭哼著「轉吧七彩霓虹燈」就跟著松鼠走到另一端，絲毫無阻。

氣喘吁吁地走到另一端時我已經累得半死了。

又帶著我們沿著谷地旁圍繞的山壁走了一小段路後，風火輪松鼠突然一屁股就坐在山壁旁邊，不動了。

「這裡有啥鬼？」五色雞頭疑惑地左右看了下，跟我一樣都只有看到山壁而已。

風火輪松鼠發出幾個咕嚕聲，然後趴在山壁上用爪子刨了幾下壁面，接著又轉回來坐好。

「裡面嗎？」敲了敲山壁，五色雞頭一手轉成獸爪，然後握緊拳頭——

「等一下！」我連忙制止他，「這個我來吧！」開玩笑，要是裡面有很重要的東西，他一拳下去不就全爛了！

「啥！你想要奪走本大爺的地位嗎？」五色雞頭用一種「敢來就殺死你」的氣勢瞪著我。

「不……就是那個……如此小事不用勞駕大人您，由小的來動手就可以了。」該死，我幹嘛還要矮化自己！自己都感覺悲哀了。

「喔，那就交給你了，小弟。」很慎重地在我肩膀上一拍，五色雞頭愉快地閃開，「快點幹活吧！小子！」

……我都想哭了。

松鼠咕嚕了兩聲，然後讓開身體。

「米納斯。」重新讓兵器握在手上，我想著如果要直接弄開山壁又不傷到裡面的東西可能要比較能夠銳利切割的子彈吧？

評估著山壁，於是我朝眼前的方向開了一槍。

液態的子彈瞬間沒入山壁中，大約幾秒後山壁開始搖晃，我還沒想到裡面會出現什麼東西時，整塊山壁像是被刀刨過一樣突然被挖出來，往我這方向掉。

快了一步往後退，那塊切割壁砰地聲落在地上，切面平整無瑕疵，連紋理都乾乾淨淨的，好像被雷射掃過一樣。

搞不好以後如果我失業還可以帶著米納斯去賣生魚片，這種刀法不正是生魚片的最高境界嗎！

「對不起，恕難從命。」立刻讀到我在想什麼的米納斯傳來淡淡的反駁聲。

眞是可惜。

山壁被挖開後，風火輪松鼠馬上跳上去那個挖出的大洞。

說實在的，開槍之前我有短暫的兩秒想過有可能會看到啥啥遺跡或是神像還是什麼邪惡的水晶球之類的，但我發誓我絕對沒有想到我會看到這種東西——

一個保險箱。

爲什麼會有個我那邊世界的保險箱被埋在山壁裡、而且還一堆鬼族搶著找它？

不、這也太過顯眼了吧！重要的東西放在保險箱裡，到底是誰這麼有常識啊！

五色雞頭的表情空白了三秒，「鬼族是缺錢用嗎連個保險箱都買不起！」

我想他們要的應該是保險箱裡的東西而不是缺錢需要保險箱。

「保險箱裡應該有東西。」我趴在洞前面，試圖把保險箱拉出來。意外的是保險箱很輕，輕到不可思議，和我所認知的保險箱重量完全不一樣。

沒有多想，我抓著保險箱的邊緣就將它往外拉，但保險箱一移動發出了某種輕微聲音後我馬上就知道大事不妙了。

我忘記永遠的定律就是有陷阱這回事！

還沒反應過來，突然有人一把抓住我的領子把我往後摔，當我一屁股坐在地上時那隻風火輪松鼠也被扔過來，直接掉在我身上。

幸好牠沒有溫度，不然我現在就著火了。

黑色的布料從我面前飄過，不是五色雞頭，而是另一個和我們走不同邊的人。

站在我剛才的位置，及時到來的摔倒王子做了幾個手勢，眨眼後被米納斯挖出的洞口前張開了一幅銀色法陣圖騰，就在那瞬間洞裡發出巨大聲響，不過因爲被陣法擋下，所以完全沒有波及到外面。

巨響落定後，有某種東西狠狠撞上了摔倒王子的法陣。

他連眉頭都不皺，一個彈指裡面二度傳來巨響，直接把撞到法陣上的東西給炸得稀巴爛，連原本的樣子都看不出來。

短短幾秒便完成一連串動作，確定危險已經解除的摔倒王子才撤掉法陣，轉過來用鼻孔看著跌坐在地上的我和旁邊的五色雞頭，「你們這些低賤的種族連個陷阱都不會處理嗎？」說完他還搭上冷哼，完全把我們瞧到最扁。

「本大爺正要處理，你搶個啥！跑那麼快是要投胎嗎！」立刻反嗆回去，五色雞頭只差沒去捅他鼻孔。

「哼，眞不知道阿斯利安帶兩個扯後腿的來幹什麼。」徹底鄙視完我們一輪，摔倒王子轉回去，將已經被剛剛爆炸炸得髒兮兮的保險箱給拉出來、放在地上。

雖然我很確定它是保險箱，但在守世界的山壁裡莫名其妙出現保險箱完全不正常吧？該不會其實它是哪種東西的僞裝，只是要讓搶奪者忽略它的存在？

爲了確認這應該不是保險箱，我吞了吞口水，客客氣氣地向這裡唯一的黑袍提問：「請問這是什麼東西？」

摔倒王子轉過來看我，現在他的表情已經不是徹底鄙視了，而是徹底鄙視完再鄙視一次。

「果然是低下又沒見識的賤民，連保險箱這種東西都不知道，愚民。」他用看白痴的神情看我，然後再度對我展現他百分之百的不屑。

眞不該問他的。

第十二話　埋藏之物

風火輪松鼠跳到保險箱上，搖晃著身上的火焰看著我們。

我打量著保險箱，剛剛挖開山壁時頂多就是灰土多了點，但在經歷陷阱和爆炸，以及不明物體被炸爛後，現在這個保險箱只能用掉到泥沼裡又被撈起來這樣形容，上面沾滿了不明黑色液體和泥土，還眞虧摔倒王子可以面不改色地把它拖出來。

「弄乾淨。」一邊把手套脫下來在掌心上燒掉，摔倒王子一邊理所當然地對我下命令。

「啥？」我愣了下，看著他。

摔倒王子已經連話都懶得講了，下巴抬了抬，意思要我把保險箱給整理過。

「這是本大爺的小弟，幹嘛聽你的話！」五色雞頭跳出來反對，「漾～不准清！」

微微挑了下眉，摔倒王子用高高在上的表情睨著五色雞頭，「低賤的殺手家族，你有什麼資格在這邊發言。」

「哈，本大爺愛講就講，干你屁事。」環著手，五色雞頭挑釁回去，「闖蕩江湖連個帳篷都要人家搭，你嘛好啊，黑袍是沒有考野外求生技能嗎！看你這種人，外出就等餓死、下雨就等淋死、沒有馬屁精就等著無聊死、沒有錢就等著被笑死，哇哈、眞是沒用到極點。」

「……」摔倒王子開始瞪五色雞頭了。

「我、我整理就是了，拜託你們兩個不要吵了。」這兩個打下去我都沒有把握可以制止，尤其其中一個還是原本很鄙視我的摔倒王子，搞不好他會順手把我一起幹掉以絕後患。

拿起米納斯朝保險箱開了一槍，巨大的水泡瞬間把污泥液體全部沖刷得一乾二淨，連最小的土渣都沒了，保險箱乾淨得還發出閃光。

差點被水潑到的風火輪松鼠發出幾個抗議聲，然後沿著褲管竄上了我的肩膀，幸好牠一點都沒有熱度，雖然看起來還在燒，不過完全沒有燒到我。

「漾~你不可以屈於淫威啊！」每次都讓我屈的五色雞頭很不滿地這樣告訴我。

「我只是想說趕快整理好，回去找阿斯利安，式青大哥和山妖精也都還在，早點集合比較好。」在我講完之後，果然一說到阿斯利安就沒意見的摔倒王子冷哼了聲把頭轉開，「而且跑一整晚肚子也有點餓了。」

五色雞頭咧開大大的笑容，然後搭在我肩膀上，「果然是本大爺的小弟，快點收工來去吃飯吧！」

「好啦好啦……」蹲下身，我看著保險箱，真的是個非常普通的保險箱，上面還有舊式的密碼鎖，大概被埋在這裡有幾年了，因爲我記得現在大多都已經改成電子鎖，上次回家時我媽媽也弄了一個，結果自己忘記密碼打不開，備用鑰匙還不見，後來被冥玥的朋友打開了，等人走了我才知道那個是情報班的。

原來情報班還兼任開鎖解碼！

「沒有密碼，我們是不是整個帶回去……」我的話還沒說完，站在旁邊的五色雞頭整隻獸爪直接砸在保險箱上，接著號稱火災地震都不會被破壞的堅固保險箱就在我面前扭曲然後裂開，就像切西瓜一樣，整個被破壞了。

我看著把保險箱砸爛的五色雞頭，默默地再轉回去看著被砸爛的保險箱，無言了。

期望他們用和平方式打開箱子是我的錯。

被打爛的箱子裡有兩個小盒子，一個是用水晶雕成的精緻方形盒子，另一個是小小的紙盒，我將兩個都拿出來。精緻盒子給人一種壓迫的力量感，連感知微弱的我都可以察覺；打開之後裡面是個銀色巴掌大的圓形銀塊，上頭刻著獅子的圖案。另一個小紙盒打開後也沒什麼特別的東西，裡面只有一小塊石頭，石頭上有幾個文字，更多就沒有了。

摔倒王子伸出手，拿走了水晶盒子與銀塊。

「這個不要嗎？」我看著那一小塊石頭，雖然沒有什麼力量感，不過拿在手上暖暖的，還有點舒服。

「不需要。」俐落地講完那三個字，摔倒王子也不管我們，直接轉頭就走。

確認完成任務，風火輪松鼠發出幾個聲音就在我肩膀上消失了。

「那個應該是祭祀用的石頭。」五色雞頭過來搭著我的肩膀，「很多種族習慣把祭祀用的石頭撿一些起來收著。」

「喔。」因為石頭的觸感還滿不錯的，我就順手放進口袋裡，反正摔倒王子也不要，搞不好我還可以拿來當暖暖包。

與五色雞頭回到山妖精篝火那邊時，已經差不多過了半小時左右，因爲這次沒有風火輪松鼠帶路，所以我走得就比較慢，衝在前面的五色雞頭也不知道認不認得路，還帶著我亂轉了一圈，比過去時花了還要多的時間才回來。

出發前還在吃人豆腐的色馬現在已經站起來在附近走來走去，阿斯利安拿著應該是摔倒王子丟給他的銀塊在火焰邊看著，一堆好奇的山妖精就圍在旁邊眨巴著眼睛。

「你們也太慢了吧～」色馬的聲音直接鑽到我的腦袋裡，「人家高貴的王子已經回來有一陣子了，不想等我們，自己先回去遠望者營地了。」

根本不知道色馬在對我腦內溝通的阿斯利安將手上的銀塊放回水晶盒子，接著才轉過來看我們，「這好像是帶有破邪力量的原料，獅子的圖騰代表這是布利林的地妖精所製造，我在書籍上看過。布利林是破邪性質原料的產地，許多種族喜歡向地妖精取得這些有著自然力量的原料，不過布利林已經在約一百多年前消失了，現在也沒有原料出產，這塊銀塊應該是很久之前不知道由誰帶出的。」

「一百多年前應該沒有這種保險箱吧？」我看著被五色雞頭一起帶回來丟在旁邊的破保險箱，這東西怎樣看都不像是百年前製作，上面甚至還有模糊不清的公司印記，應該是近代的產品才對。

「我想是有人在近期將這些東西藏在山裡的，山妖精剛剛也告訴我鬼族是在最近才來到，先前這裡完全沒有鬼族涉足。」阿斯利安聳聳肩，「不過只是一塊破邪原料，我不明白鬼族爲什麼會想找它，這東西在公會能很輕易地找到，甚至可以找到更好的，在我們學院也是，並不難取得；而裝著銀塊的盒子也不過只是尋常的工藝品，沒有什麼值得大費周章取得的必要。」

「會不會是上面有啥啥刻印我們看不出來的啊？」鬼族做事情一向莫名其妙，這點在安地爾身上我有很深刻的體認。

「有這個可能性，我打算將這東西傳回情報班，讓他們去處理。」阿斯利安這樣說著，從五色雞頭那裡要過保險箱，就連著銀塊和水晶盒子一起傳送走了。

全都整理完之後，時間已經差不多是要來到清晨了。

「我們回去吧。」

❋

火焰熄滅了。

在我們用傳送陣法回到遠望者的營地時，他們正好弄滅一個篝火，而另一個上面正在煮著不曉得什麼東西，小鍋子中熱騰騰地冒著溫暖的白煙。

正在攪拌鍋子的雷拉特放下手上的木勺站起身，「你們連山妖精、一起帶回來？」他越過阿斯利安看見後面那群山妖精，因爲被直接帶到營地，在遠望者們包圍之後，山妖精群開始發起抖來。

「是的，我想先回來的休狄應該有告訴您這件事。」對方點點頭後，阿斯利安才又繼續說下去，「雖然土地已經被淨化，不過枯萎的樹林要恢復原狀似乎還要等一段時間，所以我想請問與樹人爲鄰的遠望者是否有辦法幫山妖精暫時找到一個居住的地方？」

雷拉特表情嚴肅地看著那一小群山妖精，「這些應該不是全部、數量太少。」

「他們似乎大部分族人都在暫時避難所，不過因爲是其他種族的領地，所以無法一直留在那邊。」看來應該是在我們離開那段時間就把事情都問清楚的阿斯利安這樣說著。

「好、請等等。」雷拉特點點頭，然後招來旁邊一名女性用奇怪的語言慢慢講了些事，那名女性聽畢後立即離開營地。

過了一小段時間，營地附近突然傳來些許怪異聲響，像是有很多人在講話、但無法聽清楚的低語，隨著風來、隨著風去。

山妖精們小小地騷動，然後擠成一團。

半晌，那名女性再度出現，然後低聲地與雷拉特說了些話，接著雷拉特才來告訴我們結果。「我們詢問了這一帶的樹人，樹人願意讓山妖精暫時居住在他們的地方，直到山妖精的山林復原；當然、山妖精必須敬重樹人、即使樹人在睡覺。」

聽見雷拉特這麼說，原本還有點發抖的山妖精們臉上露出不敢置信的表情，好像樹人的允許對他們來說是天大的喜訊一樣，瞬間每個山妖精臉上都綻出了狂喜。

「跟著她、帶你們去。」指了指剛剛那名女性，雷拉特這樣說著。

山妖精群歡天喜地地跟著那名女性遠望者離開了。

「好啦，那些鬼東西處理完了，飯呢？」直接在人家鍋子旁蹲下來，五色雞頭完全不客氣地攪了攪木勺，「稀飯？」

我看見整鍋都是粥和蔬菜。

「健康。」雷拉特朝他比了個拇指。

「那晚餐要烤肉，行走江湖就是要一杯酒跟一盤肉！」五色雞頭居然當場點菜了。

「好。」遠望者的首領居然還點頭。

我連忙把五色雞頭抓過來小聲地說：「你怎麼可以跟他點菜！」就算人家要陪我們走一段路好了，哪有人可以這樣大大方方地點菜啊！

五色雞頭很爽快地拍拍我的肩膀，「安啦，他很喜歡做菜。」

錯愕了下，我看著又回去煮蔬菜鍋的狗頭人，怎麼我認識會做菜的人看起來都不像會做菜的樣子啊？

「快能吃了。」拿起木製的大鍋蓋蓋在鍋子上，雷拉特這樣對我們說道，「天亮前、再去休息一下。」

「學弟們也累了一個晚上，食物煮好前先稍微休息一下吧，煮熟後我會叫你們起床的。」

阿斯利安對我們說著。

我看了下手錶，時間還很早，而且天空還是灰黑色的，跑了一整晚我的確也很累，所以我點點頭，不反對阿斯利安的安排就走回帳篷。

說要去清晨散步的色馬很歡愉地再度跑出營地。

「本大爺在這邊等飯好。」顯然吃的欲望大於休息的欲望，五色雞頭在雷拉特旁邊蹲下。

無奈地朝我聳聳肩，阿斯利安只好向他說：「那麼我和漾漾去休息吧，西瑞學弟如果有事情再叫我們。」

「去去去！」五色雞頭揙揙手把我們驅逐掉。

既然他這樣說我當然也不客氣了。

和阿斯利安並行著回到我們的帳篷，我才看見早我們一步回來的摔倒王子已經和著衣服靠在旁邊，看見我們進來後只張開眼睛看了下，又側開身繼續他的休眠。

看見學長還在原本的地方躺得好好的，也真的感覺到疲累的我回到睡覺的位置上窩著，很快進入熟睡。

不知道是不是今晚太累還是沒事就不會來找我，總之那個短暫的休息時間我什麼都沒有夢到，再醒來時已經是上午八點多了。

※

上午十點，所有人在已經熄滅冷卻的篝火邊圍成一個大圈。

雷拉特攤開他的大地圖，在我們的所在地和沉默森林做上標記，「這裡有好幾日的路程、用飛狼趕路，原本大約要半個多月。」他說，然後在途中一些像是樹林還有類似小村莊和我看不懂的東西上也做了記號，「曾經過一些棘手的地方。」

「我們有公會的身分，大多數地方都可以自由出入不受影響。」阿斯利安說著，然後在那些標記點上指出了大部分，「這些都是與公會有相關的區域，只有少數種族、例如遠望者才會阻擋我們的路。」

「遠望者不擋，不要生事、就不會擋。」雷拉特揮了揮手，似乎不太滿意阿斯利安的論點。

「那有啥，擋路者一率殺無赦！」五色雞頭很亢奮地發表自己的看法：「要知道江湖上不是朋友就是敵人，要讓他們先沒有今天我們才有明天！」

「我想我們應該是比較需要和平的前進方式。」阿斯利安用很委婉的語氣這樣告訴他。

「嘖！」被反駁的五色雞頭不滿地哼了聲。

「如果走綠海灣就不會這麼麻煩了。」沒有和我們坐在一起，站在旁邊的摔倒王子用冷冷的語氣說著，「綠海灣有我們族人提供船能直達踏之谷附近的海港，可以把你們浪費的時間都省掉，提早結束任務。」

阿斯利安微微看了他一眼，也沒有多講什麼。

是說，他們如果要這樣一路冷戰下去，我看這旅程眞的會滿累人的。

「那麼我們就往沉默森林走。另外，山妖精方面已經移居到樹人的地方，今天晚上有宴會，要招待你們。」雷拉特傳遞了山妖精的話，「重要的是要招待獨角獸。」

原本瞇起眼睛趴在旁邊已經快睡著的色馬一聽到要招待他，眼睛都睜大了，「快、快告訴他我要很多漂亮的姊姊！」

我轉過頭不想理他。

「快點說，我幫他們淨化森林耶，當然要找很多漂亮的姊姊來！」整個開始噴氣，色馬站起身不斷用腳蹄推我的肩膀。

我才不想幫你找什麼漂亮姊姊！

「到時候分你一個。」色馬用一切都可以商量的口氣催促我。

這並不是分不分的問題好嗎！

我再度深深體會到學長每次都想痛毆我的心情了，因爲腦袋裡灌了別人的話還眞不是普通吵，連思考一下都會被打斷，超級討厭的。

色馬直接用鼻子來推我了。

我就是打死不幫你說我看你能怎樣！

已經看出來我們這邊波濤洶湧的阿斯利安輕輕咳了聲，代替色馬提出糟糕的要求，「請問可以請山妖精準備些純潔的少女嗎，盡量能漂亮些的，若要招待獨角獸我想應該必須用純淨的女性比較好，畢竟獨角獸不能忍受污穢。」

那一秒我看到色馬的眼睛閃出了感動之淚。

沒有任何懷疑的雷拉特點點頭，「這個當然，等等讓人傳達。」

我突然對於阿斯利安必須幫色馬說謊來達到他的色狼目的感到有點悲傷。

大致上路線已經討論好了，沒其他特別的事我就先離開他們的討論會議，我想在路線上我也幫不上什麼太大的忙，所以讓他們慢慢講比較好，而且摔倒王子的意見看起來會很多，避免被遷怒到我還是先閃爲妙。

「本大爺要去補眠了。」和我一樣把大綱聽完，吃飽也喝足的五色雞頭打了個大哈欠，自動走回帳篷裡。

一時我也不曉得該去哪邊，這裡又沒什麼特別可以打發時間的東西，我想了下便往昨天晚上那座被色馬淨化過的水池走去。

才一踏出遠望者營地，我立刻發現色馬跟上來了。

「你跟來也沒用啊，我不是要去看漂亮的姊姊。」側頭對那匹總是把自己色慾表現得很明顯的色馬說著，我有點想加快腳步看看能不能甩掉這傢伙。

「沒禮貌，我也不是一天到晚腦袋裡都裝著漂亮姊姊好不好！」

啥！居然沒有，這讓我有點驚嚇了，我還以爲他不管睡著還是清醒腦袋裡都是漂亮姊姊，原來我誤解他了。

「我當然也很喜歡漂亮的大哥，美人是不限於性別的，只要通過標準都是欣賞對象。」

我徹底唾棄這隻馬。

「我要去水池邊，既然你那麼喜歡美人你還不如回去看護學長，水池那邊只有動物吧。」涼涼地這樣告訴色馬，我還是不太想去水池邊清靜還要聽他的廢話長篇。

要知道這隻馬只要一靜下來就會在我的腦袋裡細數他的啥啥啥美人，有夠煩的。我很害怕有一天他連追妻十八招都會蹦出來給我聽。

「這樣說好像也有道理，去那邊只有水池和動物，我還是回去看那個大美人好了，大美人不管怎樣睡都很美，看也看不厭倦啊……」差點沒滴下口水的色馬停止腳步，露出淫蕩的笑。

「那就快回去吧。」反正帳篷裡還有五色雞頭，色馬應該不至於搞出太誇張的事。我想在他吵嚷之前應該就會被沒睡飽的五色雞頭給宰掉吧。

五色雞頭可不會管他是獨角獸還是啥，基本上這個人連天使都敢招惹，區區一匹馬也只被他看成食材而已，隨時都可以下手。

似乎沒有對我的話想太多，可能自己在腦中又回憶幾次學長的美貌後，色馬就歡天喜地地向後轉了。

「對了，我必須先跟你說。」離開之前，色馬的聲音突然又從我腦袋中傳來：「被我們淨化過的水，在短時間內會保持絕對淨潔，所以你可能會看到奇怪的東西在水池附近，不用太驚訝。」

我懂，就像自來水濾淨完大家都會趕快衝去用的那個意思。

目送色馬離開後，我依照昨天半夜的記憶走向水池。

走了一小段距離，我很快地看見了昨晚的池子，如同色馬所說，水池邊已充滿各種動物，幾乎繞滿半座水池邊緣。

不過我的目的不是這個。

小心翼翼不打擾到那些動物，我躡手躡腳地走到昨天放藥瓶的地方，意外地那藥瓶已經不見了，看來那個人應該接受了我的好意，不然有可能就是被別人給拿走，畢竟那是很好的藥物啊……

退出那個地方，才剛想去水池邊洗把臉時突然被旁邊毛茸茸的東西嚇了一大跳，因爲他靠我太近了，讓我完全沒有心理準備。

「你是要把我嚇死啊！」仔細看清楚，是昨天那個昏倒的山妖精，後來他被同伴扛走了，我就不清楚他是怎樣醒過來，但我絕對沒想到他會這麼突然冒出來站在我後面，差點連心臟病都被嚇出來。

山妖精嘿嘿地笑了兩聲，然後撓撓自己毛毛的頭，「還以爲你有察覺到氣息。」

「不好意思，因為我學藝不精所以沒有你們想像中那麼厲害。」我頂多就是偶爾詛咒別人摔倒還是自己衰自己會靈，其他就普普通通。

「是喔？」山妖精歪著頭，用一種不解的表情看我。

我想，在他們眼中能把一山的鬼族都殲滅的我們大概是超級英雄了，不過那些其實都是阿斯利安和摔倒王子的功勞，我只有被這傢伙騙了滾到鬼族群裡，沒啥特別貢獻。

不曉得為什麼，我對這隻山妖精有點反感，我想大概是因為昨天在鬼門前被他嚇到，所以現在看他都覺得有點陰森，尤其是山妖精身上臉上都是毛，讓人更有種不太想親近的感覺。

「山妖精的宴會要招待你們。」一講到宴會就開始高興起來的山妖精比手畫腳地說著：「幫你們吟唱、做歌，公會中的英雄們驅逐了山中的鬼族，獨角獸則淨化大地。」

他該不會想把滾進鬼族的事也唱進去吧！

「勇敢地殺入敵人群，是人類的好榜樣。」逕自把我美化的山妖精倒是沒有想到我所害怕的事。

要是他寫進去，繼撞樹的妖師之後我就會多一個滾入鬼族群的笨蛋妖師名號……我都覺得冥玥會不辭千里來掐死我了。

妖師的名譽該不會在我這一代就敗壞了吧！

「我會去聚會的，拜託你們不要寫成歌。」我想盡量低調一點過日子。

「聚會聚會～」很歡樂的山妖精一邊哼著歌然後一溜煙便跑開了，「很久沒有聚會了，世界改變後就沒有聚會，大家一起來聚會～」

看來山妖精這種東西似乎也滿喜歡熱鬧的。

轉過頭，我看著水池邊大量的動物，牠們優美地喝著水、或是清理著身體，這在原本的世界是完全看不見的景象。

然後，我看見了一隻藍眼蜘蛛在比較淺的水窪打滾，邊和一隻應該是老鼠的東西在嬉戲。

時間流逝好像變得很慢，我拿出口袋裡那枚散發著溫暖感覺的石頭在手上摸了摸，觸感舒服到讓人不太想放開，所以我蹭了一會兒才又把石頭放回口袋。

遠望者的營地附近都是安全的，所以暫時可以不用擔心會突然被要搶獨角獸還是鎮魂碎片的人襲擊。

在暖暖的太陽和輕微的風吹拂之下，我仰躺在旁邊的草皮上，慢慢閉上眼睛。

入夜之前，我還可以作夢，還可以暫時輕鬆。

明天過了，這趟旅程將會持續下去。

我想，我會在這段旅程中得到些什麼吧，從未踏出校園的我，不曉得可以撐到什麼時候？

這些事情，就等我睡醒之後再繼續吧。

第十三話　夢的聯繫

那是一個黑色的夢。

沉睡之後，原本以為會有羽裡或者學長，但迎接我的是一片完全黑暗。

「吾等將在人類當中挑選一個人。」

冰冷的聲音從那片黑暗中傳來，沉重的壓力讓人光聽便生畏，像是要讓人仔細聽清楚，那低沉如鐵的聲音變得更大了一些：「繼承位置的人不能中斷。」

「我、一個人就夠了。」與低沉聲音對話的是稍微年輕點的聲音，帶著些許反抗意味，「這個地方不需要兩個人掌管。」

「必須，光與影、黑與白，時間有所相對而生命同樣有所正反，只要這個空間存在，就必須有兩人。」沉沉的聲音對上了他，「世界在改變，劇變的洪流中必須要有兩個人才能夠壓抑變化。」

「不需要。」

於是，空間安靜下來。

仔細想要再聽清楚那個聲音，但我發現他們已經不再說話。

不曉得為什麼，我隱約覺得年輕一點的聲音我好像在哪邊聽過，雖然不是最近這段時間，但那個聲音我確定我應該接觸過，不過只聽短短那幾句沒辦法想起是誰。

第一個孩子踏在血泊中，靈魂滲入泥土最深底，永恆不會永久地持之以恆，所以故事才被流傳在時間裡。

「誰？」

我轉過身，聽見了歌謠消失於身後的黑暗中。

那瞬間我只看見白影閃過，小小的，和聲音一樣相當稚氣，感覺上應該是小孩子，但不是先前說話的那兩人。

接著，有人拉了我的手。

我低下頭，看見有張小孩的臉仰望看著我，「哪，你是誰？」他露出疑惑的表情。

這張臉我似乎在哪邊看過……？

該不會我睡著睡著又遇到好兄弟了吧！

小孩看了我一會兒，然後偏開頭，「算了，我都不知道我是誰了。」

「你不知道？」我蹲下來，疑惑地看著這個小孩。

他是東方臉孔，黑色的髮金色的眼睛，有點細長的眼睛也好奇地在打量我，「不知道，很久以前就不知道了，在這裡只有我，那你是誰？」

「我叫褚冥漾，這裡只有你？」明明是在我的夢裡面吧？

該不會其實我潛意識有人格分裂？

糟糕，我就知道學院讀久了會這樣，我看很多人都怪怪的，一下子友善一下子抓狂，原來我也出現這個現象了嗎！

唉，這也是沒辦法的事情，能正常讀完學校的根本也不是正常人了。

「這是我的地方。」小孩這樣告訴我，「好吧，我允許你來、如果你能再度進來。」

「什麼意思？」

我聽不懂他的話。

還在思考之際，黑色的空間突然狠狠震盪了下，接著是連串細小震動。

回過頭想問是怎麼回事，我突然發現那個小孩已經不見了，空氣中充滿了怪異的血腥味道，像是有人在哪裡流了一缸的血。

黑色的上方有片狀的不明物體掉落下來。

「還發呆！」

不知道是誰猛地一把拽住我的後領，巨大的力量直接把我拽出來，我狠狠向後摔倒，整個人撞得頭昏眼花。

等我甩甩頭回過神來時，我看見四周已經變成一大片深綠色草地，剛剛的黑暗離我很遠，不用幾秒便完全崩碎。

接著是鞋底突然出現在我臉上——

我摀著痛得亂七八糟的臉，看到學長與羽裡就站在我旁邊。

「眞是，你是白痴嗎！」一巴直接甩在我頭上，不知道什麼時候蹲下的學長重新站起身，「看到狀況不對就應該馬上抽身啊！」

「什、什麼東西？」我愣愣看著他們兩個。

「你剛剛似乎誤闖了別人的夢聯繫。」羽裡用種怪異的表情看我，「不是對方邀請、也不是你會操控夢能力，而是你們兩個聯繫突然重疊了。偶爾會發生這種事，但你剛剛差點被夢聯繫給拖下去，這樣很不好。」

「是這樣喔？」

「如果剛剛你被夢聯繫捲進去的話，會作無限噩夢。」學長用很認眞的表情告訴我很恐怖的事情，「運氣好一點可能會驚醒，運氣不好可能會醒不過來，永遠迷失在夢世界最危險的第三層次。」

聽他們這樣說，我稍微有些驚恐了。

「放心，最嚴重的狀況只會變成植物人。」搧搧手，學長這樣說著：「不會發生更危險的事情了。」

變成植物人已經夠危險了吧！那還不如乾脆死掉啊！

「但一旦聯繫了，很有可能以後會再遇到。」羽裡聳聳肩：「夢和夢有時會無形中形成一種通道，接觸之後就會有所關聯，就像我現在能很快地連結你的一樣，所以你有可能以後會再遇到同一個夢的主人。」

也就是說我可能會再遇到那個小孩？

想到剛剛那個唱著怪歌的小孩，我似乎對他不怎麼反感。

他讓人有些熟悉，不過我不確定我曾看過他，只是覺得他的臉很眼熟。

「先不提這個，我知道你們碰到鬼族和鬼門。」看來是把今天來意說出來，學長和羽裡在深色的草地上坐下，我才發現我一直都還坐著沒有爬起來，「山妖精是山所形成的生物，雖然很單純，但是你必須小心，一旦他們懷有憎惡之心，就會主動攻擊人。」

「可是山妖精看起來不是很強。」看他們連鬼族都不敢打就跑了，我猜想搶劫大概是他們做出最勇敢的事。

「不，這和外表沒有關係。」學長否定我的話，「山妖精這種東西不是壞的、但也不是非常善良，他們以自己的種族爲第一優先，如果以後沒有必要，你盡量不要和山妖精打交道。雖然在許久之前山妖精相當熱情，但經過變化而流離的山妖精們已經不會再保有當初的單純。」

「咦，可是阿利學長還幫他們向遠望者找住所？」如果不是好東西，幹嘛要這樣幫他們？

「那僅僅只是賣他們面子，讓山妖精沒有藉口妨礙你們。如果當時你們打完鬼族就這樣丟著不管，你會發現一出樹林之後那些山妖精還是會纏著你，直到你得幫忙完他們讓他們離開爲止。」

一想到那些全身都是毛的東西，我實在不敢恭維。

「你必須很注意，妖精這種存在大多自私自利，你在學院中遇到的少數不能代表多數。」學長給了我值得深思的一句話，「要記得雅多和雷多爲什麼會住在被驅離的神殿中，許多妖精只會以自己爲主而思考、然後才顧及別人，這就是他們的習性，就算對你釋出善意，也不太容易改變。」

「可是我……」不太想這樣懷疑別人。

「褚，這段旅程不是你自己的。」學長靜靜地打斷我的話，「這段時間以來你與我當初認識的時候已經改變不少，不管是在想法上或者是在你所學的上面。但是你必須知道，這段旅程不是只有關係到你和我，雖然你不喜歡這個團隊，但你們終將在一起，這次的旅行會關係到許多人。」

我似懂非懂地點點頭。

「還有。」突然瞇起眼睛，學長用一種看起來好像想捏死我的表情說著：「如果下次遇到解決不了的事情，你還想叫別人敲暈你跑來問我的話，當心我會讓你永遠睡死。」他還順便抹了一下脖子。

「嗚呀！對不起我下次不敢了！」學長居然知道那個時候我想幹什麼！他該不會用別種方式在偷窺我們吧！

糟糕，以後不可以幹壞事了。

※

被嚇醒後，我還沒意識到我在哪邊就先重重撞上一個軟毛的東西。

遭人突然直擊腹部的鹿整隻往後跳，然後驚嚇地看了我一眼就逃進森林……嗯？鹿？

左右看了下，我發現在我睡死的這段時間裡，不曉得爲什麼四周擠滿了大大小小的動物一起陪睡，貼在我身邊的被我的動作給驚醒，然後又埋回去繼續閉上眼睛。

天色已經有點灰了，我移動了窩了隻松鼠的手，松鼠直接掉在草地上，對我發出抗議的聲音。

時間已經是下午五點多了，居然完全沒有人來把我叫醒。

肚子上趴著一隻有角的兔子，我現在到底是要不要移動啊……

到底是誰教牠們可以看到人在地上睡覺就隨隨便便靠過來睡的，如果在我們那個世界，搞不好這些動物就直接被抓去當晚餐了。

「醒了嗎？」

旁邊傳來的聲音讓我愣了下，我小心翼翼轉過頭，看見摔倒王子不知爲何竟在不遠處。

這次我眞的嚇到了，整個人連忙爬起，一些比較小的動物還有小蟲子紛紛從我身上滾下來，沒有多久原本在睡覺的動物圈一哄而散，部分還在四周走來走去或是玩水池。

除了五色雞頭和色馬還有阿斯利安，我從來沒想過這個人會來叫我起床……有可能他也不是來叫我的，純粹路過。

完全無視我的摔倒王子拿出個銀色的小瓶子，然後蹲下身將瓶子放進池子裡取了點水，剛剛掉在地上的那隻松鼠不怕死地一跳就竄到摔倒王子的肩膀上開始洗臉。

那隻松鼠還眞有勇氣。

呆呆地看著摔倒王子抓住松鼠放回地面又站起來，我下意識往後退了好幾步，「呃、你是來叫我要去山妖精那邊的嗎？」沒想到他還有這麼好心的時候，果然是人不可貌相。

「不是。」他只花了一秒就戳破我的奢望，「他們已經全都過去那個低下的種族區了。」還補上這樣一句。

「咦！全過去了？」我愣了下，沒想到五色雞頭居然這麼不講義氣，也不過來叫我起床，眞虧他還每次都想當我的老大。

「阿斯利安要我順便把你帶過去。」摔倒王子很冷靜地告訴我。

「欸？」原來還是有幫我留後路的啊？不過我看摔倒王子就站在那邊，也沒有行動，和他對看了幾分鐘之後我決定自力救濟，「那現在要過去了嗎？」

「我有說我要去那個低下種族的地方嗎？」鄙視地看了我一眼，摔倒王子這樣說著。

「阿利學長不是叫你帶我過去嗎？」我錯愕了。

「本王子有必要聽他的嗎？」

好……好個答案，意思就是他老大不屑過去所以當然阿斯利安的請託也不成立了。我站在原地看著摔倒王子，會想說他難得好心是我的錯，我怎麼可以希望他會帶我過去呢？眞是太天眞了我……

看著漸晚的天空，我想現在過去大概也來不及了，不過這反倒讓我鬆了一口氣，因爲說實在話我並不是很想參加山妖精的宴會。

對於學長的話，還有那個詭異的山妖精都讓我感覺到介意。

既然這樣，還不如不要參加得好，我不太喜歡參加一些讓人不舒服的宴會。在學校中大多人都還對我有敵意，所以除了喵喵他們，我也就很少另外再去參加什麼活動……應該說和雅多他們一起出去也很夠我忙了，忙碌佔了大部分時間，讓我也得以不用再去和那些各懷心事的人多有交往。

但是我想，總有一天我還是必須面對這些事情的。

只是現在我還不到那個年紀。

決定放棄去山妖精的宴會後我在原地坐下，我看摔倒王子也沒有打算把我滅口還怎樣，現在回去遠望者營地也滿尷尬的，所以還是暫時在這邊休息好了。

坐回去沒多久，附近又來了些小動物靠在我旁邊。

我從隨身小背包裡拿出自己的筆記本，裡面記載了許多安因和夏碎學長、雅多他們教導我的術法，當我無聊又沒有電腦可以玩的時候，我都會自己再把這些東西背過，越是印象深刻越不會在緊張時候出錯。

旁邊一下子亮了起來，我轉過去，看見摔倒王子在地上放了顆珠子，照亮水池原本已經漸晚的昏暗。

「……謝謝。」雖然不知道是不是因爲我在看本子他才放的，不過我還是先老實道了謝。

果不其然，摔倒王子冷哼了聲轉開頭，然後在離我有點距離的大石頭上坐下，自己不知道拿出什麼東西在用。

我偷偷瞄了眼，他拿著小刀在刻水晶。

……小刀？

嗯、可能妖精用的工具都比較隨性，我上次去雅多他們神殿時也看到雷多拿著雕刻刀削蘋果，還是削成鋸齒形的，當場被五色雞頭砸爛在地上。

不是我要說，都已經過那麼久了雷多還是對五色雞頭的頭那麼執著，看來他兄弟的感化都沒有什麼用。

五色雞頭的頭也越來越燦爛了啊……看來那個髮型設計師的技術也越來越好了，我在想該不會有一天他會往每根顏色都不同的最高境界挑戰吧？

不知不覺，擠在我旁邊的動物又變多了，轉過去看，摔倒王子那邊也沒有好到哪裡去，剛剛那隻不怕死的松鼠甚至整隻抓在他拿刀的那個手腕上，嚴重影響他的雕刻動作，不過摔倒王子沒有特別的反應、也沒有把松鼠抓起來摔，就是默默地繼續在水晶上做著細小的動作。

「呃，妖精好像都很喜歡做藝術品喔？」看他這樣雕，我也不由自主地打破了沉默。

停止了動作，摔倒王子微微瞄了我一眼。

「雷多他們平常休閒時好像也都是做藝術品，他們所在的那座神殿眞的很漂亮，每塊石頭都很美，而且雕刻得很細緻。雅多曾說過每塊神殿石頭上的雕刻都是一則神話故事，雖然我不太清楚……」

「世界創始的十五種故事。」

我愣了下，看著打斷我的摔倒王子，沒想到他眞的會對這個話題有興趣。

沒有注意到我驚嚇的表情，讓松鼠繼續掛在手上的摔倒王子低頭繼續刻他的水晶，「守世界在統合後有十五種世界創始故事，其中奇歐妖精族與愛蘭斯基等地的相同。世界在休眠之際，神降臨於此喚醒生命，在黎明時世界即醒、然後開始孕育生命之地；大概就是這類的東西。世界變化得太快，現在也只有這十五種保留下來，以往更多，但是在傳承給下一人的過程中往往都會因爲各種原因缺少一些，直到最後察覺時，已經所剩不多了。」

「跟、跟我們那邊還眞有點不同，你有聽過盤古開天嗎？」我興致勃勃地說著，摔倒王子也沒有叫我住嘴或是表示啥意見，我就自己接下去了，「就是東方很古老的故事，也是說世界剛開始……」

「那個我知道。」摔倒王子打斷我的話。

「呃、創世紀？」

「有聽過。」

「諾亞方舟？」不對，這不是世界創始的故事。

摔倒王子沉默了。

「你沒有聽過諾亞方舟？」我再度確認。

「聽過一點。」摔倒王子瞪了我一眼，像是我再不識相問下去就會跳起來把小刀插在我頭上。

於是我花了五分鐘向他稍微講了一下諾亞方舟的故事。

奇怪，既然他連創世紀都知道，怎麼諾亞方舟這麼有名的會沒聽過？他該不會對沒有興趣的東西都只有瞥一下吧？

聽我講完諾亞方舟之後，摔倒王子沉思了半晌，然後終於正眼看向我，「原來妖師還懂得其他東西。」

我說你該不會以爲妖師這個種族成天都在咒人摔倒吧！

「我當然知道別的東西！」例如不是讓你摔倒而是讓你撞到樹或電線桿！

「喔？那說說其他的吧？」

輕輕淡淡地丟下這一句，摔倒王子又低下頭去刻他的水晶。

這次我眞的愣住了。

所以他的意思是叫我繼續講別的故事嗎？

難不成他是個外表機車內心害羞又喜歡聽床邊故事的死小孩？

「那夏娃跟亞當……」

「聽過了。」

「呃、女媧補天……」

「聽過了。」

「大禹治水！」

「怎麼淨說聽過的！」

你還挑！

❀

當天晚上，當阿斯利安他們從山妖精的宴會回到遠望者營地時，已經是差不多晚上十點多的時間。

那時我正在狂喝水，至少講了十幾則神話故事，我講到都快脫水了摔倒王子才監視著我回到營地。

「漾～你怎麼沒有去？」手上拎著一大袋東西的五色雞頭一屁股在我旁邊坐下，我們面前是遠望者生起的篝火，旁邊還插著些餅在烤熱。

今晚人不多，大半遠望者和雷拉特都去了山妖精的宴會，所以我們也沒特別挑剔就隨便烤餅來吃，也沒有特別再煮什麼。

「你還敢說，居然沒有來叫我去。」雖然我不是特別想去，但是逮到機會一定要反咬一次五色雞頭。

「啥，本大爺哪知道你這傢伙跑去哪裡，還有因爲你沒去，本大爺還特地幫你打包菜尾回來。」他把手上那包東西塞給我，一打開裡面全都是奇形怪狀的食物。

「……誰說我要包菜尾？」我應該沒有求他幫我打包吧？

五色雞頭挑起眉，用一臉「我了解你就不必再說」的表情拍拍我的肩膀，「放心，本大爺啥大風大浪都經歷過了，吃流水席一定要打包這點習俗本大爺也知道，當然就叫那些山妖精給本大爺包回來了。」

吃流水席要打包並不是習俗！

我看著手上這袋不叫菜尾應該叫全餐外帶的東西，深深感受到文化的誤導與差異，「下次拜託你去吃東西就不用幫我打包了，我會自己找別的東西塡飽肚子。」我好害怕有一天他會拿個亂七八糟的東西回來叫我吞掉。不過到底是誰跟他說吃請客就要打包的啊？

五色雞頭應該沒有什麼機會吃流水席才對啊？

該不會又是看電視吧！

「嘖，這可是本大爺的心意，既然你不要下次就不包了。」五色雞頭伸手就從袋子裡抽出根放大版的雞腿塞到嘴裡咬。

剛剛不是才聽說這一袋是要給我的嗎？

阿斯利安在我們對面坐下來，看起來似乎有點疲累，然後有點抱歉地對著我微笑，「眞是不好意思，我應該先想到休狄不會帶你過去……」

「喔，沒關係啦，反正今天晚上也挺有趣的。」我難得把我記得的神話故事都複習一次了，而且我發現原來摔倒王子眞的喜歡聽故事，因爲他在覺得疑惑的地方還會主動提出問題，這讓我覺得他似乎也沒有那麼難親近。

「嗯？」阿斯利安發出不解的聲音。

「喔，沒什麼事，我發現附近動物很友善就是了，所以自己也不會太無聊。」隨便扯了個藉口，我看見站在不遠處的摔倒王子移開視線，也沒有再對我發出凶惡的眼神，「是說，式青大哥怎麼了？」

他們回來之後，色馬就直奔帳篷，也沒有發出什麼聲音，照理說他現在應該要對我滿腦子都在炫耀看到很多漂亮姊姊才對啊，怎麼悶聲不響地就自己滾回帳篷了？

一提到這個，阿斯利安突然笑出來。

「誰知道！」除了食物之外根本無視他人的五色雞頭繼續咬著手上的東西。

看他們兩個都沒打算講，我實在是很好奇色馬到底受到什麼打擊才會默默回帳篷，於是就先放下袋子跟進去看看了。

整頂帳篷是黑色的，只有獨角獸的身軀微微發著淡光。

他窩在學長旁邊，整個頭都貼到地上了，看起來很像受到重創，整匹馬軟癱沒有半點生命力。

「式青大哥，你沒事吧？」在他旁邊坐下來，我順便預防他會突然跳起來襲擊學長。

色馬轉過頭來，眼睛還含著一泡淚。

「……山妖精不是幫你準備很多美女嗎？」又是感動到流淚？

「都是毛啦！」色馬哭了。

「啥？」

「山妖精的女性全部都是毛啦，根本什麼都看不到！欺騙我！欺騙我！」前腳不停拍著地面，色馬又把腦袋拿去頂地，「像毛球、毛茸茸的，我是要漂亮的姊姊啊，誰告訴他們我要山妖精的少女了——欺騙我！欺騙我！」

呃，我記得他們是說要少女，不過沒有指定要什麼少女倒是真的。

「騙人的啦——」

我還能說什麼呢？

※

色馬痛哭過後的第二天，遠望者開始移動營地。

同時，我們也必須繼續前往下一個地點。

因爲再來要和我們一起走一段路，所以身爲部隊隊長的雷拉特必須花點時間交代事務給其他人。

趁著這段時間，我又到水池附近走一圈，依然很多動物在那裡徘徊，獨角獸淨化之後會維持淨潔好一陣子，不知道回程時還會不會看見這些動物？

拿出我自己在商店街裡買的綠水晶，我蹲下身將水晶埋入地面，然後捕捉四周流動的細微力量，注入水晶之中。「祝禱此地爲有善良的生命踏入，邪惡、黑暗與破壞不會侵足於此。」

在我唸完簡單的咒語後，埋著水晶的地方轉出了小小的法陣圈，接著又埋回土裡。

這是安因之前教我的，希望能夠有用處。

站在這裡看著水池一會兒，直到五色雞頭來叫我我才有點捨不得地離開。

大概是因爲這裡的動物對我釋出完全的善意吧，所以讓我感覺很好，我想我會很想念這個地方的，雖然它一點都不起眼，也不是什麼重要的居住地。

回到營地，其他遠望者和他們所搭的小營區已經完全消失，偌大的空地就剩下阿斯利安和雷拉特等人，而飛狼已經被召來，就伏在旁邊讓雷拉特將學長放上去。

「第二次與羅耶伊亞家族的人一起旅行。」看了剛回來的我和五色雞頭一眼，不知道是不是想和我們融洽些的雷拉特說了像是開玩笑的話，「上次、打壞了古蹟。」

我轉過去看五色雞頭。

「看屁！又不是本大爺打壞的！」五色雞頭一秒就把我瞪回來。

「喔。」原來他家的破壞狂也不少。話說回來，五色雞頭是這副德性、黑色仙人掌也是那副德性，我實在是不能期望他家還會有什麼正常的人了。

搞不好他們兩個才是整個家族裡最正常的？

我決定如果未來五色雞頭叫我去他家玩，我一定打死都不會去。

摔倒王子是最後一個跳上飛狼的人，如同剛出發時一樣，色馬自己在旁邊展開了翅膀，在飛狼竄上天空同時也跟著飛在一邊。

不同的是，這次安靜得十分詭異，完全沒有人出現在我們旁邊，偶爾就看到一、兩隻鳥飛過去。

「我們在日落前應該可以到達契里亞城。」撥著被風吹得亂七八糟的髮，阿斯利安這樣告訴我：「就在湖之鎮附近。」

「湖之鎮？」他說了個讓我很敏感的地方。

「是的，雖然湖之鎮全毀，但附近的村莊還在。契里亞城算是離湖之鎮最近的大城鎮，從那邊到湖之鎮只需一點點時間。公會花了大半年解除湖之鎮中所有與鬼族相關的連結、結界後，近期契里亞城已決定接手湖之鎮重新整頓，我想在不久的將來那片土地會重新恢復繁榮。」同樣知道那時被選為大競技賽地點之一的湖之鎮對我來說有很多重要回憶，阿斯利安講解得稍微清楚些，「目前湖之鎮仍有公會的人駐守，不過契里亞城已經開始進行修復，我們會在城裡停留兩天拜訪城主和得到一些資料，搭乘飛獸的話到湖之鎮只需一點時間，如果你和西瑞想去看看，也盡量要小心點。」

聽著阿斯利安的話，我又想起那時發生的事。

湖之鎮，幾乎一切事情都從那裡發生，後來在那裡找到了凡斯的屍體、後來在那裡我選擇聽從安地爾的話。

如果那時候我可以跟學長商量，是不是就不會害學長變成現在這樣子了？

看了下靠在阿斯利安身邊的人，我有著非常重的內疚。

「都來到這裡了，當然要去看！」完全沒想那麼多的五色雞頭重重拍了一下我的背，差點把我的脊椎骨拍到從嘴巴裡噴出來，「最好那裡面還留幾個鬼族等本大爺好好去整理他們！」

「這是不太可能的。」阿斯利安微笑著打斷他的妄想。

「契里亞城啊……好久沒去了。」飛在一旁的色馬傳來聲音，「那眞是座好城市，美人多、東西也好吃，重點是去到哪裡人都很熱情。」

「那是怎樣的城市？」被色馬這樣一說我也好奇起來了。

「是人類的城市。」坐在旁邊享受風吹的雷拉特說著：「很多人類居住，以前和湖之鎮有貿易往來，酒和食物很有名，吸引了不少種族過去居住。」

「就我所知，現任城主也是相當有名的人，似乎是人類和獸王族的半混血，風評相當不錯，上任短短十多年便與附近不少城市締結了合作契約、維持著完全的和平與往來。」邊說著，阿斯利安又看了眼沒吭聲的摔倒王子，不過很快就移開視線，「因爲是人類的城市，所以我想漾漾在那邊應該會自在些，那裡很像原世界的城市。」

我點點頭，全副心思還是放在湖之鎮上。

或許我真的會再回去看看。

飛狼飛過樹林，出現在我們底下的是連綿的山脈，整片濃密的色彩出現在我們正下方，沒有飛到雲上，飛狼幾乎是貼著樹頂飛，光影折射間不時會看見被驚嚇的動物從後方探出頭。

新鮮的空氣讓我的心情也整個好了起來。

於是就在這種速度下，我們飛往了下一個定點。

※

如阿斯利安預估，日落同時，我們停在一座城鎮前。

出乎我意料之外，本來以爲位於山裡應該會是個普普通通、很鄉村的城市，因爲這個世界比較崇尚自然力量，所以在見過奇雅學院之後我就沒有看過這麼有個性的地方了。

這裡全都是方塊形的水泥建築。

帶著有點銀的白是建築物唯一的色彩，與醫療班那種南方建築不同，這裡顯得比較現代化，看起來有點像台北還是市區的那種感覺。

我們在城市大門前停下後，立刻有兩個穿得很像警察的人走過來盤查，不過在摔倒王子亮出自己身分證明後，警察便恭恭敬敬地放我們過關了。

踏進城市以後，那種現代感更明顯了。

「那是便利商店嗎？」看著左邊的一家1-17我徹底無言了，讓我更無言的是他玻璃窗前面還陳列好幾個看起來再正常不過的夾娃娃機，裡面當然是放了幾隻布偶。

「是的，這裡應該和你生活的地方很像吧。」阿斯利安讓飛狼離開後，就把學長放在色馬背上。

因爲怕引起騷動，所以他們花了點時間幫色馬做了一個像是馬面罩的東西，用銀打成的馬面罩上凸出了裝飾角，剛好可以蓋住色馬的角，讓人完全以爲是裝飾品。

另一方面，色馬也微調了自己的身體，雪白的身軀不再發出淡光，馬面具套上後看起來就眞的和眞馬沒有兩樣了。

我們走在馬路上。

和原世界不太一樣，這裡的馬路依舊鋪著地磚，也沒有任何車輛，取而代之的是這裡都是駝獸，像是馬、驢還有一些我沒看過的動物之類的，這與現代化的房屋背景有點不搭，卻又奇異地很和諧。

「我去買些飲料。」既然都已經看見便利商店，我很自然地就想進去找飲料喝。

「本大爺也要去買點儲備糧食。」五色雞頭搭著我的肩膀，在阿斯利安點頭後我們兩個朝那家奇怪的1-17邁進。

當熟悉的叮咚聲和歡迎光臨傳來時，我還眞有種回到原本世界的錯覺。

便利商店裡滿滿陳列架，上面放的東西雖然不是我本來那個世界的，不過也相差無幾。我甚至還在今日特別推薦架上看見萬●牌小魚乾，而且還貼了紅紙代表暢銷。

難道這裡的人都不知道有小魚乾這玩意？

「正好今天補滿原世界物資，現在買多還有打折喔！」看我的目光都在小魚乾上，店員很熱情地招呼起我們。

我向下看，果然還看到很多零食，都是在我原本世界可以買到的，看來這個世界的便利商店多少還會兼職「進口」這項工作；這點跟我們那邊的販賣方式差不多。

「營養口糧！」像是挖到寶，五色雞頭拖出了一大堆那種十元還是十多元就能買一包的餅乾棒，「這些全要了！」

「你吃得完嗎！」他居然把整箱營養口糧都買下來，這個有那麼好吃嗎！

「這個還不錯啊。」五色雞頭用一種不知道我幹嘛阻止他的表情看我，「漾～你不知道嗎，虧這東西還是你們那裡來的，你眞是白活了你。」

我當然知道好不好！

「這位也是原世界來的？」把我們的對話聽得一清二楚的店員好奇地發出疑問句。

「我是。」拿著幾罐飲料到櫃台結帳，我順便解了他的疑惑。

「眞是太巧了，我們老闆也是原世界的人，到了這裡之後就開了一大堆連鎖便利商店，沒想到生意還挺不錯的。」似乎對便利商店很自豪，店員愉快地說著，「聽說原世界到處都是便利商店啊？」

「也沒有到處啦，只是某些區域多了一點。」我尷尬地搔搔臉，不知道應該怎樣和他解釋。這個店員看起來也不太像是一般人類，因爲他的耳朵有點尖，我想應該是別的種族才對。

「眞希望可以去原世界看看。」

我們出店門時，店員還多送了我一條巧克力棒，這讓五色雞頭嫉妒了，所以他劈手搶了我的巧克力棒佔爲己有。

「這裡眞的很像我原本住的地方。」把手上的飲料罐分給其他人，我左右看著，除了娃娃機外我還看見了生鮮超市、一些鞋店和服飾店，怎麼看都很像我們原本世界的那種市場或是精品街之類的。

「這東西在原世界也有嗎？」雷拉特指著娃娃機。

「有，就是投一枚硬幣下去之後夾娃娃，如果夾到就是你的。」看著狗臉露出了興奮和完全的好奇，我只好簡短向他說明。

雷拉特很興奮地點點頭，接著就靠近娃娃機投硬幣了。

「奇怪，我記得那台機器好像不是夾娃娃用的。」看著雷拉特興奮的樣子，站在我旁邊的阿斯利安將吸管插進果汁。

「咦?是娃娃機吧?」它不就長得是個娃娃機的樣子?

「不，我沒看過有人在這前面夾娃娃。」阿斯利安否定了我的話，「在這世界中，我記得好像是另一種用途——」

他話還沒說完，我就看見慘劇了。

操作著夾桿，就在雷拉特臉上充滿快樂地按下確認鍵後，夾子往下掉了。

那瞬間，我只看見恐怖片的畫面。

原本應該要給人夾的娃娃突然像是食人魚般跳起來，布做的嘴巴猛地張到最大，裡面全都是鋼釘一樣的牙齒與紅色口水。

一整票布娃娃咬住夾子，然後像串葡萄一樣被拉上去。

我的眼皮跳了兩下。

下一秒，我看見食人娃娃從娃娃機的窗口噴了出來。

四周行人全部發出尖叫。

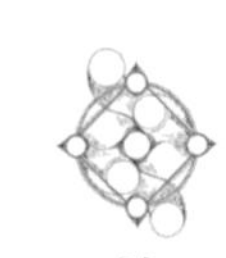

第十四話　不知名的歌謠

「哈哈哈，對不起對不起，這只是純觀賞的而已。」

在食人娃娃衝出來朝路人亂咬而被阿斯利安他們制伏後，剛剛在店裡的店員聞聲出來，一邊大笑一邊把娃娃塞回去娃娃機，「既然你們都夾了就送你們一隻吧。」他拿著一個西瓜樣式的娃娃拋過來，被雷拉特穩穩接住，「放心，這個東西只是我們放好玩的，轉移主人之後它就不會咬主人了。」

我看著雷拉特手上張開嘴巴正喀喀喀朝空氣亂咬的西瓜布娃娃，果然沒有對他進行攻擊。

「借我看——哇啊！」西瓜咬住我的手！

「主人以外的人它還是會咬。」店員給我一個遲來的警告。

雷拉特把我的手從西瓜嘴巴裡抽出來。

「好好玩喔……」色馬朝夾娃娃機露出渴望的視線。

「不准去。」甩著被咬出一排齒印的手，都見血了。我恨恨地看著那個該死的西瓜娃娃，不是都說現在已經不太會衰了嗎，爲什麼我還是這麼衰啊！

「這個娃娃不須餵食，只要偶爾把它放在草地上讓它活動一下就好了。」煞有其事對我們說起如何照顧咬人布偶，店員摸摸西瓜的頭，「偶爾跟它玩一下，如果照顧得好娃娃還會繁殖，到時候就可以看到西瓜群了。」

還會繁殖！

我看著還在對空氣亂咬的西瓜，突然覺得不太妙。

該不會我們下次去拜訪遠望者就看到他們的營地已經變成西瓜園了吧！

「非常地謝謝。」露出很有意思的表情看著亂咬的西瓜，雷拉特一臉看起來就是會努力把它後代繁殖得很茂盛。

我決定晚上不要睡在雷拉特旁邊了。

「你們還要浪費多少時間！」從頭到尾都沒有參與的摔倒王子臭著臉不悅地發出聲音。

「幾位要去哪邊呢？」好心的店員看著我們，看得出來我們正在旅行——因爲每個人身上或多或少都有點行李或背包。

「我們想拜訪契里亞城城主與這座城市的公會據點，並找旅館住宿一晚。」把視線從西瓜上移回來，阿斯利安很有禮貌地回答他。

「喔喔！不遠不遠，我帶你們過去吧。」說著，店員很豪爽地直接把店門拉下來，然後敲了鐵門兩下，上面立刻出現「大爺今天不上工」的字樣。

這個世界的人都這麼隨性的嗎！

「本大爺要和我的小弟到附近逛逛。」五色雞頭一把搭住我的肩膀，「順便找旅館。」

「旅館的話可以從這條街走個十分鐘左右，左轉就可以看到好幾家了。」店員指著路稍微告訴我們方向，「不過要小心，有的旅館是非法經營的，裡面有什麼東西我就不知道了。」

看著店員，我點點頭。

「既然這樣，那麼住宿就由你們兩位去尋找了。」阿斯利安從口袋裡拿出他的紫袍證明卡片交給我，「這暫時先放在你身上，讓櫃台看過之後他就會幫我們安排好。」

我戰戰兢兢地接下紫袍的卡片，有點害怕自己不小心會弄丟。

色馬靠過來，「我也和你們一起去旅館好了。」他看了看街上，附近路過的人好奇地看著我們這一大群外來者，有的人也將視線落在他身上。

「式青大哥也要一起去找旅館。」我指指色馬，然後阿斯利安點點頭，讓我們幾個人一起成行。

於是，我們在這裡分成兩隊各往不同的目標。

與阿斯利安他們分開行動後，這次直接領在前方的五色雞頭似乎毫無猶豫，直接帶我們走過幾條巷子。

「西瑞你以前來過這邊嗎？」看他走得好像很熟悉，我疑惑地問著。

「我家在這裡有開旅館。」五色雞頭很直接地回答我，「之前看過地圖，沒來過。既然本大爺親自蒞臨，當然要去看看我家的旅館。」

原來殺手也兼開旅館？

想想也對，人家不是說啥情報來源都要有東西掩飾嗎，開旅館其實也是個不錯的方式，不過這樣我就想到了……該不會千冬歲他家也有旅館吧？

拿出手機直撥千冬歲的號碼，響了兩聲很快就有人接通。

「褚？」

夏碎學長的聲音，背景整個鬧哄哄的，依稀還可以聽到「小亭要咬死你」、「不要把沒消毒的東西拿給我哥」之類的爭吵聲。

「呃？夏碎學長？」我總覺得最近打電話給千冬歲越來越常是夏碎學長接的了。等等，該不會反過來千冬歲都跑去監聽夏碎學長的電話吧？

依照那個戀兄癖已經快破錶的表現來看，我覺得非常有可能。

「不好意思，千冬歲現在正在……忙。」夏碎學長用個比較委婉的說法告訴我，不過我想他應該也知道我已經聽到他的背景聲是「離我哥遠一點」、「小亭主人才不要給你碰」這樣的聲音了，「發生什麼事情了嗎？」

「喔，沒有什麼事啦，我們剛到契里亞城，只是單純想打電話回去找千冬歲聊聊而已。」一邊跟著興致勃勃的五色雞頭走，我也開始半打量著這裡的街道，連理髮院和精品店都有，看起來和我們那邊真的相差無幾。

是說之前的湖之鎮也是很類似我們那邊世界的樣子，看來這種城市在守世界應該不算太少。

「契里亞城？」夏碎學長停頓了下，「找到旅館了嗎？我記得雪野家在契里亞城中似乎有設定旅館據點，如果不介意你們也可以過去投宿，我想這樣會安全些。」

果然有！

看著五色雞頭的後腦袋，我開始在想這兩家會有仇不是沒原因的，連產業都很相似。

「西瑞要帶我們去他們家開的旅館……」

「這也不錯，羅耶伊亞家族雖然名聲上不是太好，但如果是他們開設的旅館，我想在安全上是沒有問題的。」輕輕咳了聲，夏碎學長壓低了聲音，「不過可別讓千冬歲聽到比較好。」

「我知道。」

「既然你們已經到契里亞城，那裡有雪野家的據點，如果情況允許的話千冬歲他們可能會過去找你，因爲移動術法是自己家直連的，與外面有所限制的狀況不同。」夏碎學長再告訴我這個好消息。

「我們只會待兩天，明天我可能會去湖之鎮。」連忙把行程交代交代，我有點擔心千冬歲他們跑來會找不到我……其實也還好，因爲千冬歲追蹤術很厲害。

「好的，我會再轉告他。」

掛掉手機後，我才注意到旁邊的色馬一直沒有吭聲地盯著我看。

「幹嘛？」被他看得有點莫名其妙，我低聲問著。

色馬眨眨眼睛，馬臉上出現了一種叫作欠揍的表情，「你剛剛說夏碎學長是不是醫療班裡那個長得不錯的美人？」

「我先告訴你，如果你碰到夏碎學長的衣角可能會被射成刺蝟。」我相信千冬歲絕對幹得出來這件事。

「真好，大美人跟小美人……」完全陷入自己妄想的色馬才沒有注意到我在和他說些什麼，「早知道在你們學院就停留久一點，到處都是不同種類的美人，精靈和天使也好棒，這次旅行回去之後我可以再去你家住嗎？」

「別想！」我又不是自找麻煩的白痴！

「小氣！」

「到了。」

不知道我們後面正在無止盡地勾心鬥角，在前方帶路的五色雞頭停下腳步，然後咧開大大的笑容。

抬起頭那一秒我差點被七彩霓虹燈給閃瞎眼。

旅館……這是旅館嗎！

我看見的是一棟非常大的房子……說是房子，旁邊的房子應該都會哭了。那是一棟招牌上閃滿了七彩霓紅燈的建築物，金光閃閃的用料與銀白色的其他建築完全不同。整條不知用什麼做的巨大金龍很囂張地橫掛在寫有「靈光大飯店」招牌的上方，接著還張燈結綵、下面有不知道在講什麼的跑馬燈……我暈了。

靈光大飯店
泰國浴

更可怕的是這間旅館前還有兩大面的落地招牌，一面寫著泰國浴、另一面寫著今晚來住的字樣，同樣裝飾著彩色燈泡，整間旅館看起來就是閃到不行。

隱約我好像還從裡面聽到某種像是卡拉ＯＫ的音樂聲。

爲什麼這座城鎭容許這種離奇的建築物蓋在這邊？

還有那個靈光大飯店的名字是啥鬼，住進去的人都會變成靈光嗎！

「這是本大爺名下的產業。」五色雞頭再度補上這句，「本大爺親自設計、今天還是第一次看到！眞是太棒了！」

我默默轉回過頭，決定去找雪野家的旅館。

「幹嘛幹嘛！本大爺的旅館是不能住嗎！」

五色雞頭一把抓住我的領子，大有今晚就是要住這裡的氣勢，「給本大爺進去！」

你家旅館不是不能住，是我個人有著嚴重的羞恥心，而且我覺得當阿斯利安他們依照地點來這裡時應該也是統一向後轉直接到別的地方投宿。

「我想要在比較樸素一點的地方睡覺……」

「我也想。」同樣覺得自己踏不進去的色馬難得和我有共識，「這眞的能夠住嗎？」

「安啦，裡面也有樸素的房間。」不由分說五色雞頭直接拉著我的領子把我拖進這間不知道啥鬼的大飯店裡去了。

喔我的天啊，整片地板全都鋪滿了紅地毯、還是有金蔥滾邊的那種！

抬頭看是金光閃閃的天花板與招搖的大水晶燈，下面又是紅地毯，被五色雞頭拖著進去招待大廳後我覺得我的眼睛都快瞎了。

好像覺得很丟臉的色馬畏畏縮縮地跟在我們後頭走進去。

我可以明白他覺得很丟臉的心，因為現在我也覺得很丟臉，尤其是在進來的那瞬間附近路人都對我們行注目禮，好像覺得這兩個小孩子腦殼壞了。

這種地方怎麼看在我原本世界裡應該都會被標上未成年請勿進入吧！

「請問三位和一匹……要住這裡？」搓著手走出來的是個很像服務員的男人，我看了下，西裝領帶、中規中矩，和這裡有點不搭。

不過在他後頭看到好幾個夏威夷女郎之後，我徹底對五色雞頭的設計感失望了。

這裡不是泰國浴嗎！

不對！我跟他計較這個幹什麼！

「廢話，本大爺是這家店的老闆，給我弄最好的房間來！」從口袋裡拿了張金色的小牌子丟給那個西裝男，五色雞頭張揚地說著。

看見那張金牌的那秒，西裝男臉色突然一變，接著連忙戰戰兢兢地先來個九十度大鞠躬，「不知道大人到這裡來，有失遠迎！請見諒！」

被西裝男一喊，櫃台裡穿得花花綠綠的男女馬上衝出來分成兩邊列隊，「歡迎大駕光臨！」

我有點被這種場面嚇到了。

嗯、如果有很多人穿著和五色雞頭平常打扮沒兩樣的彩色衣服突然在你面前排成兩條列隊，我想不管是誰都會被嚇到，這和穿西裝的服務生們列隊的感覺又不同了。

「我們還有三個人沒來，一個是獸頭的，所以總共幫我們準備六個房間，要最好的。」五色雞頭直接朝那個唯一穿西裝、大概是負責人的男人下命令。

「應該的、應該的。」西裝男連忙抓來一個人交代下去，很快地大廳裡便忙碌了起來，有兩個夏威夷女郎端來了茶盤恭敬地奉茶給我們。

「不好意思，可以幫我準備樸素一點的房間嗎？」連忙抓住那個西裝男，我背對五色雞頭低聲和他說，「最好其中五間房都樸素一點，不要這麼……閃。」

西裝男對我比了個拇指，「我懂、我懂。」

他眼角有點含淚，我猜大概是每天都生活在這種金光閃閃的地方讓他多少有點壓力。

五色雞頭到底是依據什麼東西才把一間好好的飯店搞成這樣？

「這裡以前是普通的飯店……所以有留很多樸素的好房間，小的會幫各位好好準備的。」含淚的西裝男悄聲問我，「請問您與西瑞少爺是好朋友嗎？」

「算是同學吧？」不過我覺得他好像更當我是小弟。

西裝男人抹了下眼睛和冷汗，「可不可以麻煩您和西瑞少爺溝通一下……他預訂了尊金面大佛下個月要放門口，可是已經有很多客人被飯店的門面嚇走了，能不能請他把大佛放到裡面一點？」

我突然覺得經營這間飯店還眞不容易，看起來全部都是血跟淚。

「要是平常，給我錢我都不想進來。」站在旁邊偷聽的色馬給了我這種評語，「不過這裡好看的姊姊不少……可是不純潔的很多。」

夠了，不要當場在大廳裡分辨處女。

「房間已經準備好了。」在色馬還在分辨時，西裝男大概是收到訊號，就這樣拍拍我的肩膀這樣告訴我們，「請各位跟我來。」

幾個夏威夷女郎很熱情地靠過來幫我們帶路。

那個西裝男就一直跟在五色雞頭旁邊，恭恭敬敬地回答五色雞頭所有問題，我想他今天應該也是第一次看見五色雞頭本人。

如果他有希望過看到老闆後可以請老闆修改門面，我想他今天大概會絕望了。

出了大廳，我看見還是一樣到處都金光閃閃的走廊，感覺上很像是做黑的那種感覺，整條半露天的走廊上還雕龍畫鳳，奢華到一種程度之後看起來就只剩下金光在閃，讓我有點不太想仔細好好看看所有金壁上還刻著什麼。

經過走廊，出現在我們面前的是好幾座隔開的、像是小院落的地方。

從飯店外表完全看不出來，因爲我以爲它就像一般大樓旅店一樣，沒想到裡頭是院落獨立式的住宿方式。

「本大爺要住那邊。」指著特別金的那一處獨立房舍，五色雞頭這樣告訴我，「本大爺記得飯店裡還有溫泉啥的，晚一點我們再一起去。」

說眞的，我很不想泡到金色的溫泉。

「其他幾位是這邊的大院子，足夠住七、八個人和馬了。」另外幫我們安排好地方的西裝男讓幾個夏威夷女郎帶著我和色馬往走廊的另一邊走。

說眞的，當我看見平凡無奇的院子和小木屋後，我鬆了一口氣。

色馬也是。

※

「我們的飯店也有樓層式的普通客房，各位現在住的是院落式的貴賓用房。」

領著我們進入平凡無奇的小木屋後，帶路的夏威夷女郎很友善地幫我們介紹著，然後用鑰匙打開了小木屋門。「別看飯店長這樣，其實住客率不算低，假日時住宿率可以達到八成。」

「八成？」見鬼了，來住的人腦殼都不正常嗎？

「是的，因爲我們有開闢許多休閒設施，像是金湯溫泉也是非常讓人喜愛的一種。金湯溫泉當然不是金色的，只是名稱而已，是從妖精族那裡引來的，可以去除疲勞、使皮膚變好，是契里亞城中女性最喜愛的其中一座湯泉。」

「其中一座？」難不成這裡到處都是溫泉旅館？

「是的，雪野家族連鎖企業的旅館中也有一座櫻溫泉，同樣深受女性喜愛，算是我們最強大的對手。」幫我們開了燈，女郎指引我和色馬看了非常寬敞的小木屋，稍微又介紹了下小木屋裡的設施。

我想千冬歲他家的溫泉會成為五色雞頭家最強對手不是沒理由的，這門面實在讓人太害怕了，想泡湯又不敢踏進來的當然就都會往雪野家去。

難怪那個西裝男會一臉想哭的表情。

不過話說回來，這間小木屋眞的很寬敞，而且是大通鋪，上面睡個十個人我想都不成問題；另外大型的液晶電視、電動、電腦等配備一項不缺，甚至連衛浴設備都寬敞漂亮得讓人想直接拿著枕頭和棉被住進去。

「爲顧及客人的隱私，住宿期間鑰匙會全部交給你們，而特別院落的鑰匙也只有一把，如果有其他需要也可以按服務鈴。飯店會幫你們準備好一日三餐，可以選擇要不要在房間吃、或是外帶餐盒；基本服務還有溫泉按摩，有需要請直接告訴我們。」夏威夷女郎露出了甜美的微笑，「那麼我就先告退了，待會請務必出席我們爲幾位準備好的晚餐宴會。」

「謝謝妳。」

在夏威夷女郎離開之後，我把學長從色馬身上扶下來，然後小心翼翼地將他放在床上、蓋好棉被，順便將已經散得差不多的紅色頭髮都整理好。

轉過頭，色馬已經變成人形跳到床上，面具整個被亂丟在地上。

我把馬面具撿起來隨手放在旁邊，「其實這裡還滿舒適的。」

「只要不要外面長那樣子。」式青很認同我的話。

趴倒在軟綿綿、好像會把人吸下去的床鋪上，我立刻就覺得人都睏了。看了下手錶，差不多是六點多的時間，阿斯利安他們去拜訪城主和公會應該不會這麼快回來。

不要太早回來也好，越早只是越會被嚇到而已。

勉強自己從床上拔起，我看了眼同樣已經快睡著的人形獨角獸，「式青大哥，我去外面院子走一下。」

「唔！」式青模模糊糊地回了我一聲，然後翻過身陣亡在柔軟的棉被上。

看來這裡應該暫時不會有什麼大問題，如同夏碎學長說的，這裡算很安全，所以式青才會這麼放心地躺下就睡。

小心翼翼地把我們的東西都擺好在旁邊櫃子裡，我只帶了隨身包包和鑰匙就走出房間。

剛剛直接走進來時沒有很注意看，其實這座院子布置得很高雅，旁邊種著一些我叫不出名字的樹和花，還有個鞦韆輕輕晃動著；不算太小的院落還有石桌椅，如果是純粹觀光休閒，這裡一定是很適合闔家大小共同住宿。

看了下，我選擇坐在鞦韆上而不是石椅子，鞦韆輕輕搖動著，四周也跟著安靜了下來。

就是這麼自然，隨著風，我聽見細微的歌謠聲順著風傳到我耳中——

第二個孩子躺在白骨中，靈魂滲入世界最深底，生命不會永遠地永恆久遠，所以歌謠才被傳唱在時空裡……第三個孩子散在皮肉中，靈魂滲入黑暗最深底，生命不會永恆地千古亙久，所以音樂才被敲響在時光裡……

我聽到歌聲時整個人一驚。

因爲就在不久前我也聽過類似的歌。

※

擅自離開自己的院落，我朝著那奇怪的音樂聲音前進。

那音樂聲有點像琴還是其他弦樂器，歌謠已經停止了，但唱歌的人明顯還在撥動琴弦，所以音樂並沒有中斷。

我順著音樂聲，回到了剛剛金光閃閃的走廊區。

走到底，面前出現了氣勢磅礴的大型山水庭院布景，而我找的音樂聲就是從這裡傳來。

在庭院布景山水石邊的小橋上，我看見一個拿著很像古箏、但又比古箏體積小一半、上面

只有四條弦的怪樂器的女孩子坐在橋邊撥弄著音樂。

看起來剛剛的歌謠是她唱的沒錯。

站在走廊邊聽著她的音樂，清清淡淡的旋律並不太華麗，卻給人很舒服的感覺。

她只重複撥動著那一小段音樂，就是剛剛搭著歌謠的那一首。

合著聲音，我想起了我在夢裡聽到的那一小段——

第一個孩子踏在血泊中，靈魂滲入泥土最深底，永恆不會永久地持之以恆，所以故事才被流傳在時間裡。

女孩乍然停下了撥琴的動作，錯愕地轉向我這邊。

「呃、不好意思打擾妳了……我……」

「爲什麼你知道第一段？」不給我講話的機會，看起來像是國中生年紀的女孩抱著琴跳下橋，馬上衝到我面前，「快說！」

有點被她的氣勢嚇到，我倒退一步，怕怕地看著眼前這個褐色短髮綠眼的小女孩，她的表情看起來像是會咬人，「只是巧合，我聽過一次，不過只有第一句。」有必要反應這麼大嗎？

「在哪裡聽到的！說！」她的語氣帶著半命令式的強悍，像是我不講就會把我嘴巴給挖爛一樣。

「我、我真的不太有印象。」我說謊了，但我想她一定不會相信在夢裡這種話，「只記得聽過第一句。」

張大綠色眼睛看我，大概過了幾秒，女孩失望地往後退開，接著蹲在地上難過了起來。

看她如此失落，我也不太好意思地蹲下來陪她，「這是很重要的歌嗎？」

女孩默默點點頭。

「很抱歉，我只聽過第一句……」

她抬起圓圓的小臉，有點發紅的眼睛望著我，「那個不是第一句……那是最後面了，你想聽全部嗎？」

我點點頭。

拍拍自己的臉，女孩抱著琴站起身，「我唱給你聽。」她引著我走回橋邊，然後兩個人一起坐下。

將四弦的琴斜放在身邊，女孩開始撥動了琴弦，一開始是比較輕快的音樂，調子與剛剛我聽過的相當相似。

這個世界構成是血與肉　而我們生活在世界中
你的左手就是我的右手
我的心臟埋藏著你的血管

生活在這裡的人啊其實這樣共通
爲什麼爭鬥？
爲什麼憎恨？
爲什麼貪惡？
爲什麼無止盡的時間中要撕裂短暫的生命
痛苦扭曲地降臨

我的眼中流著你的鮮血
時間的孩子們握著雙手一一地倒下
第一個孩子踏在血泊中，靈魂滲入泥土最深底，永恆不會永久地持之以恆，所以故事才被流傳在時間裡。
第二個孩子躺在白骨中，靈魂滲入世界最深底，生命不會永遠地永恆久遠，所以歌謠才被傳唱在時空裡。
第三個孩子散在皮肉中，靈魂滲入黑暗最深底，生命不會永恆地千古亙久，所以音樂才被敲響在時光裡。
之後的孩子們軀體四散
直到消失　不爲人所知

這個世界是由生命構成
你和我其實都相同
如果明白我請好好珍惜我
我們沒什麼不同

短短的歌謠就在女孩清亮的歌聲慢慢結束，相襯的琴聲緩緩告一段落。

然後她轉過來，用有點哀傷的綠色眼睛看著我，「全部的歌謠是這樣，這首歌幾乎沒有人知道，是時間種族的古老童謠。」

我看著她，一時不知該說什麼安慰。

「你不用安慰我，我比你年長至少有一倍的歲數了。」抹了下臉，女孩這樣說著：「只是第一次聽到有人知道這首歌謠的詞讓我有點驚訝而已。」

「嗯……怎麼妳會知道時間種族的歌呢？」我記得之前聽過時間種族幾乎都已經沒有在世界上了，除了想殺我的重柳族和幾個小部落外。我想重柳應該也不會特別教導女孩唱歌吧？

「是在幾年前有人唱給我聽的，那是他兄弟很喜歡的一首歌，他說只有他和他兄弟知道。」女孩隨意撥著琴弦，「那時他說他回程會再經過這裡，所以我一直等他回來，但是他沒有再回來過了。」

「會不會他走了別條路？」我試圖讓她往好一點的方向想。

「不會的，我們約好等他回程之後，當我將這首歌練到精湛時他會來聽我唱歌答謝他。」悲傷地一笑，女孩這樣告訴我：「我欠他一條命，那時是他幫我收集了各種藥材我才可以活下去，所以我等他回來，而且他也說過這趟出去會找到這首歌謠的名字，再回來告訴我。」

「嗯，我想妳等的人一定會回來的。」我默默在心中幫女孩祈禱，「我們也要去旅行，如果在路上遇到知道這首歌的人，我也一定會幫妳告訴他。」

女孩點點頭。

「我叫艾芙伊娃，是人類同時也是獸王族。」她伸出手，對我表示出善意，「同樣有著人類之血的朋友，你來自哪裡？」

「我叫作褚冥漾、是原世界的人，來自Atlantis學院，因爲有任務所以與朋友們正在旅行。」簡短地自我介紹，我沒有告訴對方我妖師的身分。

女孩點點頭，「Atlantis學院，非常好的學院，我的兄長曾在那方的聯研所上過一小段時間的課程，那是讓人尊敬的地方。」

有點不好意思地搔搔頭，如果她知道我當年是莫名其妙進去的，大概就不會覺得那裡很值得尊敬了。

就在我想和女孩多聊一會兒時，某陣大呼小叫打斷了我們愉快的氣氛。

「漾～你跑來這裡幹啥啊！」永遠不識相的五色雞頭打從出現在走廊遙遠的那一端就大喊

我的名字，「你是蘿莉控嗎！」

你是去哪裡學到這個混蛋名詞的！

被打擾之後臉上出現了些許不悅，女孩抱著琴站起身，「那麼，請容我告退了，與您認識真的非常愉快。」

「呃、別這麼說，也謝謝妳唱歌給我聽，妳的歌謠真的好好聽。」

女孩笑了。

在五色雞頭卯足勁衝過來前，我突然想起另一件事，「對了妳要找的人有名字嗎？或許我在哪邊聽過？」

她點點頭，「我在等的人叫作六羅。」

我看見五色雞頭當場愣住了。

「六羅．羅耶伊亞。」

《特殊傳說Ⅱ 亙古潛夜篇．卷一》完

by 紅麟

這是，從古至今的故事。
水精之石，在水之領域中，
原本是非常普遍易見的東西。

特殊傳說
〈水妖精篇〉

腳本／護玄
繪／紅麟

漾漾！小心！
吼吼吼吼吼吼吼吼
哇啊啊啊啊啊啊啊啊啊啊啊
奔火瀑雨、勇者無懼，十六雷火、雷王聽命。

劈里啪啦劈里啪啦劈里啪啦
扑街！
阿彌陀佛
真是驚險啊。
被咬到就慘了呢。

我覺得一路上被雷王電得吱吱叫，
被水嗚捲得飛來飛去的動物比較慘才對……
雅多又幹什麼去了，搞得我又多了條傷痕。
要被伊多唸了
不知道呢……
我們目前所在之處叫西朵爾暗地，不久前聽說曾在附近看過疑似水之石的東西，所以我們決定過來看看。
雅多在十分鐘前讓我們留在這，隻身先進入森林了。
嗯
這裡在古代又被稱為黑暗寶藏之地，為了保護寶藏，擁有者們布下了黑暗咒術。聽說只要對寶藏不懷好意，就會把命丟在這裡。

或許是年代久遠，再加上後期冒險者出入，陷阱和危險法術早就被破壞，我們可以很輕易地走到深處。
甚至連我也能稍微感覺到有東西跟在我們的後面……
雅多真的沒事嗎……
暗地依舊不是省油的地方啊！
先蹲好！

呼呼呼呼呼—
……
你從哪隻眼看出來這個姿勢是蹲了!?
告訴我！
下次至少要給我預備動作的時間啊！
對影嗎？

雅多？
看上去怪怪的，難道是……
一秒決定
我要先蹲下嗎？
看來是不用了。
呼呼呼呼呼
呼

水鳴
吼吼吼
吼吼吼
你很慢耶~

有幾個阻隔術法，花了點時間解開。你們沒事吧？
沒事
探索如何？
只發現了這個，水玉寶物。附近的水氣反應就是它引起的。
雖然與水石相差甚遠，不知道有沒有作用，不過我還是帶回來了。

也不算沒有收穫。
辛苦了
那麼先離開這邊吧。
好。
水精之石一直都很少見嗎？
水精之石是在幾千年前的戰役中開始消散。

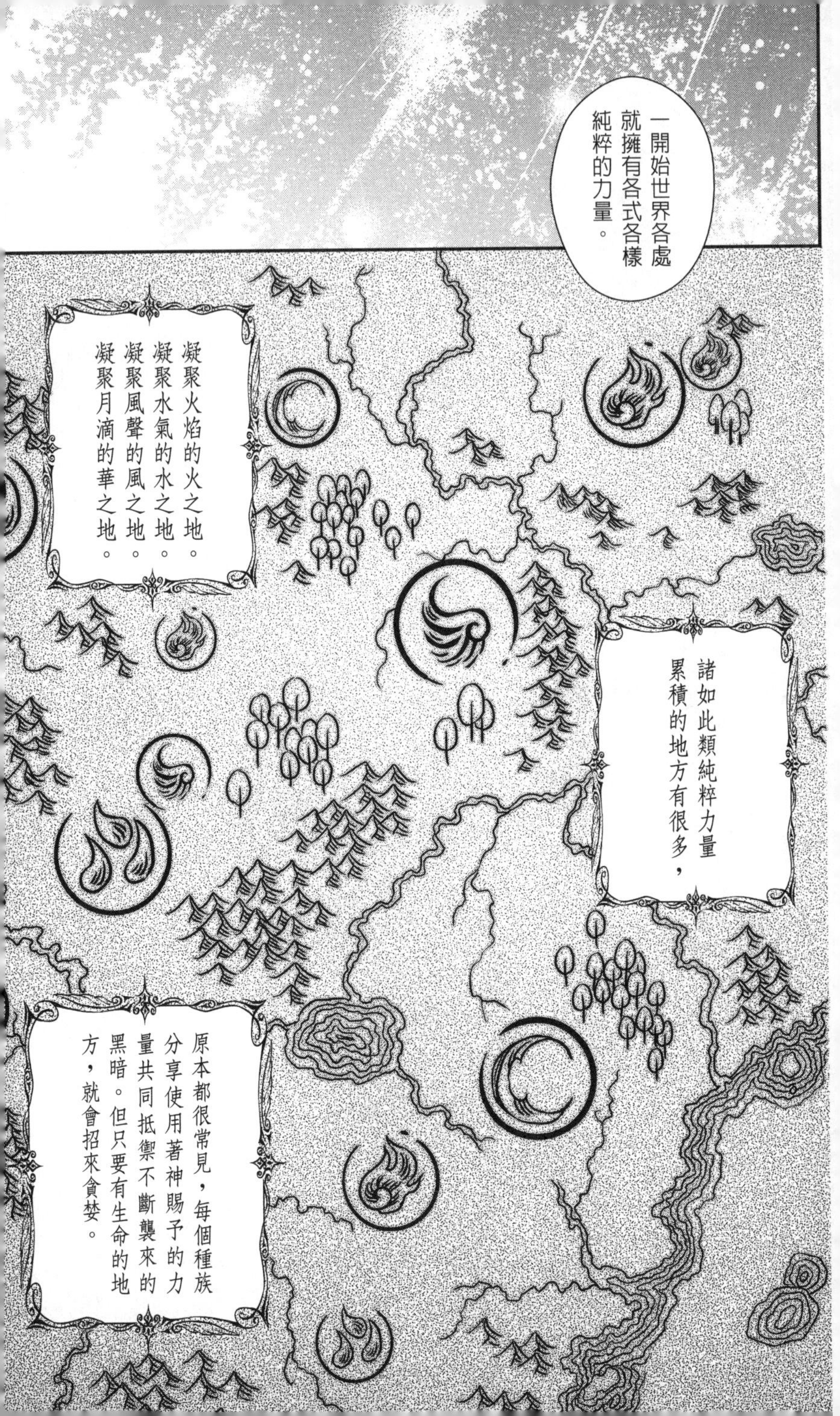
一開始世界各處就擁有各式各樣純粹的力量。
凝聚火焰的火之地。凝聚水氣的水之地。凝聚風聲的風之地。凝聚月滴的華之地。
諸如此類純粹力量累積的地方有很多，
原本都很常見，每個種族分享使用著神賜予的力量共同抵禦不斷襲來的黑暗。但只要有生命的地方，就會招來貪婪。

黑暗策動了迷失者挑起戰爭，奪取純粹的力量，或是加以破壞。
各地點起了新的戰火，開始爭奪這些擁有力量的區域。
種族們無法力挽狂瀾，即使再怎樣努力，修復的速度也比不上破壞的速度；
加上鬼族在黑暗世紀後開始蔓延，大肆破壞這些純粹力量，或將力量轉化為黑暗使用。
最後，許多凝聚之地都被擊毀了。純粹的力量越來越難以取得，原本理所當然的自然之力變得稀有罕見。

我們定居的地方經過各種破壞和戰火後也只是被污染過，但還是很乾淨的純水之地。
啊，大概就是那種原本力量有110%，現在剩5%，但還是比外面的0%好的意思吧。
BINGO！
你們感情這麼好，在這裡一起吃點心啊。
水氣很純，用在水鏡上應該不會有問題。
今天的檢查結束囉，順便看過你們帶回來的東西。
還有，情報班鑑定過了，這是一份古代地圖，可能是艾曼達時代的地圖，
上面記錄幾個藏寶處，搞不好有你們需要的物品。
謝謝

還有～
你們兩個也給我過來好好接受治療
這可是伊多特別吩咐的喔～
哎？你們受傷了嗎？
剛才不是好好的？
不知道哪一隻才是事主，總之兩個都有份。
哇啊
等、等下……
那我就先告辭了唷……

對我們來說……

那是，非常久遠的故事。

《水妖精篇》完

國家圖書館出版品預行編目資料

特殊傳說II.亙古潛夜篇／護玄 著.
——初版.——台北市：蓋亞文化，2014.04
冊；公分.

ISBN 978-986-319-088-2（第一冊：平裝）

857.7　　103006273

悅讀館　RE321

特殊傳說II 亙古潛夜篇 01

作者／護玄
插畫／紅麟　　封面設計／克里斯
出版／蓋亞文化有限公司
地址◎台北市103承德路二段75巷35號1樓
電話◎（02）25585438　　傳真◎（02）25585439
部落格◎gaeabooks.pixnet.net/blog
臉書◎www.facebook.com/Gaeabooks
電子信箱◎gaea@gaeabooks.com.tw
投稿信箱◎editor@gaeabooks.com.tw
郵撥帳號◎19769541　戶名：蓋亞文化有限公司
法律顧問／宇達經貿法律事務所
總經銷／聯合發行股份有限公司
地址◎新北市新店區寶橋路235巷6弄6號2樓
電話◎（02）29178022　　傳真◎（02）29156275
港澳地區／一代匯集
地址◎九龍旺角塘尾道64號龍駒企業大廈10樓B&D室
電話◎（852）27838102　　傳真◎（852）23960050
初版八刷／2022年11月
定價／新台幣 250 元
Printed in Taiwan

ISBN／978-986-319-088-2

Gaea

GAEA